파라다이스

파라다이스의 그림 작가들

 김정기
환경 파괴범은 모두 교수형,
꽃 섹스

 문지나
농담이 태어나는 곳

 아이완
내일 여자들은, 맞춤 낙원,
대지의 이빨, 안티-속담

 오영욱
존중의 문제, 사라진 문명, 안개 속의 살인,
당신 마음에 들 겁니다, 상표 전쟁

 이고은
영화의 거장, 남을 망치는 참새,
허수아비 전략, 아틀란티스의 사랑

파라다이스

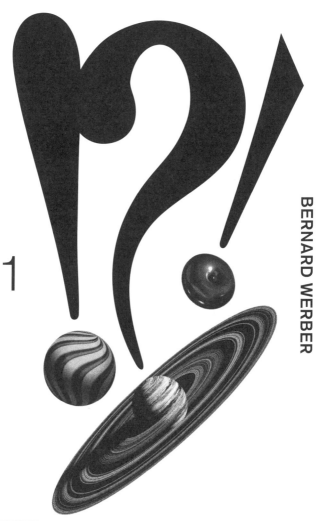

1

BERNARD WERBER

베르나르 베르베르 장편소설　임희근 옮김

PARADIS SUR MESURE
by BERNARD WERBER

질 말랑송을 위하여

날마다 새로운 아이디어가 머릿속에 떠오른다.

떠올라, 싹이 트고, 머릿속을 떠나지 않는다. 처음엔 그저 시험해 볼 만한 가설이었다가, 그다음엔 탐사를 떠나야만 할 것 같은 길로 변한다.

보통 모든 것은 이런 간단한 문장에서 시작된다.

〈만약……라면 어떻게 될까?〉

그러니까 이런 식이다. 〈만약 환경을 오염시키는 자들을 교수형에 처한다면 어떻게 될까?〉 (생태주의 사상을 갈 데까지 밀고 나가 보자.) 〈만약 인간이 꽃처럼 번식한다면 어떻게 될까?〉 〈만약 사람들에게 과거를 잊으라고 강요한다면 어떻게 될까?〉 〈만약 지구상에 여자들만 남는다면 어떻게 될까?〉

나는 이 단편집에 인류의 〈있을 법한 미래〉에 관한 전망, 그리고 나 자신의 삶에 일어난 사건들, 즉 〈있을 법한 과거〉를 섞어 놓았다. 〈있을 법한 과거〉는 그 일들을 잊지 않기 위해 썼다. 미래를 보면 볼수록 나 자신의 과거가 증발한다는 느낌을 받기 때문이다.

독자들은 내가 즐겨 쓰는 몇몇 주제들을 이 책에서도 볼 수 있을 것이다. 나는 그 주제들을 여러 시각에서 탐구했는데, 그 시각들이 때로는 일치하고, 때로는 서로 대립하며, 때로는 상호 보완적 작용을 한다.

이 책에 실린 이야기들 중에는 또 내가 어쩌면 나중에 장편소설로 발전시킬 모태가 되는 것들, 영화의 형태로 영상화를 시도할 것들도 있다.

나는 〈짧은〉 형식을 좋아한다.

나는 세련된 솜씨로 지은 스승들의 이야기들을 읽으며 수많은 밤을 새워 왔다. 에드거 앨런 포, 쥘 베른, 슈테판 츠바이크, H. P. 러브크래프트, 디노 부차티, 그리고 A. E. 밴 보우트, 프레드릭 브라운, 아이작 아시모프, 스티븐 킹, 그리고 특히 필립 K. 딕.

단편소설은 작가라는 장인의 공방 같은 것이다. 그 속에서 갖가지 형식, 체제, 관점, 서술 방식을 실험할 수 있다.

짧은 이야기가 미래의 문학 형식이라고 생각되는 이유는 간단하다. 사람들이 점점 더 바쁘게 살기 때문이다. 이제부터의 이야기들은 대장정이라기보다는 짧고 색다른 산책들이다.

즐거운 여행이 되길.

베르나르 베르베르

환경 파괴범은 모두 교수형

있 을 법 한 미 래

목매달린 사람이 시퍼런 혀를 빼물고 있었다.

그 주위 다른 나뭇가지에도 사형수들이 매달려 있었다. 한 그루에 한 명씩. 이따금은 한 그루에 둘씩. 모두 목둘레에 죄목이 적힌 팻말을 걸었는데, 그 팻말엔 단어 중에서도 가장 외설적인 이 단어가 적혀 있었다.

〈환경 파괴범.〉

보통 나는 그런 데에 주의를 기울이지 않았다. 그도 그럴 것이, 이 도시 대부분의 공원에 있는 나무들엔 이런 유의 을씨년스러운 열매들이 장식처럼 달려 있었으니까. 또 이 세상 다른 모든 도시의 공원들에도.

그렇지만 이런 광경이 유독 눈에 잘 띄는 곳은 바로 여기, 뉴욕 한복판의 센트럴 파크일 터였다. 왜냐하면 조깅하는 사람들이 그 광경에 아랑곳하지 않고 아침 운동에 전념한다는 것이 충격적으로 보일 수 있으니까.

〈그러니까 멀쩡하게 이 시대를 살아가면서도 여전히 환경을 오염시킬 만큼 정신 못 차린 사람들이 아직도 있다는 말이지〉라고 나는 생각했다.

교수형당한 사람들은 대부분 젊은이들이었다.

〈아무 생각 없는 가련한 자들, 도대체 시간이 얼마나 지나야 제대로 알 수 있으려나?〉

이들이 돌이킬 수 없는 행위를 저지를 수밖에 없게끔 부추

긴 것은 과연 무얼까, 나는 그걸 분석해 보려고 했다. 조금은 짐작이 갔다. 이들은 담배 한 대를 피우면서 짐짓 불량한 인간 행세를 해보고 싶었거나, 차고에 있던 할아버지의 폭발형 엔진이 달린 구형 포르셰 자동차를 몰고 나가 여자 친구 앞에서 깜짝쇼를 벌였거나, 아니면 휘발유로 돌아가는 구닥다리 잔디 깎는 기계를 수리해서 요란스레 작동시켜 반항아 노릇을 해보고 싶었을 것이다.

그러다가 딱 걸렸던 것이다.

그들이 안됐다는 생각은 들지 않았다.

구호는 명료했다.

〈이제 더 이상 오염은 불가.〉

이 법령을 모르는 사람은 아무도 없을 것이었다.

나는 조용히 차를 몰아 뉴욕 맨해튼의 5번가를 지났다. 교수형당한 이들이 〈환경 파괴범〉이라는 팻말을 단 채 나무들 여기저기에 매달린 모습을 볼 수 있었다.

시체의 머리 위로 까마귀 떼가 잔뜩 내려앉아 두 눈을 파먹고 나면, 재빨리 그 자리에 파리 떼가 시끄럽게 윙윙대며 구름처럼 몰려들었다.

〈이리하여 처형당한 사람들은 생태계의 순환 속으로 되돌아갔다. 그대 고기였으니, 고기로 돌아갈지어다.〉

나는 침을 꿀꺽 삼켰다. 그렇지만 이들의 죽음 앞에 완전히 무심할 수는 없었다.

나는 오픈카 포드 머스탱의 속도를 18단(회전판 쪽 3번 기어, 바퀴 쪽 6번 기어)에 놓고 페달을 좀 더 힘주어 밟았다.

모든 것이 시작된 그날이 떠올랐다.

처음에는 감시 위성이 경고 메시지를 보냈다. 북극 상공 오존층에 뚫린 구멍이 최근 커져 면적이 두 배로 늘어났다고, 위성은 학자들에게 보고했다. 이런 위험이 이론적으로 환기된 지 얼마 지나지 않아, 드디어 그 실제 영향이 피부에 와 닿았다.

지구의 북쪽에 위치한 캐나다, 러시아, 노르웨이, 핀란드의 국민들이 그 결과를 맨 먼저 실감했다. 오존층을 거치지 않은 태양 광선 때문에 수많은 피부암 환자가 생겨났다.

수십만 명 사망.

그다음에는 북극의 얼음이 녹았다. 그래서 대양의 해수면이 전반적으로 상승했고, 그 결과 쓰나미가 일어났다.

수평선에서 괴물 같은 파도가 일어 인도네시아, 필리핀, 스리랑카, 잔지바르, 마다가스카르, 세이셸 군도, 이스터섬 등의 해변을 덮쳤다. 아예 군도 전체가 사라지는 일도 있었다.

수백만 명 사망.

두 번째로 해일이 일어나 단번에 일본, 아조레스 제도, 카나리아 제도를 삼켜 버렸다.

수천만 명 사망.

UN이 긴급회의를 열었다. 치열한 논전 끝에 미국 생태주의 정당 〈청색당〉(그들의 구호는 〈순수한 하늘처럼〉이었다)의 젊은 정치가 브루스 넴로드를 사무총장으로 선출했다.

넴로드는 즉시 지구의 상태를 진단하기 위해 첨단 지식을 동원한 과학 조사에 착수했다.

결론은 깜짝 놀랄 만한 것이었다. 오존층에 뚫린 구멍이 더없이 아슬아슬한 한계에 도달해, 지금 상태에서 단 1세제곱킬로미터만 더 오염되어도 지구를 보호하는 오존층이 치명적으로 파괴될 수 있다는 얘기였다. 전문가들의 예측으로는, 그렇게 되면 단숨에 지구 기온이 상승하고 양극의 얼음이 더욱 빠른 속도로 녹을 것이며, 인류는 살인적인 태양 광선을 피하기 위해 지하에서 살 수밖에 없다는 것이었다.

브루스 넴로드는 47세라는 젊은 나이 말고도 특별한 점이 한 가지 있었으니, 앞을 못 보는 시각 장애인이라는 것이었다.

UN의 가장 높은 연단에서 희뿌연 눈으로 전 세계 텔레비전 카메라의 렌즈를 응시하면서 그는 역사에 길이 남을 연설을 했다.

「저는 비록 앞을 못 보지만 여러분 모두보다 더 잘 보고 있습니다. 우리에겐 더 이상 시간이 없다는 것이 보이고, 더 이상 선택의 여지가 없다는 것도 보입니다. 저는 지금 정치 이야기를 하는 것이 아니라, 인류의 생존에 대해 말씀드리는 것입니다. 도덕 이야기를 하는 것이 아니라, 절박한 현실에 대해 말씀드리는 것입니다. 이제 더 이상 온건한 방법을 찾고 소비자와 기업가와 정치 지도자 들의 눈치를 볼 시간이 없습니다. 극한의 상황에서는, 특단의 조치뿐입니다.」

그리고 오염 방지법이 공포되었다.

1) 자동차 운전 금지.

2) 흡연 금지.

3) 석유를 동력으로 하는 모터 사용 금지.

4) 가스를 배출하는 공장 가동 금지.

5) 연기를 내뿜는 것은 그 무엇이든 사용 금지. 바비큐나 굴뚝 연기, 심지어 폭죽까지도.

가장 먼저 강력하게 반발한 것은 산유국 통치자들이었다.

그들은 UN 안전 보장 이사회 회원국들을 매수하려 했다. 그러나 아무 성과도 얻지 못하자, 이번엔 UN 사무총장 넴로드를 암살하려 했다. 뛰어난 솜씨를 지닌 저격범이 지붕에 올라가 그를 노렸지만, 간발의 차이로 맞히지 못했다.

이 암살 기도 이후, 제2차 대연설 연단에 선 넴로드의 어조는 먼젓번보다 훨씬 더 위협적이었다. 그는 선언했다.

「석유는 지구의 피이며 그 피를 빨아먹는 자들은 흡혈귀입니다. 그들이 원하는 것이 전쟁이라면 우리는 기꺼이 석유를 빨아먹는 흡혈귀 국가와 전쟁을 할 것입니다.」

넴로드 사무총장은 환경 방위군, 즉 APA[반(反)오염군] 창설을 위한 특별 예산을 통과시켰다. 반오염군의 병사들은 최첨단 장비(그러나 화약을 쓰지 않는)와 석궁형 기계식 강철 활 같은 무기들로 무장했다. 이 군대에 맞서서 산유국들은 용병을 모집하여 현대식 무기(이 경우는 화약을 쓰는)를 갖춘 강력한 군대를 결집했다.

〈석유 전쟁〉은 3년을 끌었고, 다수의 병력과 뛰어난 전략을 구사하는 장성들의 재능에 힘입어 반오염군이 승기를 잡았다.

패배하여 체포된 산유국 통치자들은 석유통 속에 넣어져, 죽을 때까지 그대로 있어야 하는 형벌을 받았다.

「석유가 그렇게 좋습니까? 그럼 실컷 드시지요!」

넴로드 사무총장이 선언했다.

산유국 다음으로, 오염 방지법에 대한 두 번째 저항의 물결은 자동차 운전자 협회에서 일어났다. 이 협회 회원들은 지구상의 모든 대로에 나와 시위를 하며 〈우리는 자동차를 사랑한다〉라는 구호를 외쳤다. 트럭 운전사, 택시 운전사, 오토바이족 들이 연대해서 시위에 참가했다.

현실적인 사람인 브루스 넴로드 사무총장은 반오염군 창설에 이어 PAP(반오염 경찰)도 만들었다. 이 경찰 역시 엄청난 기동력과 수단을 갖춘 집단이었다.

인류라는 종의 생존, 그것이 저항 세력과 맞설 때의 절대 명제였다.

이런 전쟁들이 대대적으로 터진 후에도, 곳곳에서 내전
―자동차 운전자들 대 반오염 경찰―이 발생했다.

모터 사용자들은 산유국 통치자들보다 훨씬 더 광적이었다. 터보 디젤 엔진이 장착된 사륜구동 차의 가속 페달을 밟아 〈부룽부룽〉 소리 내며 달리는 쾌감을 그리 쉽게 단념할 수 있겠는가. 자동차 운전자 협회의 수호대는 주요 간선 도로를 사수하려 했으나 PAP는 양 떼를 동원하여 막힌 길을 뚫었다. 오토바이 운전자들이 작당하고 무장하여 연기 뿜고 시끄러운 덩어리가 되어 전투에 나섰다.

그들은 무시무시한 전사로 탈바꿈했다. 결국 이들을 소탕하기 위해 경찰 내에서도 PAPM(반오염 경찰 기마대)이라는 기사단이 창설되었다. 강철 활과 방패로 무장하고 말을 타고 다니는 반오염 경찰 기마대에 맞서 총을 든 오토바이족들이 돌격하는 모습은 대단히 멋졌지만, 이내 수로 보나 조직력 면으로 보나 정부 공권력이 우세하게 되었다.

말들은 어떤 험한 길이라도 끄떡없이 달릴 수 있으며 연료가 떨어져 멈추는 일이 절대 없다는 것이 강점이었다.

반란을 일으킨 오토바이족과 자동차족은 교수형에 처해졌고, 그들의 시체는 시립 채소밭에 퇴비로 뿌려졌다.

겨우 틀어막은 마개를 들썩이는 시도 자체를 아예 못 하도록, 모터 달린 차량은 모두 바닷속 깊은 곳에 투척되었다. 몇몇 구제 불능인 물신 숭배자들은 그토록 사랑하는 자동차 핸들을 잡고 바르르 떨면서, 바다로 떨어지는 차 안에 안전띠를 매고 앉아 있는 편을 택했다.

모터의 시대라는 역사의 한 장은 이렇게 종말을 고했다.

이미 2000년대의 보건 위생법에 의해 말도 못 하게 숨죽이며 살아야 했던 흡연자들은 어떤 반발의 표시도 보이지 않았다. 그들은 오래전부터 체념한 상태였다.

결국, 넴로드 사무총장의 오염 방지 정책은 수십만 명의 목숨을 대가로 치른 셈이었다. 그러나 시각 장애인 사무총장 자신의 말마따나, 그것은 〈훨씬 더 지구를 망치는 극단적 사태를 피하기 위한 작은 희생〉이었다.

이리하여 인류 대부분이 마침내 다음과 같은 문장을 이해하게 되었다.

〈이제 더 이상의 오염은 스스로도 용납 불가.〉

공장들은 하나둘 문을 닫았다. 석유 없이는 기계가 돌아갈 수 없었다. 트럭도 자동차도 없으니 경제 활동이 엄청나게 달라져, 사람들은 지역 수공업자와 집 근처 상권을 선호하게 되었다. 산유국들과 자동차 운전자들의 반란을 진압해 승리를 거둔 덕에 높은 인기를 누리게 된 넴로드 사무총장은 자신의 입지를 더욱 강화하고 싶어 했다.

역시 인류의 생존이라는 대의명분 아래, 그는 석유와 석탄으로 돌아가는 화력 발전소 및 원자력 발전소를 모두 폐쇄하기로 결정하고, 내친김에 전력을 사용하는 모든 활동을 아예 금지하기로 했다. 이것이 오염 방지법의 여섯 번째 조항이었다.

6) 전기 사용 금지.

역설적으로, 이 법은 수월하게 통과되었다.

한편 넴로드 사무총장은 비록 시각 장애인일망정 눈 뜬 사람 못지않은 선견지명을 갖추고 있었다. 강압적인 환경 보호 정책이 간신히 통과되긴 했어도 사람들이 현대적 삶의 틀을 절대 포기하려 들지 않을 것이라고 그는 내다보았다. 무엇보다도, 중세로 회귀하자는 제안을 하고 있다는 인상을 주어서는 안 될 일이었다. 이미 그를 중상모략하는 측에서는 그의 그런 면에 대해 시시때때로 트집을 잡았다.

그래서 브루스 넴로드 사무총장은 〈외양 유지〉라 명명한 계획을 세워 그 계획의 틀 안에서 기업들이 오염 퇴치라는 새로운 규범에 적응할 수 있도록 지원하겠다는 제안을 했다.

실제로 이 계획은, 거의 산업적인 방식으로, 그러나 오염 물질은 만들지 않는 방식으로 〈대용품〉들을 생산함으로써 현대적 삶의 방식을 유지하자는 것이었다.

최고의 엔지니어들이 골머리를 싸맸다. 환경을 오염시키던 종래의 공산품과 꼭 닮았으나 오염은 없는 환경 상품 만들기라는, 해결할 수 없는 방정식 같은 문제를 풀기 위해서였다. 이러한 도전은 누구보다 세심하고 새로운 것을 잘 발명해 내는 연구자들의 마음에 들었다.

그래서 산업체들은 그럭저럭 이에 적응해, 옛 제품과 외양이 같은 신제품들을 휘발유도 전기도 없이 생산해 냈다. 손꼽히는 큰 자동차 회사들은 모든 면에서 가장 유명한 자동차 모델과 똑같아 보이는 신형 차들을 내놓았다.

철판으로 된 차체 대신 유리 섬유를 사용해 만든, 소형 보트와 비슷한 차체가 선을 보였다.

휘발유로 돌아가는 모터 대신 이제 경주용 자전거에 달린 것과 같은 페달과 체인, 변속 장치가 자리 잡았다.

그래서 포드, 도요타, 현대, 폴크스바겐뿐만 아니라 메르세데스, 르노, 푸조, 피아트, 볼보, 사브, BMW 등 굴지의 회사에서 나온 차들이 이제부터는 페달로 움직이게 되었다.

심지어 롤스로이스, 벤틀리, 허머, 람보르기니, 지프, 마세라티도 페달로 가는 차 모델을 만들어 냈다. 모든 회사가 초경량급 차체, 티타늄으로 만든 바퀴, 나무로 된 구동 장치를 만드는 쪽으로 제품을 변형시켜 갔다.

마찬가지로 전문가들이 소, 양, 돼지의 방귀도 메탄가스(대기 중의 오존층에 생긴 구멍을 더 크게 만드는 기체)의 큰 원천이라는 점에 주목하자 넴로드 사무총장은 모든 소, 돼지, 양 떼를 말끔히 없애 버리고 이 짐승들의 고기 대신 식물성 단백질을 섭취하도록 지시했다. 이리하여 재주 좋은 화학자들이 두부, 해초, 버섯 등으로 비프스테이크나 햄을 대신할 제품을 생산하기에 이르렀다.

이것이 오염 방지법 일곱째 조항이었다.

7) 더 이상 붉은 고기를 먹지 말 것.

내 이름은 제롬 톨레다노. 거울로 나를 보면, 큰 키에 딱 벌어진 어깨, 머리는 빡빡 밀고, 턱이 각진 사내가 보인다. 마주쳐 시비 붙고 싶지 않은 유형의 남자. 해적 같은 인상인데, 난 그게 적잖이 자랑스럽다. 아버지는 APA(반오염군)에서 군인으로 복무하다가 PAP(반오염 경찰)에서 경찰관으로 일했다. 아버지는 심지어 그 유명한 PAPM(반오염 경찰 기마대) 소속으로 일하기도 했다. 뉴멕시코주에서 벌어진 유명한 앨버커키 전투에서 실탄이 장전된 권총을 든 환경 오염자 오토바이 군단〈지옥의 천사들〉에 맞서 창과 강철 활로 무장하고 말을 타고 나선 것이 바로 PAPM이었다. 그 싸움에서 반오염 경찰이 간신히 이겼지만, 전투 중에 아버지는 돌아가셨다. 등에 총탄 한 발을 맞고 절명하신 것이다. 그 뒤로 아버지는 환경 오염에 대한 싸움을 상징하는 전설적인 존재가 되었다.

나는 당연히 환경 보호 청년회(진정한 생태주의자 양성을 위한 이상적 과정: 숲에서 살아남기, 국기에 대한 경례, 퇴비 만들기 실습, 시위, 행진, 오염 지역 정화의 날, 나무 심기)의 일원이 되었고, 이어 반오염 경찰에 들어갔다(나는 반오염 경찰 채용 시험에 간신히 합격했다. 민들레의 개화 순서에 관한 문제가 나와서 시험을 몽땅 망칠 뻔했던 것이다). 5년간 착실하고 충직하게 복무했으나 어리석은 사고 한 건 때문에 반오염 경찰에서 해직되었다.

그날 나는 술을 조금 마셨고, 수사를 되는대로 해치웠다. 할렘가에서였다. 모터 달린 절단기를 사용해 환경을 오염시켰다는 혐의를 받은 한 남자를 심문하면서 나는 조금 거칠게 굴었다. 따귀를 몇 대 갈겼더니 그는 자백했다. 나는 그를 바로 넘겨 교수형을 받도록 했다. 그런데 그의 아내가 그 범행을 저지른 것은 자신이었다고 자수해서 남편의 결백을 입증해 버린 것이다. 참 운도 없었다. 동료들은 내 수사 방식이 너무 졸속이라 반오염 경찰의 이미지를 해칠 수 있다고 불평했다. 미련하고 거칠며 술고래라는 내 평판 때문에 뭐 하나 제대로 되는 일이 없었다. 졸지에 나는 비난의 대상이 되었다.

그 후, 나는 어떤 사람을 강철 활의 모서리로 때려 죽였다. 바깥 공기가 차가워 그의 입에서 입김이 나왔는데, 나는 그가 담배를 피우는 줄 알았던 것이다. 이번에는 상관들이 정말이지 솔직하고도 꾸밈없이 〈고마움〉을 드러냈다.

그리하여 나는 공직을 떠났고 일이 정말 안 풀리는 시기를 겪었는데, 이때 술만이 유일한 위안이 되어 주었다. 그러다 아버지 친구인 위세 당당한 반오염 경찰 기마대의 경관 — 앨버커키 전투에서 아버지와 함께 싸운 분 — 이 나를 설득해 사설 탐정 사무실을 차리게 해주었고, 몸소 내게 고객을 대주는 역할까지 맡았다.

내가 탐정 노릇을 하면서 해결해 주는 일이란 미수금 받아 주기, 산업 스파이 노릇, 혹은 결혼한 남녀들의 불륜 문제 등이 대부분이었다. 이런 일만 해도 편안하게 먹고살 수는 있었다.

이렇게 해서 나는 포드 머스탱 오픈카(호랑이가 입을 찢어지게 벌리고 확 튀어 오르는 그림이 그려진 빨간색 차)를 샀고 8번가에 작은 원룸도 장만했다. 나는 머스탱을 18단 속도로 경쾌하게 몰아, 뉴욕의 맑은 공기 속을, 그러나 광장에 교수형당한 시체들이 풍기는 반갑지 않은 냄새가 뒤섞인 공기 속을 달렸다.

사무실이 있는 건물에 도착해 주차장의 다른 차들 옆에 내 차를 세웠다. 그러고는 차가 바람에 날아가지 않도록 닻을 단단히 잡아매는 것을 잊지 않았다(실제로 내 차는 한번 날아간 적이 있었는데, 차를 찾고 보니 흠집이 나 있었다. 경차의 불편한 점이 바로 이런 것이다).

건물의 홀에 들어서니 제복을 입은 도어맨이 꾸벅 인사를 했다.

엘리베이터를 타고 75층짜리 고층 빌딩의 맨 꼭대기 층에 위치한 내 사무실로 올라갔다. 밑에서는 짧은 바지를 입은 운동선수 한 팀이 지름 3미터짜리 나무로 만든 북처럼 생긴 기구 속에 모여 밧줄이 감긴 커다란 바퀴를 돌리고 있었고, 그 바퀴는 사람을 잔뜩 태운 엘리베이터를 위쪽으로 끌어 올리는 도르래에 매여 있었다.

바퀴 돌리는 운동선수들은 땀을 뻘뻘 흘렸지만, 엘리베이터는 수월하게 75층 펜트하우스에 있는 내 사무실에 도착했다. 36층에서 엘리베이터가 조금 급정거하기에 나는 빙긋 웃었다. 바퀴 돌리는 운동선수들에게 위경련이나 근육통이 일어났나 보군.

비서 엘리자베트가 이미 와 있었다. 코밑의 솜털이 날이 갈수록 콧수염처럼 변했지만, 그녀가 여자라는 것은 추호도 의심 없는 사실이었다. 가슴이 너무 튀어나와 걷다가 균형을 잃을 때도 있을 정도였으니까.

그녀가 오목 거울이 달린 태양광 집광판 위에서 방금 데운 커피를 한 잔 갖다 주었다.

「우편물이 많이 와 있어요.」

나는 발코니 쪽으로 갔다.

발코니 난간에 순서대로 참새, 비둘기, 독수리 들이 앉아 있었다.

길이 잘 든 참새들이 SMS, 즉 단문 메시지를 가지고 왔다. 나는 참새들의 다리에 반지처럼 끼워진 종이를 빼어 재빨리 읽었다. 생일을 축하한다는 내용이었다.

〈아, 그렇군, 깜빡 잊었네. 오늘로서 내가 이 지구상에 존재하는 햇수가 한 해 더 늘어나는군.〉

나는 고맙다는 답문 SMS를 참새 다리에 매어 다시 날려 보냈다.

비둘기들은 훨씬 두툼한 쪽지를 매달고 있었다. 고지서, 광고 쪽지, 행정 문서 들이었다.

독수리는 소포를 달고 왔다. 독수리 오른쪽 다리에 달린 부피 큰 갑을 떼어 내 열어 보았다. 어머니의 선물이었다. 어머니가 손수 바느질해서 만든, 강철 활 주머니와 작은 화살집이었다.

〈엄마도 참.〉

작년에 어머니는 내게 아버지가 지니시던 단검을 선물하셨다. 그리고 재작년에는 내 화살촉에 바르라고 쿠라레[1] 한 병을 주셨다. 어머니가 손수 짜서 걸러 낸 즙이었다.

나는 하늘을 쳐다보고 허파 한가득 숨을 들이쉬었다. 숨을 들이쉴 때마다 허파에 이산화탄소가 가득 찼던 옛날 일이 믿기 힘들어졌다. 예전 같았으면 내가 있는 75층 꼭대기에서 내려다보면 이 도시 위를 떠다니는 공해 구름이 보였을 것이다. 이제는 브루스 넴로드 사무총장의 엄격한 정책 덕분에 모든 것이 맑고 건강해졌다. 남극과 북극 위 오존층에 뚫린 구멍도 이제 더는 커지지 않았다.

우편 독수리를 날려 보내자, 독수리는 음산한 비명을 내지르며 퍼덕퍼덕 활개를 치면서 다시 날아갔다.

편지를 나르는 다른 새들도 창공을 가르며 날았다. 비둘기를 덮치는 매 한 마리가 눈에 들어왔다. 아마도 편지 도둑일 것이다. 이건 신종 범죄였다. 매를 길들여 날려 보내는 자들. 편지 속의 수표를 노리는 것이다.

뉴욕의 가장 높은 마천루 위로 보잉 797기가 날아가는 것

1 마전속 식물의 즙으로 만든 독. 이하 모든 주는 옮긴이 주이다.

이 보였다. 때가 때이니만큼 휴가차 플로리다로 가는 사람들일 터였다.

대단한 관광객들이다. 휴가를 떠나려면 장딴지가 튼튼하고 건강해야 하니 말이다. 비록 보잉 797기가 옛날 제트 엔진 항공기들과 외양은 똑같아도, 그리고 날개에 달린 엄청나게 큰 헬륨 풍선에 의해 공중에 떠 있다고는 해도, 마이애미 해변까지 수백 킬로미터를 힘차게 페달을 밟아 나선형 프로펠러를 돌려야만 한다. 여행은 여러 날이 걸렸으며, 기내 분위기는 꼼짝 없이 내내 갇혀 있어야 하는 상황, 땀 냄새, 그리고 승객에게 물과 음료, 에너지 보충용 영양 바, 기내식, 근육 뒤틀림 방지 연고 등을 날라 주는 스튜어디스들의 피곤함과 같은 여러 가지 조건들 때문에 사뭇 긴장이 감돌았다.

그렇게 가는 게 심장에 좋다고들 했다. 게다가 관광객들이 목적지에 도착할 때쯤이면 비록 기진맥진해지긴 해도 근육 단련만큼은 제대로 되어 있었다. 나는 어떤가 하면, 더 이상 그런 종류의 운동을 할 만큼 스포츠 취미나 인내심은 없었다. 휴가라는 것이 너무 피곤했다.

사무실로 돌아왔다. 엘리자베트가 널찍한 안락의자에 앉아 있다가 힘들게 일어서더니, 중요한 손님인 것 같은 분이 아까부터 기다린다고 알려 주었다.

손님은 당당한 풍채의 남자였다. 희끗희끗한 머리, 짙은 초록색 양복, 연녹색 셔츠, 검은 넥타이.

「존 앨버레즈라고 합니다. 지하철 회사에서 일하고 있지요. 개발 담당 이사입니다.」

그가 뉴욕 지하철 회사 명함을 내밀며 말했다.

그러자 곧바로 내 눈에, 저녁마다 인파로 붐비는 선로에서 귀가하려고 페달을 밟아 대는 지하철 이용객들이 보이는 듯했다. 이른바 〈러시아워의 노예선에서 노 젓는 자들〉이었다.

나는 그에게 너그럽게 손을 내밀었다.

「반갑습니다. 무엇을 도와드릴까요?」

「얼마 전부터 저희에게 작은 걱정이 하나 있습니다. 우리의 주요 경쟁사인 뉴욕 버스 회사가 교통 체증도 피할 수 있고 도심과 교외를 잇는 교통 흐름을 원활하게 할 수 있는 혁신적인 교통수단을 새로 고안하고 있는 것 같습니다.」

「그야 극히 정상적인 이야기지요. 업계의 경쟁이군요. 어떤 종류의 버스죠?」

「소식통에 따르면, 버스 회사는 교외 주민을 도심까지 아주 빠른 속도로, 페달을 쓰지 않고도 운송할 수단을 찾은 것 같습니다.」

「그럼 돛 단 버스인가요? 용수철 모터를 단 버스인가요? 케이블로 가는 전차형 버스인가요?」

「그런 것 모두 아니고요, 좀 더 〈과감한〉 다른 수단을 찾은 것 같습니다. 그리고 그들은 발견해 낸 교통수단을 철저히 비밀에 부치고 있습니다. 물론 혹시라도 모터, 휘발유, 매연 뿜는 동력을 쓴 건 아닌가 하는 의심이 들지요. 솔직히 말해, 당신이 그들을 꼼짝 못 하게만 만들어 주신다면, 우리 회사에 큰 도움을 주시는 겁니다. 그러면 저희는 정말…… 고맙겠습니다.」

나는 그에게 원하는 사례금 액수를 밝혔다. 그는 처음에는 움찔했지만 곧 수락했다.

다음 날 오후, 나는 벌써 퀸스 지역의 교외 한구석에 위치한 뉴욕 버스 회사의 연구 개발 작업실들을 뒤지고 있었다.

밖에서 보면 그냥 현대식 건물들로, 사무실들이 연이어 있고 뒤쪽에는 버스들이 들어찬 헛간 같은 공간이 있을 뿐이었다. 그들이 어떤 형태든 폭발성 물질을 사용할 경우에 대비하여 나는 매연 탐지기, 탄화수소 탐지기, 심지어 질소 탐지기까지 갖추고 갔다.

이 일에 성공할 경우, 그들을 고발하는 거야 식은 죽 먹기였다. 그러면 그들의 멋진 공장이 들어선 장소는 머지않아 폐허가 되고 몇몇 고위 간부들은 이 아름다운 봄날 꽃이 핀 나뭇가지에 목매달리는 신세가 될 것임을 물론 알고 있었다.

실험실을 뒤지다 결국 행정 업무를 보는 건물들 뒤쪽에 있는 마당에서 엄청난 비밀을 찾아냈다.

이 회사에서 지하철, 버스, 승용차 같은 것을 일절 쓰지 않고 시민 대중 전체를 신속히 운송할 방법으로 고안한 것은 바로…… 투석기였다!

〈더할 것도 뺄 것도 없는, 그야말로 투석기로군.〉

나는 멀리서 그들을 지켜보았다.

엔지니어들이 최소한 높이 5미터는 되는 거대한 투석기에 한 남자를 태울 채비를 하고 있었다. 그를 하늘로 쏘아 올릴 작정이었다. 내가 소리를 증폭시키는 고깔을 사용해 엿들은 내용이 맞다면, 남자는 그렇게 날아가서 이번 일을 위해 미리 정해 둔 목표점에 착륙하게 되어 있었다.

나는 뉴욕 버스 회사의 사무실들을 뒤지면서 조사를 계속했다. 마침내 발견한 것은, 이들이 뉴욕 시내며 외곽 지대에 사람을 쏘아 나를 투석기 수천 개를 설치해 뉴욕 지하철 회사와 경쟁하려 한다는 사실이었다.

또 다른 사무실들을 뒤지다가, 언뜻 봐서는 도저히 있을 법하지 않은 사실을 알아냈다. 뉴욕 버스 회사의 엔지니어들은 골프 전문가의 도움을 받고 있었으며, 이 골프 전문가들은 장거리 비행 경로에 바람이 미치는 영향을 연구하고 있었다. 궁술 전문가들 또한 그들이 과녁을 제대로 맞힐 수 있게 돕고 있었다.

내가 아무리 진보에 대해 열린 마음을 갖고 있다 해도, 매일 아침 붐비는 출근 시간에 사무용 가방을 든 근교 주민 수백만 명을 하늘로 쏘아 올려 도심까지 보내는 수천 개의 투석기를 상상하기란 쉽지 않았다. 그리고 다시 저녁이면 똑같은 직장인 수백만 명이 함께 또 날아올라 각각 교외의 자기 집에 떨어진다는 것은 더욱더 상상하기 힘들었다. 그렇지만 하늘로 피용 쏘아 올려진 이런 군중의 이미지는 뭐랄까, 정말 〈미학적〉인 데가 있었다. 불꽃놀이의 불꽃이 팡 터지는 모습처럼, 혹은 단숨에 피어나는 꽃처럼.

〈교외 주민을 위한 투석기라…….〉

이런 엉뚱한 생각을 누가 상상으로라도 해보았을까?

바로 그때 청소부 아줌마와 마주쳤고 그녀는 나를 보더니 소리를 지르기 시작했다.

금세 한 무리의 경비원이 나타났다.

첫 번째 경비원은 오른손 주먹으로 쳐내고, 두 번째는 왼발로 복부를 가격한 뒤 세 번째 경비원이 달려들기 전에 잽싼 악동처럼 달아났다.

뛰었다.

등 뒤로는 쫓아오는 사람들이 줄을 지었고, 앞에는 건물

관리 책임자 몇 명이 빗자루를 들고 막아서려 했다. 내 키, 몸무게, 덩치를 계산에 넣지 않은 허튼짓이었다. 난 볼링 핀을 쓰러뜨리는 볼링공처럼 달려가 그들을 사정없이 무찔렀다.

그러는 사이에 비상벨이 울렸고, 나를 쫓아오는 사람은 더 많아졌다. 어떤 일이 있더라도 여기서 빠져나갈 방법을 찾아야만 했다. 갑자기 모종의 직감이 들어, 나는 실험장 쪽으로 더 깊숙이 파고 들어갔다.

투석기 주위에 흰 셔츠를 입은 남자 여러 명이 이미 투석기 팔의 좌석에 앉은 시승자를 챙겨 주고 있었다.

사람들이 깜짝 놀라 오히려 도움이 되었다. 나는 재빨리 한 손으로는 투석기에 올라탄 실습생 — 머리 보호용 투구를 쓰고 두꺼운 파카를 뒤집어쓴 청년 — 을 풀어 내려뜨리고, 또 한 손으로는 계산기에 숫자를 찍고 셈하느라 여념 없는 엔지니어들을 밀어 넘어뜨렸다.

좌석은 푹신했다. 나는 그들이 반응을 보일 틈도 주지 않고 아버지의 비수(어머니가 선물한 것으로, 환경 보호 청년회가 〈엑스칼리버〉라 명명한 칼)를 빼어 투석기의 팔 부분을 지탱한 끈을 댕겅 잘랐다.

그다음에 펼쳐진 일은 그야말로 〈엄청난 감동〉이라 부를 만했다.

새로운, 그리고 끝내주는 기쁨이었다.

내가 날고 있었다.

세차게 하늘로 쏘아 올려진 나는 편지를 전하는 비둘기들과 나란히 날고 있을 뿐만 아니라 구름 곁을, 심지어 고도를 낮추어 비행하는 나선형 프로펠러 비행기 곁을 날아가는 여유를 누렸다.

바람이 얼굴을 때렸다.

내게 자리를 뺏긴 청년이 왜 두꺼운 파카를 껴입고 있었는지 그 이유를 문득 알 것 같았다. 하늘 위는 정말 춥고 바람이 살을 엘 만큼 강했다. 이 여행은 아주 오래 걸릴 것만 같았다. 한순간 양팔을 쭉 뻗어 내가 새처럼 날 수 있는지 보고 싶다는 생각까지 들었다.

그렇지만 어느 점에 이르자 상승이 둔화되었다.

몇 초 동안, 나는 지상 1백 미터쯤의 높이에 둥둥 떠 있는 듯한 느낌이었다.

물론 아래쪽 경치를 굽어보며 즐길 수도 있었지만, 굳이 그런 관광을 할 필요는 없었다. 벌써 나는 최고점을 지나 이 여행의 제2부로 접어들고 있었기 때문이다. 일반적으로 가장 난감한 부분, 즉 추락으로.

올라갈 때는 우아한 곡선처럼 보이던 것이 아주 빨리, 가파른 경사로 변했다.

오직 이 순간만큼은 예외적으로 이런 어리석은 질문을 속으로 했다. 하려면 진작 하든가, 아니면 아예 안 하는 게 나을 질문.〈그런데 왜 내겐 낙하산이 없는 거지?〉

땅이 뉴욕 시 전체와 더불어 내게 달려들고 있었다. 마치 거대한 테니스 라켓이 공을 향해 달려드는 것 같았다.

한낱 공에 불과하다 해도, 그 공이 바로 나였다.

건물들이 전속력으로, 마치 나를 산산조각으로 부숴 버리려는 무시무시한 이빨들처럼 다가왔다.

마침내 저 아래로 과학자들 한 팀이 둥근 점 둘레에 모여 있는 것이 보였다. 빨간색과 흰색으로 그려진 동심원이었다.

나는 충격에 대비하여 태아처럼 몸을 옹크리고 눈을 감

았다.

그랬다가 갑자기 더럭 의심이 들어 눈을 뜨고 기립 자세로 발을 내디뎠다.

다행이었다. 난 곧 노글노글한 막처럼 생긴 것의 한복판을 두 발로 밟고 있었다.

〈탄성판. 탄성판 위로 떨어지게 해놓았구나!〉

마치 슬로 모션으로 돌아가는 동영상처럼, 나는 고무처럼 늘었다 줄었다 하는 표면에 깊숙이 파묻혔다가 다시 올라오고 또 튀어 오르고, 이러기를 여러 번 반복하다가 안정을 찾았다.

〈이런 세상에! 난 뉴욕의 퀸스 지역에서 맨해튼까지 투석기를 타고 오는 데 성공한 거야! 몇 초 만에 수십 킬로미터를 돌파한 거야!〉

다행히도 추락 지점의 과학자들은 시승자가 뒤바뀌었다는 사실을 몰랐다.

아무런 장비도 갖추지 않고 온 나를 보고 다들 깜짝 놀라는 틈을 타, 사람들을 닥치는 대로 밀어젖히고 뉴욕의 거리로 튀었다. 하지만 너무도 재빨리 뉴욕 버스 회사 경비원들이 무리를 지어 쫓아왔다.

나는 노랗고 검은 줄이 쳐진 뉴욕 택시를 세워, 운전사의 멱살을 잡고 차에서 끌어 내린 뒤 길바닥에 패대기쳤다. 그리고 운전석에 앉아 전속력으로 가속 페달을 밟았다.

택시는 유연한 스프링 장치가 달린 캐딜락 링컨이었다. 물론 내 머스탱이었다면 더 좋았을 것이다. 뉴욕 버스 회사의 직원들이 자기들 차에 올라타고는 급히 내 뒤를 쫓았다.

나는 2단 속도로 가고 있는데, 폰티악에 탄 두 남자가 페달을 힘차게 밟았다. 그들은 나처럼 투석기를 타고 하늘을 날아와서 허리가 끊어질 듯 아픈 상태는 아니었던 것이다.

그들은 시속 40킬로미터로 달리는 것 같은데 내 속도계는 간신히 시속 35킬로미터를 가리켰다.

나는 기어는 그대로 둔 채 페달을 좀 더 힘차게 밟았다.

시속 45킬로미터.

그들은 나를 따라잡았다.

속도 변경. 회전판 기어는 큰 것으로. 바퀴 쪽 기어는 작은 것으로.

시속 60킬로미터.

이보다 더 빨리 가기는 어렵다. 나는 한숨을 쉬며 끙 하고 신음을 내뱉었다.

빨간 신호등을 무시하고 가다가 하마터면 트럭과 부딪칠 뻔했다. 나는 제발 뒤따라오는 자들이 그 트럭과 충돌하기를 속으로 빌었다. 그렇지만 그들도 트럭을 피했다.

마침내 그들은 옆 차선으로 추월하여 내 차를 앞질렀다.

내 택시는 달리던 길을 벗어나 옆으로 데굴데굴 구르기 시작했고, 안전띠에 묶인 내 몸도 함께 굴렀다. 보행자 한 사람과 부딪쳤지만 큰 피해는 없었다.

플라스틱으로 된 차체에서 벗어나 밖으로 나오는 데는 전혀 어려움이 없었다. 환경 보호 차량의 장점이 바로 이것, 즉 비틀리고 찌그러진 차 안에 타고 있어도 최소한 뭉개져서 죽지는 않는다는 것이다.

이미 뉴욕 버스 회사 요원 두 사람이 위협적인 모습으로 내게 다가오고 있었다.

내 입에서는 피가 흘렀지만 반사 신경은 말짱했다. 난 택시의 문짝을 떼어 그걸로 두 녀석 중 첫 번째 놈을 갈겼다. 두번째 놈이 나를 덮치더니 옆구리를 지독하게 한 방 때려 숨이 막혔다. 바닥에 쓰러진 채, 그 녀석의 두 주먹이 내 얼굴을 강타하는 것을 내 눈으로 보았다. 투석기를 타고 날아서 겨우 살아났는데, 길거리에서 맞아 죽는구나……

귀에서 휘파람 소리 같은 게 나고 얻어맞은 머리는 멍했지만 아드레날린 호르몬이 주는 괴력의 도움을 받아, 택시의 범퍼 부분을 떼어 내 그것으로 놈의 머리통을 냅다 갈겼다. 그걸로 충분한 보상이 된 것 같았다.

〈날 찾을 생각 하지 마.〉

나는 지하철을 타고 사무실로 돌아가기로 마음먹었다. 군중 틈바구니에서 페달을 밟는 것은 방금 전에 체험한 로데오 경기에 비하면 오히려 휴식이라 할 만했다.

엘리베이터. 75층. 엘리자베트가 내게 알겠다는 눈짓을 보내더니 귓속말로 속삭였다.

「저 사람 2시부터 와 있었어요. 한사코 기다리겠다고 하더라고요.」

그러고는 딴말은 전혀 않고, 솜과 붕대와 머큐로크롬을 꺼내 와 상처를 싸매 주었다. 그녀는 내가 피투성이 셔츠를 벗는 걸 도와주고는 새 셔츠를 내주었다. 존 앨버레즈, 뉴욕지하철 회사 개발 이사가 정말 내 사무실에서 기다리고 있었다. 그에게 내가 하루를 어떻게 보냈는지 이야기해 주고, 그경쟁 회사가 근거리 투석기 사업에 뛰어들 수는 있겠지만, 교외 주민들을 도심까지 운송하면서 바람 때문에 방향이 빗나갈 위험 부담까지 해결할 가능성은 거의 없다고 설명해 주었다. 바람 때문에 방향이 빗나가면 고층 건물 벽에 부딪혀 박살이 날 수도 있었다. 아니면 달리는 차들 사이로 떨어지거나.

「……보행자들 머리 위로 〈빗나간 자들〉이 떨어질 위험은 그렇다 칩시다. 하늘에서 사람이 장대비처럼 쏟아질 위험이 있다니까요!」

「확실한가요?」

존 앨버레즈가 놀라서 물었다.

「내가 직접 그 투석기를 타고 시험해 봤어요. 떨어질 때 받아 주는 탄성판은 큽니다. 하지만 돌풍이 불어서 내가 다른 방향으로 갈 수도 있는 일이고, 그래서 만약 죽었다고 상상해 봐요. 기상이라는 요소는 통제 불가니까. 이 기술은 장래성이 전혀 없어요.」

얼굴이 어두워진 존 앨버레즈는 사안을 가볍게 받아들이지 않았다.

그는 내게 수표 한 장을 내밀었다가, 내가 받으려는 순간 도로 거두었다.

「내가 두 배를 드리죠. 만약…….」

그가 난처해하며, 하던 말을 그쳤다.

「만약 뭐죠?」

내가 물었다.

「만약 그 투석기가 공식적으로 첫선을 보이는 날, 당신이 그걸 몰래 망쳐 놓는다면 말입니다. 당신 말마따나 그 탑승객이 〈빗나갈〉 것이라는 확신을 갖고 싶어요. 건물 전면에 부딪혀 짓뭉개진 시체 하나면 충분히 부정적인 반응을 불러일으킬 거고, 그러면 우리는…… 〈안전이 보장된〉 우리만의 투석기를 제작할 시간을 벌 수 있지요.」

아무리 그래도 그렇지, 내 말을 듣고도 투석기와 탄성판에 정나미가 떨어지지 않았단 말인가 하고 내심 놀라며, 나는 인간의 도리상, 그리고 나의 윤리상 그런 짓은 못 하겠다고 대답했다. 경쟁 프로젝트를 망치려면 자연적인 대기의 흐름과 바람의 변덕에 맡겨야 한다는 사실을 강조했다. 내가 바라던 대로, 부르는 액수가 점점 높아졌다. 마침내 인간의 도리니 윤리니 하는 것들이 한눈을 팔고, 우리는 처음 금액의 세 배에 이르는 돈으로 합의를 보기에 이르렀다. 그는 내게 그 돈의 절반을 주었고, 나머지 돈은 석 달 후에 거행될 공식 첫선 행사에서 〈사고〉가 일어난 뒤에 건네주기로 했다.

손님이 가고 나자, 엘리자베트가 하얀 블라우스 위로 달무리같이 둥근 땀자국이 배어날 정도의 더위 속에 송골송골 이마에 맺힌 땀을 닦으며 일어서, 자기 땀도 몇 방울 섞인 위스키를 갖다 주었다.

「이걸 드시면 좋아질 거예요.」

그녀가 말했다.

내가 엘리자베트에게서 가장 높이 평가하는 게 바로 이런 점이었다. 특별한 순간에 평범한 말을 할 줄 아는 능력.

나는 커다란 날개가 달린 선풍기를 작동시켰다. 이 선풍기의 동력은 쳇바퀴 속의 다람쥐였다. 선풍기를 틀려면 해바라기 씨가 가득 담긴 작은 그물주머니를 아래로 낮추어 주기만 하면 되었다. 다람쥐는 그 그물주머니를 보자마자 잡으려고 달려들었다. 그러면 쳇바퀴가 돌면서 선풍기가 돌아가는 것이었다.

「점점 더워지는 것 같지 않으세요?」

엘리자베트가 물었다.

질문에다 몸짓까지 덧붙이면서 그녀는 블라우스 앞섶을 살짝 열어젖혔다. 그러자 매끈하고 빛나는 그녀의 젖무덤이 속속들이 눈에 들어왔다.

「제가 궁금한 건 말이에요, 만약 이렇게 조심했는데도 오존층에 난 구멍이 줄어들지 않는다면, 어떻게 생각하세요, 톨레다노 씨?」

「난 당신을 많이 사랑해요, 엘리자베트.」

나는 두 가지 질문에 대한 답변으로 이 말을 건넸다.

나의 말에 그녀의 얼굴이 발그레해졌다. 나는 휴대용 해시계를 들여다보았다. 그림자가 오후 5시를 가리켰다. 나는 〈오늘 하루 일은 할 만큼 했네〉 하고 혼잣말을 했다.

엘리베이터는 올라갈 때보다 내려갈 때가 더 빨랐고, 나는 1층의 북 속에 있는 운동선수들에게 인사를 하고 주차장에 가서 내 포드 머스탱의 닻을 올렸다. 귀갓길에 목매달린 시체 중에서도 가장 썩어 문드러진 시체를 나무에서 걷어 내는 도로 공사 직원들을 보았다. 인근 주민들이 파리가 꾄다며 민원을 넣은 모양이었다.

우리 집에서 몇 블록 떨어진 5번가와 43번가의 교차로에 차가 잔뜩 밀려 있었다. 텔레비전 팀이었다. 좀 더 정확히 말하자면 저녁 뉴스였다. 광장 한복판에 스크린 모양의 무대를 설치하고 기자 한 사람이 앉아 〈원고〉를 읽고 있었다.

「넴로드 사무총장의 발표에 따르면, 오존층에 뚫린 구멍이 계속 커지고 있어, 오염 방지 조치가 좀 더 엄중해질 것이라고 합니다.」

그 기자 뒤에서는 배우들이 뉴스에 나오는 장면들 — 살인, 전쟁, 사고, 결혼, 운동 경기 등 — 을 시사극처럼 몸짓으로 연기하고 있었다. 끝으로 일기 예보 순서는 태양이나 얼굴을 찡그린 구름으로 분장한 배우들이 맡았다.

이 도시의 거의 모든 곳에서 이런 식의 극장-텔레비전이 똑같은 시간에 똑같은 뉴스를 발표했다.

마침내 집에 도착해, 안락의자에 푹 파묻혀 옛날 재즈나 한 곡 들으려고 치즈 한 조각을 턴테이블을 작동시키는 생쥐 앞에 갖다 놓았다. 난 이 재즈라는 음악이 참 좋았다.

재즈…….

재즈가 창시되던 무렵에는 이 음악이 아마도 흡연과 정사(情事)의 욕망을 불러일으켰던 것 같다. 게다가 〈재즈〉라는 말 자체가 〈사랑〉을 뜻하는 은어지 않는가. 나에겐 재즈가 한잔하고 싶은 마음을 불러일으킬 따름이었다.

두 눈을 감고, 새처럼 공중을 날고 있는 내 모습을 다시 떠올렸다……. 어쨌든 난 방금 퀸스에서 맨해튼까지 투석기로 날아온 것이다!

누군가 문을 두드렸다.

현관문 구멍 너머로 우선 눈에 들어온 것은 웬 여자의 날씬한 몸 윤곽이었다.

「제발, 저 좀 도와주세요. 당신 아니면 저는 끝장이에요.」

여자가 소곤거렸다.

깊이 생각해 보지도 않고, 나는 그녀를 집 안에 들였고, 안락의자에 앉으라고 권했다.

인상적인 여인이었다.

몸에 딱 붙는 검은 정장을 입었는데, 미니스커트 밑으로 망사 스타킹을 신은 긴 다리가 드러나 보였고, 하이힐을 신고 있었다. 입술엔 도발적인 립스틱을 바르고 두 눈엔 검은 아이라이너를 진하게 칠했다.

왕왕〈히피〉스타일 쪽인 요즘 젊은 여성치고는 드물게 보이는 우아함이, 내 턴테이블이 들려주는, 아니 이젠 지쳤지만 치즈 때문에 아직 달리는 생쥐가 들려주는 재즈 음악과 완벽하게 어울렸다.

그녀의 엄청나게 큰 두 눈 앞에서, 난 생쥐가〈열정〉이라는 곡이 끝날 때까지 버티지 못하면 어쩌나 하는 걱정이 들었다.

그녀는 손가락 끝으로 머리 매무새를 정돈했다. 난 그녀에게 위스키를 따라 주었고, 그녀는 조금씩 홀짝거렸다.

몇 문장의 짧은 말로 그녀는, 자기 아버지가 옛날에〈지옥의 천사들〉의 전사였으며 휘발유 모터 달린 오토바이에 대한 열정을 떨치지 못했다고 설명했다.

「아버님은 교수형을 당하실 겁니다. 어쩌면 그게 더 나은 일인지도 모릅니다. 우리 아버지는 지옥의 천사들 군단에 살해당하셨거든요. 난 그들을 증오합니다.」

나는 운명론자처럼 한숨을 내쉬었다

「아니에요, 우리 아버지는 교수형당하지 않을 거예요. 당신이 구해 주실 테니까요.」

「전 구할 수 없습니다. 오염 방지 조치가 요즘 들어 한층 더 강화되었거든요. 그래서…….」

「그저 너무 늦기 전에 우리 아버지를 제정신으로 되돌려 주시면 돼요. 그러면 입 다물어 주신 데 대해 보답해 드리지요.」

갑자기 음악이 멎었다. 턴테이블의 생쥐는 아마 심근 경색으로 죽은 모양이었다. 난 부엌으로 가서 새로운 생쥐(사람들은 이것을 〈건전지〉라고 부르며, 환경 보호를 위해 화분에 담아 두고 재활용했다)를 찾아 턴테이블에 놓았다. 「폭풍」이란 곡이 울려 퍼지기 시작했다.

「왜 하필 나죠?」

내가 물었다.

「당신이 제일 나은 분이라고 오빠가 그랬어요. 오빠는 뉴욕 지하철 회사 개발 담당 이사예요.」

「그럼 존 앨버레즈 씨 여동생이시군요? 바로 몇 분 전에 오빠를 만났는데요. 우리 사업의 결론에 대해 오빠 이야기를 들을 겨를이 없었겠네요.」

그녀는 긴 속눈썹을 파르르 떨며 눈을 깜박거렸다.

「오빠는 당신이 인정 많고 대단히 유능한 분이라고 했어요.」

「아닌 게 아니라 제가 당신 오빠의 〈소소한 문제〉를 해결해 드렸죠.」

「오빠는 당신을 만나러 오기 전에 당신에 관한 조사를 했어요. 이렇게 도덕적으로 깨끗한 분은 거의 못 보았다고 하더군요.」

「그렇게 치켜세운다고 제가 넘어갈 것 같습니까? 우리 집 주소는 어떻게 알아내신 거죠?」

「당신 뒤를 밟았죠. 직장에서 만나고 싶진 않았거든요.」

그녀가 실토했다.

명색이 사설 탐정이면서 그녀의 미행을 눈치채지 못했다는 게 자존심 상했다. 나는 애송이처럼, 한 여자가 내 뒤를 따라오는데도 낌새조차 못 챈 것이었다. 그러나 이미 그녀는 다가와 가슴을 내 윗몸에 찰싹 붙였다.

「제발 부탁이에요, 절 도와주세요. 아버지를 구해 주세요.」

나는 망설였다. 그녀는 내 마음이 흔들리는 틈을 타 자기 입술을 내 입술에 갖다 대고 게걸스럽게 키스를 했다.

「제 말을 믿어 주세요. 이 은혜는 영영 잊지 않을게요.」

재즈 음악이 차츰 느려졌다. 새로 갖다 놓은 생쥐가 여자 손님의 행동에 놀라기라도 한 것일까.

「제 이름은 사브리나, 사브리나 앨버레즈예요. 저는 가두 뉴스 극단의 이름 없는 배우일 뿐이지만, 제가 가진 걸 모두 드릴게요.」

그녀는 단숨에 이 말을 속삭임으로 뱉어 냈다.

듣고 나니 그녀의 괴상한 옷차림이 이해되었다. 여배우라고! 가엾은 이 여자는 저녁마다 거리의 무대에서 이 세상의 요지경들을 몸으로 연기해야만 하겠구나.

「톨레다노 씨, 당신 아니면, 저는 더 이상 희망이 없어요. 아버지는 정신이 나가셨어요. 완전히 미치셨죠. 하지만 나쁜 분은 아니에요. 말로 하면 충분히 설득되는 분이지요.」

눈물이 한 방울 떨어져서 마스카라와 섞여 그녀의 한쪽 뺨에 꺼먼 자국이 기다랗게 그려졌다.

「여기 상처가 있나 봐요.」

그녀가 단추를 풀어 헤친 내 셔츠 속으로 한 손을 스륵 미끄러뜨려 웃통의 심장 부근을 어루만지며 속삭였다.

그다음에 어떤 일이 있었는지 잘은 모르겠지만, 우리는 사랑을 나누었다. 내 인생에 드물 만큼 확실하게, 내가 지금 바보짓을 하고 있다는 생각이 들었다. 지독한 바보짓을.

다음 날, 우리는 길을 떠났다.

긴 시간 서쪽으로 차를 몰아, 18단 변속이 가능한 내 빨간색 포드 머스탱을 도심에서 멀리 떨어진 교외의 작은 외딴집 근처에 세웠다.

무척 더웠다. 여러 시간 페달을 밟으며 고속 도로를 주행하다 보니 갈증이 났다. 옆에 태운 여자도 땀에 흠뻑 젖어 있었다. 나로 하여금 자기를 도울 마음이 우러나게 하려고 차려입은 예쁜 옷은 정말이지 이런…… 〈스포티〉하다고 할 만한 상황에 안 어울렸다. 그래서 그녀는 진작에 옷의 일부분을 찢어 버렸다. 기막힌 그녀의 속살을 볼 수 있게 되니 탐정으로서 사건을 잘 풀어 보겠다는 의지에 더욱 힘이 붙었다.

그 집엔 사람이 살지 않는 것 같았다.

「아빠! 아빠!」

아무런 대답도 없었다. 그러나 집 뒤쪽으로 가까이 갈수록, 미지의 소리와 냄새가 나를 덮쳐 왔다.

혹시…….

내가 먼저 그곳에 당도했다. 눈앞에 펼쳐진 광경은 정말 환각 속에서 보는 것 같았다.

희끗희끗한 긴 수염을 늘어뜨린 키 작은 노인, 코는 유선형으로 삐죽 튀어나오고, 가죽 모자를 쓰고, 연보라색 운모로 만든 동그란 안경을 낀 노인이 바퀴가 둘 달린 기계 위에 올라앉아 있었는데, 그 기계는 내가 그때까지 공포물 책에서 사진으로만 보았던 물건이었다.

〈진짜 오토바이!〉

노인의 긴 머리는 가죽 모자에서 밖으로 비어져 나왔고, 오토바이에서는 잡음이라고는 조금도 없는 내부 스피커를 통해 「본 투 비 와일드Born to be Wild」라는 음악이 나왔다.

노인의 목에서는 여러 개의 메달이 반짝였다. 장화의 징도, 가죽점퍼의 금속 장식도, 문신도, 귀와 여기저기를 뚫고 박아 넣은 작은 피어싱도 반짝였다. 그는 오토바이를 타고 트랙을 계속 빙빙 돌았다. 그런 일을 위해서 특별히 만든 것 같은 아스팔트 트랙이었다.

우리를 보자 그는 마침내, 연기가 풀풀 나고 붉게 번득이는 오토바이를 우리 옆에 바짝 붙여 세웠다. 그가 쓰고 있던 연보라색 안경을 추켜올리자 가엾은 하루살이 떼가 안경에 눌려 으깨졌다. 노인은 지옥의 기계 장치 같은 그 오토바이를 가리켰다.

「어때? 할리데이비드슨 〈팬텀〉이란다! 배기량 1,852cc, 2중 카뷰레터, 분사식 모터, 원반형 에어 브레이크, 죽이지, 응?」

「아빠, 오, 우리 아빠, 내가 얼마나 겁났는지 아세요! 아빠를 다시는 못 보는 줄 알았단 말이에요.」

노인은 경계하는 눈빛으로 나를 쩨려보았다.

「이 사람은 누구냐?」

「들어 보세요, 아빠. 이분이 아빠한테 말씀드릴 게 있다고 해서 모셔 왔어요. 아빠는 더 이상 이렇게 지내시면 안 돼요. 너무 위험해요.」

흰 담비같이 가늘고 뾰족한 얼굴에 털북숭이인 노인은 미심쩍은 시선으로 나를 꼼꼼히 뜯어보았다.

「새로 얻은 네 남편이냐? 서방 바꾼 건 잘했구나. 먼젓번 그 녀석은 키가 너무 작아. 난 어깨가 딱 벌어지고 얼굴에 칼 자국도 좀 있는 그런 놈들이 믿음직하더라.」

「제롬 톨레다노. 이분은 사설 탐정이에요. 궁지에 몰린 우릴 도와줄 사람은 이분뿐이에요. 이분은 경찰 쪽 사정에 밝거든요. 옛날에 PAP였대요.」

「PAP라고? 아, 아! 그 〈잘난 척하는 한심한 당나귀들〉 말이냐?」

노인은 마침내 오토바이 시동을 껐다. 모터의 부릉부릉 소리와 연기가 멎었다. 그는 마치 군마(軍馬)에서 내리듯 다이빙 자세로 사뿐히 오토바이에서 내렸다.

그는 내 쪽으로 오더니 끔찍한 짓을 했다. 가죽 담뱃갑에서 여송연 한 개비를 꺼내어 아주 맛나게 피우기 시작한 것이다.

「안 돼요, 아빠! 그건 안 돼요!」

「상관없어. 이런 잔재미도 없이 사느니 차라리 폐암 걸려 뒈지는 게 낫겠다. 난 늙었어. 담배를 피우거나 오토바이를 타던 친구들은 모두 벌써 목매달려 죽었으니, 나도 기꺼이 마지막 사형수가 되고 싶어.」

나는 이때 끼어들어야 한다고 생각했다.

「앨버레즈 씨, 이성을 찾으십시오. 오존층에 뚫린 구멍이 이제 버틸 수 있는 한계까지 다다랐습니다. 브루스 넴로드 사무총장 말씀 들으셨죠. 이젠 세제곱미터 단위의 문제입니다. 공기가 조금만 더 오염되어도 모든 게 무너질 수 있단 말입니다.」

「모든 게 무너진다고? 그러건 말건 난 상관없어. 내게 〈할리데이비슨〉 오토바이가 있고 〈로미오와 줄리엣〉표 아바나 여송연이 있는 한, 인간들이 다 뒈지건 말건 알 바 아냐.」

「거봐요, 쉽지 않다니까요! 제발, 우리 아버지 좀 구해 줘요. 아버진 아무 생각이 없으세요.」

사브리나 앨버레즈가 사태의 심각성을 인정했다.

잠시 나는, 내 차에 놓아둔 SMS 참새들 중 하나를 날려 보내 긴급히 경찰을 부르고 싶었다. 하지만 사브리나가 너무도 큰 충격을 받은 것 같아 마음이 짠했다.

「이분은 음…… 그러니까 환경 파괴범이시군요.」

내가 확인하듯이 말했다.

「우리 아버지예요.」

그녀가 맞받았다.

「이분 때문에 오존층에 난 구멍이 점점 커지고 있다고요.」

「아버진 어린애 같은 분이에요.」

「저분 하나만으로도 세계의 종말이 올 수 있어요.」

「아버지는, 책임을 물을 수 없는 분이라고요.」

「저분을 신고하는 건 시민인 나의 의무예요. 만약 신고 안 한다면, 내가 공범이 되어 사형당할지도 모른다고요.」

순간, 그녀가 내게 다가왔다. 너무 가까이 와서 향수 냄새가 훅 끼쳤다.

「미안하지만, 사브리나, 당신은 저분이 어떤 재앙을 가져올 수 있는지 잘 모르나 본데.」

「당신 같은 평범한 한 남자가 나 같은 평범한 한 여자에게 얼마나 좋은 일을 해줄 수 있는지, 그건 잘 알지요.」

그녀는 무척이나 도발적인 시선을 던졌다.

「난 신고해야겠어요.」

「당신은 우리 아버지를 구해 줘야 해요.」

「환경 파괴범 한 사람을 신고하면 상금으로 지폐가 만 장인데.」

「당신에게만 주어지는 상이 키스 만 번이라면요.」

노인은 우리가 주고받는 말을 빈정대는 표정으로 뻔히 들으면서도, 자기는 그런 일에 털끝만치도 상관없다고 생각하는 것 같았다. 그는 오직 여송연 피워 대는 즐거움에만 몰입하는 것 같았다. 그러다 갑자기, 무슨 생각이 났는지 냉장고로 가서 그 안에 차갑게 보관된 스테이크를 꺼내더니 내가 보는 앞에서 게걸스레 먹어 댔다. 고기에서 핏물이 뚝뚝 떨어지는 것으로 보아 틀림없이 콩으로 만든 인조 고기가 아니라 소의 시체인 진짜 고기였다. 그는 먹고, 피우고, 마시는 일을 한꺼번에 했다.

　한입 가득 고기를 씹고, 아바나 여송연 연기를 내 쪽으로 내뿜으면서 그가 말했다.

　「좋아, 내 할리데이비드슨 오토바이와 비축해 놓은 스테이크 고기와 여송연 한 갑을 기꺼이 땅에 묻어 버리지. 하지만 조건이 딱 하나 있어.」

　「말씀해 보시지요.」

　「신세대 젊은이가 이걸 꼭 알았으면 좋겠어. 할리데이비드슨 〈팬텀〉 1,852cc가 두 다리 사이에서 부릉댈 때 느껴지는 행복이 어떤 것인지 말이야.」

　「뭐라고요?」

　「이 상황에선 자네가 그 젊은이지.」

　「그건 금지된 일입니다.」

　「모든 게 제자리를 찾기 위한 조건이 바로 그거야. 이보게, 타보면 알 거야. 양쪽 넓적다리 사이에 그게 있으면 말이지, 여자 같은 건 저리 가라 할 정도의 맛이라니까! 아! 아!」

　나는 움찔 물러섰다.

　「알게 되는 게 두려운 거야, 아니면 환경을 오염시킬까 봐 두려운 거야?」

순간 사브리나가 나를 꼭 껴안았다.

「제발, 아버지 말씀대로 해요. 그러면 모든 게 끝나요. 돈은 많이 드릴게요. 그리고 용이 당신을 기다리고 있잖아요.」

용이라…….

간밤의 광란이 기억에 떠올랐다. 내가 그녀의 옷을 벗기자, 그녀의 등에 새긴 문신이 드러났는데, 이국적 꽃이 만발한 정원에서 벌거벗은 여자들이 용 한 마리를 에워싸고 있는 문신이었다. 그녀는 내게 말했다.

「등은 스크린이기도 해요. 뜨거운 일로 많이 바쁘시겠지만 예술 작품도 좀 감상하세요.」

나는 그녀와 사랑을 나누는 중에도 그녀의 섬세한 피부에 새겨진 기막힌 문신을 자세히 살피는 나 자신에 스스로 놀랐다.

「좋아요. 그렇지만 딱 한 바퀴만 도는 겁니다. 그다음엔 모든 자취를 없애 버리는 거예요. 스테이크까지 모두요.」

〈지옥의 천사들〉의 일원이었던 노인은 내게 자기의 검정 점퍼를 건네주더니, 오디오를 켜서 음악이 나오자 「이지 라이더」──그의 말에 따르면 신화적인 영화──의 사운드트랙 중 한 곡이라고 알려 주었다.

그리고 여송연에 불을 붙여 내 입에 물려 주었다. 나는 그 연기에 기침을 콜록콜록 하며, 이 바퀴 두 개 달린 기계에 신경을 모았다.

사브리나 앨버레즈의 아버지는 자신의 열정을 공유하는 나를 보며 좋아 죽는 듯했고, 사브리나는 나에게 잘해 보라는 신호를 보냈다.

그는 시동 거는 법, 브레이크 밟는 법, 속도 조절하는 법을 설명해 주었다. 처음에는 살살 몰면서 오토바이의 진로를 제대로 잡아 갔다. 할리데이비드슨은 요란한 소리와 엄청난 연기를 뿜어 댔고, 나는 연거푸 여송연 연기를 뿜어 냈다. 그러면서 내 안에서 어떤 새로운 감각이 치솟는 것을 느꼈다. 오토바이를 타고 한 바퀴를 돌고 나니 또 한 바퀴 타보고 싶었고, 타고 나면 또 한 바퀴 더 타고 싶었다. 나는 속도를 올려 그 기계 괴물이 포효하게 만들었다.

속도계의 숫자가 110, 120, 150, 170, 190 그러다가 200에 이르렀다. 그다음에는 미친 듯한 숫자가 나타났다.

시속 220킬로미터!

투석기를 타고 내려올 때 수직으로 체험한 바로 그 느낌이 이번에는 수평으로 느껴졌다. 한 가지 다른 점은 오토바이 탈 때는 이 체험의 시간 길이를 내 마음대로 할 수 있다는 점이었다.

나는 속도를 올려 앞바퀴를 들고 뒷바퀴만으로 달려 보기도 했다. 그러면서 나 자신도 깜짝 놀란 일은, 한 손으로 볼륨을 한껏 높여, 어느새 1970년대 하드 록 그룹인 밴 헤일런의 「폭발」이 귀를 찢을 듯 크게 울리고 있다는 것이었다.

앨버레즈 영감은 자신이 즐기는 사악한 쾌락에 푹 빠진 나를 보며 흐뭇해하는 것 같았다. 시간이 가는 것도 난 실감하지 못했다. 하드 록 곡들이 연이어 울려 퍼졌다.

AC/DC의 노래 「천둥」을 듣고 있는데, 일순간 정확히 쿵쾅 하고 벼락이 쳤다. 나는 비를 맞으면서 그대로, 천둥이 치는 동안 계속 오토바이를 몰았고, 나의 조상들이 누리던 쾌락, 즉 〈알면서 일부러〉 오염시키는 변태적인 쾌락이 뭔지를 이해했다.

오토바이 연료가 다 떨어지자, 영감은 당연하다는 듯 연료를 채워 주었다. 그리고 여송연 한 대를 더 권했다. 이번에는 연기를 깊이 빨아들여도 기침이 나오지 않았고 내 허파의 내부가 이렇게 오염되는 맛을 제대로 음미하는 경지까지 갔다.

나는 계속 운전했다. 오래오래. 시간 개념도 잃어버렸다.

벼락 탓이었는지, 아니면 쾅쾅 울려 대는 하드 록의 소음 때문이었는지, 경찰이 확성기로 외치는 소리를 나는 듣지 못했다.

「그 괴물 같은 기계를 당장 멈추시오!」

이미 경찰 제복을 입은 여러 사람이 나를 둥글게 에워싸고 강철 활을 쏠 태세로 겨누고 있었다. 다섯 번째 여송연이 아직도 내 입술에서 연기를 뿜고 있는 참이었다.

내가 찾은 대답은 겨우 이거였다.

「지금 제 모습이 좀 그렇다는 건 압니다. 하지만 사실은 여러분이 생각하는 그런 게 전혀 아닙니다.」

사브리나 앨버레즈와 그 아버지는 아무 말이 없었다. 그들은 안도하는 모습이었다.

문득 나는 깨달았다. 경찰이 체포하러 오리라는 것을 알고 노인은 딸에게, 나를 유혹해서 자기 대신 내가 벌을 뒤집어쓰게 하라고 시킨 것이었다. 적당한 때에 내가 오토바이를 타고 있기만 하면 되는 일이었다.

「저 사람이에요.」

사브리나가 나를 가리키며 명료하게 말했다.

내가 머뭇거린 것은 몇 분의 1초도 되지 않았다. 오토바이가 솟구쳤다. 나는 바닥의 둔덕을 도약대 삼아 경찰들의 머리 위로 두두두두 굉음을 울리며 날았다.

반오염 경찰 기마대의 기사들이 말에 박차를 가하며 나를 뒤쫓아 왔다.

나는 머리를 바짝 수그렸고, 강철 활의 뾰족한 화살이 내 주위로 바람을 가르고 휙휙 소리를 내며 날아왔다. 오토바이 키가 말보다 작은 덕에 낮은 나뭇가지 아래로 피해 도망칠 수 있었다.

나는 고속 도로로 접어들었고, 반오염 경찰 기마대의 기사들은 내 뒤 멀찍이에서 달려왔다.

측면에 뜻밖에도 구형 마우저 권총이 보였다. 그 권총을 들고 가장 가까운 곳에 있는 기사를 쏘았다. 빵 하는 총소리에 이어 쓰러지는 소리가 들렸다. 그런데 권총은 강철 활에 비해 반동이 훨씬 커서, 그 반동을 상쇄하려면 손잡이를 꽉 붙잡아야만 했다.

막힘 없는 고속 도로 구간에서는 추격전이 나에게 유리하게 펼쳐졌지만, 도로를 가로지르는 도랑이나 모래가 많은 지대에서는 형세가 말 탄 쪽에 유리하게 바뀌었다.

일순 정신이 반짝하며, 화약을 쓰는 기계로 무장하고 반오염경찰들을 향해 총을 쏘아 대는 내 모습을 보았다. 결국 이렇게 끝나고 마는가. 한 여자 때문에 나는 역사를 정반대로 돌려 버렸다.

〈아버지 죄송해요. 어쩌다 제가 이렇게 됐는지 모르겠어요.〉

그때 연료 계기판이 깜박이기 시작했고 소음과 연기를 뿜어내던 오토바이는 처음엔 쿨럭쿨럭 기침하는 듯한 소리를 내더니 마침내 멈춰 버렸다. 나는 무용지물이 되어 버린 오토바이에서 뛰어내려 경찰을 향해 몇 방 더 쏘았지만, 총에서도 딸각 하고 총알 떨어진 빈 소리만 났다. 불끈 쥔 맨주먹으로 대적하는 동안, 나는 이젠 초현실적이 되어 버린 아까의 그 말을 되뇌었다.

「지금 제 모습이 좀 그렇다는 건 압니다. 하지만 사실은 여러분이 생각하는 그런 게 전혀 아닙니다.」

그들은 위험한 맹수를 포획하듯이 그물을 던져서 나를 잡았다. 그리고 몽둥이로 나를 때려눕혔다. 이 사람들이 나를 죽이려고 하는구나, 하고 생각했지만, 내 경우처럼 유난히 악질적인 경우라면 일선 경찰관에겐 분명 흥미로워 보일 터였다. 본보기를 보일 좋은 기회니 말이다.

나에겐 신속한 재판을 받을 권리가 있었다. 사브리나와 그 아버지는 내가 유죄라고 주장하는 증인으로 나왔다. 두 사람은, 내게 죽음의 기계인 오토바이를 타지 말라고 별짓을 다 해가며 말렸지만 내가 〈오염시키는 쾌락〉에 마약처럼 중독된 것 같았다고 주장했다.

경찰들은 내가 할리데이비드슨을 타고 환각에 취한 듯 여송연을 피우면서 미친 사람처럼 속도를 높이는 모습을 목격했다고 확실히 말했다. 그리고 체포하려고 하자 내가 경찰관을 향해 권총을 쏘면서 달아났다고 증언했다.

〈제기랄! 저 여자 때문에 난 아주 생짜로 당한 거였다.〉

내 비서 엘리자베트와 우리 어머니는, 내가 평생 동안 쓰레기를 분리수거하고, 폐품을 재활용하면서 오염을 막는 행동을 훌륭히 해온 사람이었다고 증언했지만, 그것만으로는 법적 조치가 한창 엄중해지는 이 시기에 판사의 결정에 영향을 미칠 수 없었다.

나는 선고를 받고 〈위험한 경우〉에 해당되는 감방에 감금되었다.

처형 전날 밤, 브루스 넴로드 사무총장이 직접 내 독방까지 면회를 왔다. 맹인이니 길잡이 역할을 하는 비서 한 사람을 대동했다. 시각 장애인인 브루스 총장은 청색 조끼, 청색 셔츠, 청색 넥타이를 착용했다. 비서가 그를 내 맞은편에 앉혔다.

「톨레다노 씨, 당신 부친과 내가 잘 알고 지냈다는 건 아시지요.」

그가 또박또박 말했다.

「부친은 환경 오염에 맞서 싸운 위대한 투사셨죠. 앨버커키 전투에서 그분의 영웅적 쾌거를 사람들이 전해 주었고, 그 전투는 지구의 생존을 위한 우리의 싸움에서 결정적인 순간이었다고 믿습니다. 만약 우리가 앨버커키에서 졌다면…… (그는 잠시 뜸을 들였다) 오염꾼들이 이 세상을 지배하고 있을 겁니다. 사람들은 모두 이기적이라서 자기 일신의 소소한 쾌락만 생각하고 전체의 이익은 망각하지요. 당신은 그 시대에 살아 보지 못했지만, 예전에는…… 사람들이 물건을 살 땐 커다란 비닐봉지에 담아서 받았다가 그 봉지를 그냥 버리곤 했죠. 엄청나게 큰 디젤 엔진이 달린 사륜구동 차를 달랑 혼자서 몰고 다니기도 했답니다. 비행기는 엄청난 양의 등유를 태운 유독성 연기로 구름을 더럽혔고 말입니다.」

그의 흰 눈이 나를 뚫어지게 응시하는 듯했다.

「예전엔, 집집마다 우편함에 선전 쪽지가 가득 들어차 있었죠. 그만큼 종이를 낭비했던 겁니다. 비닐도 펑펑 썼고요. 숲 전체를 파괴해서 나무를 재료로 일회용 젓가락이나 휴지 같은 걸 만들었죠. 공기, 물, 땅, 모든 것이 더럽혀졌죠. 즉흥적으로 아무 생각 없이, 사소한 욕구 해소를 위해서 말입니다.」

사무총장은 나에게 깊이 생각할 틈을 주려는 것인지 잠시 말을 멈추었다.

「당신은 여송연을 피우며 권총을 들고 오토바이를 타고 있었던 것 같은데요. 할리데이비드슨 오토바이라고요. 〈지옥의 천사들〉이 선호하는 오토바이가 바로 그거죠. 〈지옥의 천사들〉이 당신 아버님께나 나에게나, 공통의 적이었다는 것은 아십니까? 그보다 더 심한 게 있죠. 앨버커키에서 그들은 당신 아버님을 살해했어요. 권총 한 발을 등에 맞고 돌아가셨지요. 환경을 오염시킨다는 것은 비열과 경멸의 정신 상태입니다. 아버님은 놀라운 분이셨습니다. 그거 아시나요?」

「네.」

내가 대답했다.

그는 고개를 주억거리더니 한숨을 내쉬었다.

「때때로, 내가 하는 모든 일이 헛수고 아닌가 싶기도 해요. 즉각적 쾌락은 언제나 양심보다 힘이 셀 테지요. 앞으로 다가올 숨조차 쉴 수 없는 세상에서 자식들이 죽는 꼴을 목격할지 모른다는 공포도 사람들을 멈추게 하지 못하니까요.」

「아뇨, 총장님께서 하는 일은 중요합니다.」

「당신이 그런 말을 하다니요? 산유국 통치자의 자식들은 휘발유 모터로 가는 자동차의 쾌락을 되찾으려고 테러들을 준비하고 있습니다. 한 건을 가까스로 막아 냈고요. 그런데 지금 당신은…….」

「정말 죄송합니다.」

내가 기어 들어가는 소리로 말했다.

흰자위만 보이는 두 눈은 여전히 먼 곳을 향한 채로, 그는 고개를 끄덕끄덕했다. 그는 심지어 얼굴을 내 쪽으로 돌리지도 않았다.

「UN 사무총장으로서 난 최선을 다해 볼 겁니다.」

그는 서글프게 웃으며 한 손을 내밀었다.

어찌할 바를 모르며 나도 그 손을 맞잡았지만, 그가 내게서 기대하는 건 이런 것이 아니었다. 난 마침내 그가 내 얼굴을 쓰다듬고 싶어 한다는 걸 알아차렸다.

「오토바이 말인데요…… 당신은 기막힌 속도감을 느껴 봤죠, 그렇죠?」

「정말 완전히 취하던걸요…….」

「죽음에 도전하는 느낌이었나요?」

「그 느낌은…… 나는 것 같았습니다.」

다시금 그는 잘 알겠다는 듯, 고개를 끄덕끄덕했다.

「곧 누구나 그런 느낌을 맛보게 될 겁니다. 내일 새로운 운송 수단을 선보일 예정입니다. 투석기라고. 이걸로 하늘을 날 때의 기분이 오토바이 타는 느낌과 비슷했으면 좋겠군요.」

「그럴 거라고 확신합니다.」

내가 대답했다.

그는 한 손으로 내 얼굴을 골고루 더듬어 만져 보았다. 마치 손가락을 통해 내가 누군지 알고 싶은 것 같았다. 그런 다

음 그는 비서에게 손짓을 했고, 비서가 다시 그를 이끌고 나
갔다.

　나의 교수형은 내가 사는 집 바로 아래에 있는 예쁘장한
소광장 겸 공원에서 어느 햇볕 좋은 날 오전에 집행되었다.
　사람들이 떼 지어 몰려들었다. PAP의 경찰들, 빈둥대는
백수들, 몇몇 알려진 얼굴들.
　맨 앞줄에 어머니가 가냘픈 몸집에 검은 조끼를 걸치고 계
셨다. 어머니는 결국 나를 똑바로 쳐다보지 못하셨고, 얼굴
은 슬픔으로 일그러져 있었다. 어머니 오른쪽에 선 엘리자베
트는 감정을 더 격하게 드러내고 있었다.
　누군가 군중 틈을 뚫고 내가 있는 쪽으로 다가왔다. 사브
리나 앨버레즈였다. 그녀는 아버지가 아니라, 뉴욕 지하철
회사의 개발 이사인 오빠 존과 함께 왔다. 검은 블라우스에
뒤를 쫙 튼 스커트를 입어 멋진 다리와 용의 꼬리 부분이 보
였다. 베일을 쓴 그녀는 마치 내가 죽고 세상에 남을 미망인
이라도 되는 듯 훌쩍댔다. 그녀는 다시 봐도 매혹적이었다.
내가 그리 쉽게 속아 넘어갔던 이유가 이해되었다.
　정말이지 배우들은 재주가 뛰어나다.
　적어도, 내 죽음 덕분에 공해를 유발하는 오토바이 한 대
는 세상에서 없어지는 셈이다.
　할리데이비드슨을 타고 달릴 때 나를 사로잡던 그 무시무
시한 흥분 상태를 다시 생각해 보았다. 그때 나는 시속
220킬로미터까지 갔었다.
　그러니 바로 이것, 이 〈원초적〉 감정이 우리 세계의 파멸
을 가져왔던 것이다.

PAP의 경찰관이 내가 매달릴 나무 쪽으로 나를 밀었다. 잘 꼬인 새끼줄을 보니 질이 좋은 것 같았고, 심지어 가죽 고리로 줄이 안 풀리도록 잘 감아 놓기까지 했다. 일 처리 한번 참 야무지게도 했네.

참새 한 마리가 내 목이 매달릴 그 줄 위에 와 앉았는데, 새의 발에 SMS 메시지가 매달려 있었다. 그렇지만 난 두 손이 등 뒤로 묶여 있으니 어찌 그 메시지를 받는단 말인가……

〈누군가 내게 할 말이 있구나. 아니면 이 순간 누가 나를 생각해 주었구나.〉

PAP의 경찰관 한 사람이 나의 죄목을 읽었다. 나는 거의 귀를 기울이지 않았다.

「모터 달린 기계 사용…… 여송연 흡연…… 화약 무기 사용…… 소의 시체 섭취…… 무책임한 이기적 행동…… 가족의 수치…… 아버지는 오염 반대 투쟁의 영웅…….」

지긋지긋했다. 얼른 좀 끝냈으면 싶었다.

경찰관이 결론을 내렸다. 나라는 인간은 나쁜 사람이며 살 가치가 없는 자였다. 변태. 거짓말쟁이. 야만적인 사람. 전에 일원이었던 PAP의 대의명분을 저버린 배신자. 내게 최소한의 생태주의 정신을 심어 준 환경 보호 청년회의 수치. 주변에 해를 끼치는 자. 오염의 화신.

그는 환경 보호주의자들의 지구 헌장 7개 조항을 환기시키고, 그 헌장의 모든 항목을 우롱한 내 행위의 심각성을 이야기했다. 길었다. 너무도 길었다.

나는 SMS 메시지를 발에 찬 채 기다리는 참새를 물끄러미 바라보았다. 대체 누가 내게 저 메시지를 보냈을까?

이어 그야말로 나의 〈처형〉이 준비됐다.

나는 교수대의 사다리 발판 위로 올라가야 했다. 사형 집행인이 뒤에 서서 내 목에 밧줄을 걸어, 당기면 죄어지도록 둥그렇게 맸다. 이때 참새가 포르르 날아 올랐다가, 다시 내 곁에 바짝 와 앉았다.

교도관 한 사람이 선서를 하고 나서, 〈환경 파괴〉라는 죄목이 빨간색으로 큼지막하게 적힌 팻말을 내 목에 걸었다.

구경꾼들 몇몇이 휘파람을 불고 야유를 퍼붓기 시작했다.

사형 집행인은 모든 것이 준비되었음을 확인한 후, 교도관에게 집행 신호를 보냈다.

〈좋아, 이번에는 진짜 가는 거야.〉

과거에 불과했던 시간이 강렬하게 현재로 변한다. 내 목 피부에 밧줄이 거친 감촉으로 와 닿는다. 딛고 올라선 발판이 흔들린다. 두 발이 허공에 대롱대롱 뜬다. 그리고 움직임을 멈추고, 숨이 막히기 시작하면서 타들어 가는 듯한 쓰라림이 목을 관통한다. 지독한 편도선염처럼. 사실 난 처형이 신속하게, 고통 없이 이루어졌으면 했다. 그런데 난 지금 고통을 받고 있고, 이 고통은 끝이 없다.

작은 참새가 나를 바라본다, 제 발에 매달린 편지를 내가 펴보지 않으니 웬일인가 하고.

내가 혀를 빼물자 참새가 다가온다, 마치 이 분홍색 열매를 맛보기라도 하려는 듯.

미안해, 참새야. 좀 더 기다려야 한단다. 며칠 후 내 시체에서 고약한 냄새가 풍기고 이웃 사람들이 불평을 하면, 사람들은 나를 퇴비로 만들어 버릴 거야. 그때 내가 만약 과일나무 아래 묻힌다면, 너는 나를 거름 삼아 열린 열매를 쪼아 먹을 수 있게 된단다.

참새는 머리를 가볍게 흔든다. 적어도 이 새는 나를 판단하지 않는다. 이 새는 현재에 살고 있다. 새는 자유롭다.

홉뜬 나의 두 눈이 구름을 본다. 이제 군중의 소리는 더 이상 들리지 않는다. 나는 혼잣말을 한다. 어쨌든 세상은 끝장난 거라고, 사람들은 계속 어리석은 짓거리, 탐욕, 의식(意識)의 결핍 때문에 세상을 오염시킬 거라고.

사무총장 말이 맞았다. 〈부릉부릉〉대는 쾌락은 언제나, 자식들의 목숨을 구하겠다는 욕망보다 앞선다.

사브리나 앨버레즈는 단지 나의 거무칙칙한 측면을 겉으로 드러내 주었을 뿐이다. 마찬가지로 또 다른 수많은 변태적 인간들이 남들의 숨겨진 음침한 얼굴을 백일하에 드러내 주겠지.

〈털끝만큼만 건드려도 폭삭 무너진다.〉

진리는 손가락에

막 간 의 짧 은 이 야 기

현자가 달을 가리키는데, 바보는 손가락을 쳐다본다. (중국 속담)

현자가 자기 손가락은 전혀 중요하지 않으며 정작 보아야할 것은 달이라고 설명하는데, 바보는 현자의 말에 귀 기울이며, 현자가 말도 참 잘한다고 생각한다. (위 속담의 현대적인 변용)

현자가 바보에게 제발 〈저놈의 달〉을 좀 쳐다보라고 해도, 바보는 두려워할 뿐 고개를 들지 않는다. (위 속담의 아주 현대적인 변용)

현자가 마침내 달에 대해 말하는 걸 포기하고 아무래도 바보가 흥미를 보일 것 같은 자기 손가락에 대한 대화를 시작하자, 바보는 속으로 말한다. 현자는 자기 얘기를 남이 잘 알아듣게 하고, 어떤 주제에 대해서든 말할 줄 아는 사람이라고. 심지어 손가락 같은 생뚱맞은 것에 대해서도 말이다. (위 속담의 더욱더 현대적인 변용)

현자가 죽자, 바보는 속으로 자문한다. 〈그런데 정말, 현자가 손가락을 머리 위로 그렇게 높이 치켜 들면서까지 우리에

게 말하려 하던 게 뭐지?〉 (위 속담의 변용의 결정판)

존중의 문제

있 을 법 한 과 거

A13 고속 도로, 차 안, 35세.

아시겠지만, 중요한 건, 존중입니다. 제가 말씀드릴게요. 손님들이야 자기 하고 싶은 대로 하는 거지만, 경호 일로 먹고사는 우린, 우리는 신중한 처신의 대가로 돈을 받는 거랍니다. 하지만…… 하지만, 하지만, 하지만 사람을 〈존중〉해 줘야지요.

예를 들면요, 누구라고 이름까지는 말 않겠지만 아주 유명한 모 씨 말입니다. 텔레비전에도 무척 자주 나오는 사람, 텔레비전에선 아주 사람 좋아 보이는 그 사람. 어느 날 저녁 이 사람이 제 고객이 되었단 말씀이에요. 그럼요, 바로 제 손님요.

그날 저녁, 이미 꽤나 늦은 시간에 그 손님이 왔는데, 길에서 여자 두 명이랑 비척거리고 있었어요. 여자들은 거의 벌거벗은, 아니 입긴 했는데 뭐 하는 사람인지 정체가 그대로 드러나는 그런 옷차림이었어요. 뭔 말인지 아시려나.

그 남자는 유명 진행자, 텔레비전 방송에 나오는 진행자였어요. 내가 아까 말했나 모르겠는데, 그 사람이 밤색과 거의 형광색에 가까운 걸 게워 내더군요. 다행히 차 밖에다 토했어요. 앞바퀴와 바퀴 덮개에 조금 묻긴 했지만, 그것까진 괜찮아요. 그래요, 난 아무 말도 안 했어요. 경호로 먹고사는 우리, 우리야 입 닥치고 있는 대가로 돈 받는 거 아닙니까? 예? 그게 우리 직업이죠. 그래서 저는 그를 도와서 우리 차에 태우고 휴지와 화장수를 묻힌 물수건을 주었죠. 그가 여자들을 끼고 뒷좌석에 앉아 있는 동안, 난 얼른 차에서 내려 새미 가죽으로 차체를 한 번 닦았죠.

우리 경호업체 차는 도요타 사륜구동 검정 터보 디젤이고, 차창은 선팅되어 있습니다. 신중하게 처신하려면 아무래도 선팅하는 게 낫죠. 선팅하면 분위기도 아늑해지고요. 메르세데스는 너무 눈에 잘 띄는 차라서 사용 안 합니다.

내 도요타 뒷좌석에 탄 손님, 처음엔 아무 나쁜 짓 안 했습니다. 그런데 코카인 가루를 킁킁 코로 들이마시기 시작하더니만 그다음부터는 저 하고픈 대로 하더군요. 나야 끼어들 일이 아니지만, 그래도 어쨌든.

그는 뒷좌석에 앉아 있었는데, 짜증을 내더니 점점 말소리가 커지고, 그러다 갑자기 일이 터졌어요. 운전하는 동안 계속 찰싹 치는 소리, 때리는 소리, 고함 소리가 들리더군요. 그가 두 여자를 패기 시작했던 거예요. 하도 세게 때리니까 여자들이 내 도요타 사륜구동 뒷좌석에서 울부짖고 아주 난리였어요. 날카롭게 꺅꺅 소리를 지르고요. 그런데 제가 난청증이 있어서 보청기를 끼거든요. 낙하산 부대 소속으로 아프리카 부르키나파소에서 게릴라 활동 좀 할 때 귀 부근을 칼라슈니코프 기관총으로 한 방 맞았기 때문이죠. 그래서 날카로운 소리가 들리면 고막이 아주 송곳으로 쑤시는 것같이 아파요.

그래서 내가 그에게 말했죠. 좀 그만하라고. 그리고 그러다간 〈여성분들〉 다치겠다고. 하지만 그는 하던 짓을 계속하면서 내 말에 콧방귀도 안 뀌더군요. 그는 두 여자를 모두 때렸어요. 방탄 장치가 된 차의 이중 유리창(이건 차량에 장착해도 되고 안 해도 되는 옵션이지만 난 철저히 그런 걸 챙겨 달거든요)에다 여자들 얼굴을 몇 번씩 짓찧더군요. 연골이 유리에 닿아 으스러지면서 과자가 바스라지는 것 같은 소리가 났죠. 왜 자기방어를 안 했느냐고 물으시겠지만, 돈 때문이 아니었을까요?

그러더니 말이죠, 그가 마약이 떨어졌다면서 마약 밀매상한테 가서 사 와야 한다는 겁니다. 그가 마약상 이름과 주소를 말해 주며 나보고 만나라는 거예요. 왜냐하면 그 마약상이 〈개인적〉인 일로 자기한테 원한이 있다는 겁니다. 난 묻지 않았죠(우리 같은 사람들, 즉 우리같이 남의 안전을 지켜 주는 경호원들은 돈 받은 만큼 신중하거든요). 하지만 틀림없이 여자 문제나 마약 자금과 관계된 사건일 거라는 짐작이 들더군요.

문제는 이 마약상이 내가 아는 사람이라는 거였습니다. 그 친구 별명이 〈람보〉예요. 왜냐하면 실베스터 스탤론과 좀 닮았거든요. 아주 위험하고 영향력 있는 친구랍니다. 코소보 출신의 왕초였죠. 그쪽 사람들은 아주 지독한 놈들이에요. 전쟁 때문에 모두들 실성한 것같이 되어 버렸어요. 내 친구들이 용병인데, 그들이 그 〈람보〉라는 친구에 대해 말해 주더군요. 람보는 거기서도 이미 강적이었대요. 각종 밀매의 왕이었고요. 처음에는 음반, 빗, DVD 같은 것을 들여다 팔다가, 나중에는 아이들, 무기를 팔았어요. 뭔 말인지 아시려나.

그래서 내가 그 손님한테 말했어요. 미안하지만 거기는

못 가겠다고. 그랬더니 그 유명 인사 손님은 내게 〈좋아, 1천 줄게〉 하더군요. 난 대답했죠. 1천을 받는다면 기꺼이 거기까지 모셔다 드릴 수야 있지만, 만나러 올라갈 때는 손님 혼자 가시라고요. 난 총도 없고, 저 위에 있는 그들은 우지로 무장하고 있을 텐데. 기관 단총인 우지에 한 방 맞으면 사과만 한 크기의 구멍이 나거든요(전 우지 총을 아주 좋아한답니다. 주머니에 쏙 들어가고, 무겁지도 않아서요. 화력에 비해 반동도 거의 없고 말이죠). 그러자 그 유명 인사 고객이(아, 미안하지만, 이름을 대라고는 하지 마십시오. 그 사람 이름은 말할 수 없습니다) 1천5백을 주겠다고 하더군요. 내가 말했어요. 오케이. 2천 준다면 내가 두 사람을 더 데려올 수 있고, 무기도 갖고 오라고 할 수 있다고. 우리에겐 베레타 권총이 있지만, 그 정도 돈이라면 우리가 계단에서 그를 기다리다가 상황이 곤란해지면 마구 쏘아 젖힐 수 있다고.

난 이 분야의 전문가지만, 경찰과 시비가 붙는 건 싫어요, 아시겠죠. 경찰들은 우리 면허를 취소해 버릴 수 있으니까요. 우리는 진지한 경호 대행사이고, 평판이 중요하거든요. 재정이 탄탄한 것도 물론 중요하고요. 은퇴 후 연금으로 보자면 문제가 있을 수 있지만 그건 논외로 하고요.

그래서 그 유명 인사 손님은 우리가 같이 가줬으면 한다고, 그렇다면 2천5백을 낼 수 있다고 했습니다. 난 말했죠. 좋다, 내 수하의 두 녀석과 베레타 권총 여러 정으로 무장하고 위층으로 올라가긴 하겠지만(베레타를 쏘면 구멍은 좀 더 작게 뚫리지만, 그래도 잘 맞거든요) 난 문턱을 넘어가지 않을 것이고, 우린 매복한 채 기다려 주겠다. 그리고 우린 그 뒤에 일어날 사건의 증인이 되고 싶지 않다. 그러자 그는

3천 주겠다고, 금액을 흥정하는 것과 동시에 자기 오른쪽에 앉은 여자를 패기 시작했어요. 내가 그만하라고 했죠. 피가 흘러 내 사륜구동 도요타 좌석의 우피(牛皮) 통가죽 커버에 얼룩이 지고 있었거든요. 그리고 여자를 병원에 데려가야겠다고 했죠. 그는 나보고 아가리 닥치라고, 네 할 일이나 잘하라며, 이 갈보 년은 길가 어디 떨구고 가면 아무 문제 없을 거라고 했어요. 글쎄 그 사람, 누구나 좋아하는 텔레비전 인기 스타라니까요. 안 돼요, 이름은 말할 수 없어요. 그는 텔레비전 프로를 다루는 연예 잡지 표지에까지 나왔어요. 아이들을 무릎에 앉히고서 말이죠! 아이들을요! 그리고 수영복 차림으로 유명 여배우와 휴가를 보내는 사진도 신문에 나왔잖아요. 심지어 그 둘이 결혼할 거라고 사람들은 믿었고요. 사람들은 참 순진해요, 그렇죠.

하지만 어쨌든, 우리 직업이 이러니 이 이야기는 여기서 그만하고, 우린 두 여자를 인적 없는 길모퉁이에 내려놨죠. 두 여자는 더 이상 움직임이 없고, 잠을 자는 것 같더군요. 어쨌든, 둘 중 더 천박한 쪽인 것 같은 여자가 코를 골더군요. 아, 그 코 골던 여자 화장한 꼬락서니 애기를 하자면, 아주 덕지덕지 떡칠을 했더라고요. 그 여잔 코가 깨졌고 얻어맞은 흔적이 많았지요. 또 한 여자는 미니스커트와 블라우스가 온통 피범벅이 되었지만, 그 애긴 안 하겠습니다. 세탁비도 그들이 직업상 지출해야 하는 비용이니까요, 그렇죠? 그 유명 인사 고객이 지폐 몇 장을 그녀들에게 휙 던집디다. 그 사람 지갑 속에는 1백 유로짜리 지폐가 여러 장 있었고, 인색하진 않았어요. 적어도 그거 하난 장점으로 인정해 줘야 해요. 아예 통 큰 사람이라고까지 할 수 있던걸요. 그렇지만 난 좀 거북했어요. 그래도 그렇지…….

방어할 힘도 없는 여자들에게 그런 짓을 하다니.

바로 그 전주에, 이 유명한 사회자가 출연하는 프로그램의 주제가 〈매 맞는 여성들〉이었는데, 방송에서 우는 걸 봤거든요. 세상은 요지경이에요. 머리엔 반지르르하게 기름 바르고 호감 가는 미소를 짓고, 남들이 〈이상적인 사윗감〉이라고 부르는 그런 놈이. 사람들은 순진하단 말이에요. 만약에 사람들이 사실대로 안다면 어떻겠어요.

난 속으로, 저 친구가 지닌 돈이 더 있나, 아니면 수중에 있는 돈 전부를 힘센 척하려고 한 번에 날려 버리는 건가 궁금했지요.

그다음에 우린 마약상, 아까 말한 그 람보를 찾아갔어요. 그 집에 다가가 현관에 있는 녀석들을 쓱 훑어본 뒤 내가 말했죠. 경호 전문가로서 보니 두 사람으론 안 되겠다고, 다섯 명쯤은 있어야 한다고요. 난 느껴지거든요. 이게 직업인데, 척 보면 알죠.

예전에 닭 잡는 도축장에서 일했는데, 그때도 마찬가지로 난 각각의 위치에 필요한 사람 수를 알고 있었어요.

내 계산은 절대 틀리는 법이 없었죠. 그렇지만 닭 잡는 도축장은 냄새가 문제예요. 내 옷에선 그야말로 악취가 풍기고, 냄새가 머리카락, 피부에까지 들러붙어 아내는 나한테서 시체 냄새가 난다며 난리였어요. 그래서 경호 일을 택한 거죠. 이쪽이 보수도 낮고요. 아이가 여덟인데, 먹여 살려야죠. 크리스마스 때면 선물만 해도 장난 아니에요. 게다가 아내는 있는 대로 돈을 펑펑 쓰는 여자죠. 주로 신발에다요. 신발이 수천 켤레는 있어야 한답니다. 그걸로 도대체 뭘 하는

지 모르겠어요. 다 먹는 것도 아닐 텐데 원. 아이고, 얘기가 옆으로 샜네요.

그래서요. 자, 하던 얘기를 계속 해보죠. 1만 유로에 다 해결해 주기로 하고, 내 수하에 있는 다섯 놈이 30분 뒤에 도착했어요. 차창에 선팅한 도요타 터보 디젤을 함께 타고 왔지요. 일을 신중하게 하려고 도요타를 탄 겁니다. 그 차가 메르세데스보다 나아요. 참, 그 얘긴 아까 했던가요? 그리고 사실 말이지, 상대편은 건장하고 무기까지 가진 네 명이니 일이 어떻게 될지 정확하게 느껴지더라고요.

다행히 그쪽도 프로였어요. 술집에서 말썽 부리는 손님들 손봐 주다 퇴직했거나 감시원 같은 일을 했던 놈들은 아니더군요. 뭔 말인지 아시려나. 임시직 용역 사무실에서 싼값에 대충 소개하는 젊은 경비원 나부랭이도 아니었고요. 그런 곳은 두 사람 가격에 세 사람, 이런 식으로 소개한단 말이죠. 아, 솔직히 말해 볼까요, 바로 그런 놈들이 이 직업을 망쳐 놓지요! 신경도 무디고. 순발력도 전혀 없고. 그저 돈 때문에 이 짓 하는 놈들도 난 많이 알지요.

푸…… 이 직업에 대한 열정도 없이 말이죠. 그러다가 결정적인 오점을 남겨요. 그러고 나면 신문 〈각종 사건〉란에 그들에 대한 이야기가 나오죠. 좋아요. 어쨌든 이건 내 생각인데, 모르는 사람들 눈으로 보자면 경호원들이야 모두 거기서 거길 겁니다. 그렇죠. 그렇더라도 내 감히 말하지만, 저렴한 할인 가격에 쓸 수 있는 권총 찬 젊은 애들, 애들은 피가 너무 끓어서 〈나중에 후회할 사고〉를 칠 수 있단 말입니다.

무기 면에서 보자면 붙어 볼 만했어요. 내가 두려워하던 우지 기관단총이 아니라 스미스 앤드 웨슨 권총을 지녔더라

70

고요. 구형(球形)에 크롬을 도금한 조준기가 달려 있는 신제품으로요. 아주 멋지더라니까요.

상대편 놈들은 우리 쪽이 자기들보다 수가 더 많은 걸 보고는, 구태여 붙으려고 하지 않더군요. 우린 알겠다는 표시로 그저 고개만 끄덕했을 뿐이었어요. 뭔 말인지 아시려나.

그들도 우리가 프로라는 걸 알아본 거죠.

내가 고용한 다섯 사람은(난 직업 분류상 프리랜서 장인이니, 내가 고용한 애들은 파트타임으로 급료를 받죠. 하지만 시간 외 근무를 하게 되면 알아서 더 얹어 준답니다) 이제부터 말해 드리겠지만, 〈만만한 애들〉이 아니었어요.

1) 물루: 이 녀석은 론알프 지역 킥복싱 라이트 헤비급 챔피언입니다. 어깨 수술 이후 현장에 나오게 됐어요. 코를 다쳐서 평소에 입으로 숨을 쉬면서 불만 많은 황소 같은 소리를 내죠.

2) 알베르토: 이놈은 파리 16구(그러니까 부자 동네, 여기 사람들은 요구가 많고, 서비스도 고품격을 원하지요)에서 보디빌딩 선생 겸 코치 노릇을 하지요. 왜소한 편이긴 해도 상대방의 어떤 근육이나 어떤 급소를 눌러 줘야 고통을 주거나 죽일 수 있는지 환히 알고 있어요. 알베르토를 잘못 건드리면 안 돼요. 안 그래도 얼마 전에 마누라가 다른 놈하고 놀아나서 신경이 예민한 상태랍니다. 조금만 건드려도 폭발하죠. 게다가 통제 불능이고요. 하지만 나는 이놈을 통제할 수 있습니다.

3) 목타르: 얘는 가라테 프리 스타일 챔피언이에요. 감방에 있을 때 같은 방 가라테 팀 대표 선수로 다른 놈을 다 제압한 다음 출옥했지요. 아주 역사적인 시합이었나 봐요. 목타

르는 상대방의 한 손을 못 쓰게 만들고 눈썹 쪽 뼈를 으스러 뜨려 놨대요. 보기 좋은 꼴은 아니었겠죠. 아무튼 나는 현장에 없었고, 교도소 간수들이 그 끔찍한 현장을 얘기해 준 거예요. 그래서 그놈만큼이나 인정사정없는 내가, 출옥한 그놈을 바로 내 밑으로 고용했죠.

4) 두두: 벨리지의 우리 옆집에 사는 친구인데, 뚱뚱하고 거친 녀석이에요. 전에 슈퍼마켓 경비로 있었는데, 손님을 한 대 때리는 바람에 해고됐죠. 고의가 아니고 실수였어요. 두두는 내 주위에서 유일한 〈프로〉 경비원입니다. 알고 보면 여린 놈이죠. 정말 자기를 존중하지 않는 사람에게만 행동으로 보여 줍니다. 근데 행동하고 나선 후회를 해요. 맞아요, 정말로 후회한다니까요. 우리 중에서 제일 예민한 친구예요. 너무 예민해서 가끔은 이놈을 부르는 게 망설여져요. 일 저지른 뒤 지나치게 후회할까 봐서요.

5) 마지막으로 프레도: 동네별 럭비 시합의 최강자. 하지만 그런 건 우리 직업의 척도로 전혀 쳐주지 않으니까. 그런 거 말고, 프레도는 아프가니스탄 참전 용사랍니다. 전쟁에 나갔다 와서는 눈 뜨고 못 볼 만큼 끔찍했다고 말하더군요. 나도 아프가니스탄 참전 제의를 받았었죠. 내가 권위와 자기 통제에 대한 감각 하나는 타고났거든요. 그래서 남들이 권한 거죠. 그런데 그땐 닭 도축장에 다니다 막 그만둔 상태였고, 사회적 지위를 높여 보겠다는 야심이 있어서 망설였어요. 모병하는 측과 급여 액수도 합의되지 않았고요. 안 가길 잘했죠. 거기, 아프가니스탄은 사방이 온통 산뿐이고, 날씨도 쌀쌀해요. 비도 많이 오고. 눈도 오고. 난 추운 건 싫거든요. 난 사람들이 스키를 왜 그렇게 좋아하는지 도무지 이해가 안 돼

요. 공연히 비탈을 올라갔다 다시 내려왔다, 몸 어딘가 부서질 때까지 계속 그 짓이니. 위험하죠. 바보나 할 짓이에요. 자기 몸 부서지는 게 그리 좋다면, 차라리 러시안룰렛 게임을 하는 게 낫죠. 심지어 썰매도 난 불안해서 못 타요. 내 인생 이야길 하려는 건 아니지만, 보시다시피 저는 지중해 바닷가에서 태어났고, 아버지는 당시 청소년 체육부 장관이 공인한 수영의 달인이었습니다. 그러니 고산 지대의 칼바람보다는 태양이 훨씬 내게 친근하죠. 추우면 난 류머티즘이 도져요. 그래서 아프가니스탄은 〈괜찮습니다〉라고 했죠. 더구나 그들이 제시하는 액수로는 말입니다.

아무튼 그래서, 람보의 아파트에서 양쪽의 고객이 서로 다투더라고요. 우리는 상대편 경호원들과 잠자코 서로 훑어보았지요.

이 바닥에서 산전수전 다 겪은 사람들끼리는 눈빛만 봐도 척 아는 법인지라, 보디가드들끼리는 잘 알겠는데, 우리 고객들은 입으로 말을 주고받는데도 서로 알아먹는 기색이 아니었어요. 그들은 서로 전혀 친절하지 못한 말들을 주고받기 시작하더군요. 그러다가 서로의 신상에 대해 슬쩍슬쩍 흘리는 말들이 영 곱지 않더라고요. 우리는 짐짓 태연한 척하려고 껌을 짝짝 씹어 댔지요. 내 짐작대로, 그들 사이엔 여자 문제랑 돈 문제가 얽혀 있더군요. 일부러 귀 기울여 들은 건 아니지만, 귀를 틀어막고 있을 수도 없는 노릇이니까요.

텔레비전에 나오는 유명 인사, 그 손님이 람보한테 아주 어리석은 짓을 했던 모양이에요. 무척 심한 잘못인 것 같더라고요. 근데 고개를 숙이고 들어가기는커녕 이 사람이 사리 분별을 넘어서서 도도하게 나가는 거예요. 마치 람보의 과거를 모르거나, 아니면 그런 과거를 안다 해도 아무렇지 않다는 투였어요. 그는 람보를 〈쪼끄만 똥 덩어리 같은 놈〉이라고 하면서, 자기 사람(그게 우리였겠죠)을 써서 면상을 갈아 버리겠다고 위협했어요. 그 대목에서 우린 씹던 껌을 더 세게 짝짝 씹었답니다. 왜냐하면 람보의 면상을 갈아 버리는 일은 아까 한꺼번에 받기로 한 금액 1만 유로에 포함되지 않은 것이었으니까요. 욕설은 욕설을 불러 둘 중 누가 먼저인지도 모르게 주먹질이 시작되었죠.

그들은 서로 패기 시작했어요. 텔레비전에 나오는 유명 인사가 코소보 출신 왕초를 때리고…… 아, 코소보를 유럽 연합에 합류시키는 게 정말 좋은 생각인가 모르겠어요.

양쪽 진영의 우리는, 계속 아무렇지 않은 척하느라 〈흠, 흠〉 소리를 내면서 서로를 살피고 있었지요. 양쪽 편에 대해 말할 수 있는 건, 껌을 아주 세게 씹고 있었다는 거죠. 껌은 단물이 다 빠져 플라스틱을 씹는 것 같았어요. 하지만 우리도 그들도 개입하고 싶은 마음이 없었어요. 우리가 하는 이 일은요, 존중과 신중이 최고거든요. 그리고 고객들로 말하자면…… 이건 결국 그들의 일이거든요. 내 고객이 기선을 제압할 때(아마도 그가 어떤 걸 먼저 냄새 맡아서 그런 것 같은데), 그리고 그가 온통 끈적끈적하고 시뻘게진 커튼 봉을 휘두르기 시작했을 때, 난 마침내 내 손님의 팔을 붙들고 그만하라고 말했죠. 아시겠습니까, 단순히 직업 윤리로만 보더라도 말입니다, 우리의 고객들을 그들 나름의 〈원초적 충동〉으로부터 보호하는 것은 〈프리랜서 경호 전문가〉인 우리의 의무거든요.

때론, 특히 유명 인사들의 경우, 그들은 좀…… 뭐랄까요?

〈변덕스러운 어린애들〉같아요. 그럼 우리는 좀…… 뭐랄까요?〈분별 있는 부모〉같이 굴어야 할 의무가 있는 거죠. 안 그렇습니까?

제 말 아시겠죠, 네? 1만 유로의 대가로 우린, 피 흘리며 꼼짝도 못 하는 상대방을 커튼 봉으로 패는 짓을 멈추도록 손님을 도와야 하는 겁니다. 비록 맞고 있는 상대가 코소보 출신이라 해도 말입니다. 아무튼 제 생각엔 그렇다고요.

이건 어찌 보면 경호원이라는 직업의 〈정신적〉 차원이죠. 그리고 우리 같은 전문 경호원들을 경비원이나 아마추어 〈어깨〉(말썽꾼 내쫓는 사람)들을 구분하게 해주는 게 바로 이 점입니다. 〈정신적 차원〉 말이죠. 그래서 저는 껌을 씹다 말고 제 고객에게 좀 자제하라고 했어요. 이런 식으로 말했지요.

「제발 부탁입니다. 시간도 늦었는데, 이제 가야 하지 않겠습니까?」

고객은 거칠게 대답하더군요.

「오랑우탄, 너는 네 일이나 잘하고 입 닥치고 있어. 안 그러면 너도 면상을 까버린다.」

그래요, 저는 누가 나한테 이렇게 존중하는 태도 전혀 없이 구는 게 싫지만, 어쨌든 그 사람은 내 고객이고 나는 아직 돈을 안 받았는데 어쩝니까.

그래서 어쩔 수 없이, 나와 우리 애들(이건 꼭 말씀드리고 싶은데, 그 녀석들 중에는 세계적으로 인정받은 국제 무술 대회 챔피언들도 있어요)은 자존심을 꾹 눌러 삼키고, 입 닥치는 대가로 조금만 더 얹어 달라고 했지요. 뭔 말인지 아시려나. 1만 1천 유로를 달라고 했어요. 우린 좀 밀고 당기며 협상을 했고, 그러는 동안 람보라는 그 친구의 몰골은 말이 아니었어요. 그가 세르비아 죄수들의 장기 밀매에 관여하고 있다는 생각을 하니, 참 정말, 그 친구 장기는 통신 판매에 적합하다는 생각이 들었답니다. 슈퍼마켓에서도 왜 그렇게 하잖아요. 모든 게 노출되어 있었어요. 신선하고 윤기가 흐르고. 그가 다시 몸을 움직이더니 온통 피투성이가 된 머리통을 붙잡고 신음했어요. 하얀 와이셔츠와 밝은 색 카펫을 세탁할 비용이 꽤나 들 것 같았어요. 그런 생각이 들더라고요. 밝은 색 카펫은 금방 더러움을 타니, 피하는 게 낫겠다고.

그 마약상이 목뼈 언저리에서 개수대 소리를 내는 동안, 고객과 나는 흥정을 계속했어요. 결국 우린 1만 2천 유로에 합의를 보았죠. 당신이 내게 뭐라고 할지 알아요. 그건 보수로 너무 높다고 하겠죠. 하지만 어쨌든 프로 중의 프로(그중에 물루가 있죠. 다시 말씀드리지만, 물루는 론알프 지방 킥복싱 라이트 헤비급 챔피언입니다)인 내 휘하의 다섯 놈이 있다는 사실을 생각한 거죠. 그 녀석들은 〈프리랜서 경호 전문가들이 지켜야 할 신중함이라는 조항〉을 틀림없이 준수할 놈들이니 말입니다. 그리고 창에 선팅한 검정 도요타 보험료도 내야죠. 받은 돈에는 포함 안 되는 기름값은 그만두더라도 말입니다. 디젤 엔진이지만 이 모델이 기름을 많이 먹거든요.

흥정이 끝나자 내 손님은 좀 조용해졌어요. 여기저기 뒤져 서랍에서 하얀 가루가 든 주머니를 꺼내더니 기다리지도 않고 즉석에서 마약을 한 움큼 흡입하더군요. 그는 꼭 약이 다 된 건전지 같았어요. 난 속으로 생각했지요. 저러다 우리한테 돈 주는 걸 잊어버리겠군. 아시겠지만 그건 전혀 프로

다운 일이 아니죠. 그건 사람으로서 참아줄 수 있는 한도를 넘어, 존중이 부족한 거죠. 안전을 책임지는 우리가 참을 수 있는 한도를 넘어선단 말입니다. 아무리 우리가 프리랜서라 해도 말이지요.

그러니 여기서 그냥 물러서면 절대 안 됩니다. 그런데 그 고객은 자기 말로 〈긴장 좀 풀게〉 나이트클럽에 가고 싶다고 했어요. 어째 일이 안 좋게 돌아간다 싶더군요.

하지만 어쨌든, 우리와 함께 있으면 그가 나중에 후회할 바보짓을 저지를 가능성이 아무래도 덜하잖습니까. 우리는 그러니까 변덕스러운 사내아이를 데리고 있는 부모 격이었죠. 아까 벌써 얘기했죠, 아마. 그래서 우리는 이 인기 스타를 따라 〈뉴 파라다이스〉로 갔어요. 새벽 2시였을 겁니다. 마약 효과가 벌써 나타나고 있었어요. 게다가 그는 술을 마시기 시작했어요. 보드카를. 얼음도 없이. 그리고 클럽의 다른 손님들에게 욕을 해대고, 종업원들에게도 욕을 해댔어요. 열여섯 살이 됐을까 말까 한 자그만 소년이 그에게 사인을 해달라고 했어요. 그저 그를 하늘같이 생각하는 소년인 것 같았는데, 그를 알아보고 활짝 웃으며 부탁하더라고요. 이렇게 말했어요.

「저는 아저씨가 나오시는 프로는 절대 놓치지 않고 본답니다. 아저씨를 정말 좋아해요. 제가 가장 좋아하는 진행자시죠. 제 책에 헌사 한마디 써주시겠어요?」

그러자 그 손님은 괴상하게 입을 부루퉁 내밀고 〈아, 그래?〉 하더니 소년의 코에 머리로 박치기를 했어요. 그리고 빈정거렸죠.

「이게 내 헌사야. 나도 널 안 놓친다, 이 병신아.」

소년의 코에선 피가 무지하게 났어요. 남의 코를 깨놓는 게 이 사람 주특기인 것 같았어요. 코 깨지는 그 소리가 그렇게 좋은가 봐요. 이때, 우리 경호 전문가들이 할 일은 사진 찍는 사람이 없는지 잘 확인하는 일입니다. 만약 있다면, 얼른 사진기를 빼앗아 봐야지요. 그게 결-정-적인 일이랍니다. 이 부분은 장난이 아닙니다. 아니고말고요. 지긋지긋하게 우리 속을 썩이는 게 바로 파파라치들이거든요. 아, 정말 구역질 나는 것들이에요. 제가 말해 드릴까요? 파파라치들은 더러운 일을 하는 지저분한 놈들입니다. 아, 그 뱀 같은 것들을 조심해야 해요! 위험한 사진 한 방이면 스타의 명성이건 경력이건 말짱 황이 될 수 있어요. 재미로 무슨 일을 못 하겠습니까만, 사진 한 장만 있어도, 우리 고객은 더 이상 발뺌 못 하거든요. 안 그래요? 비싼 돈 주고 산 변호사가 그건 포토샵으로 조작한 사진이라고 설명한대도, 진짜인지 가짜인지는 잘 보면 알 수 있지요.

다행히 휴대 전화로 사진 찍으려는 사람들만 있더군요. 그렇게 찍으면 사진의 질이 좋지 못해요. 사실 3.2메가픽셀로 찍어도 플래시를 안 터뜨리면 사진이 흐릿하게 나온다는 걸 우린 알거든요. 신형 휴대 전화로 찍는다 해도 말입니다. 그런 사진은 스캔들 터뜨리는 신문에 팔아넘길 수가 없어요.

내 손님은 진정이 안 된 상태였어요. 보드카를 한 병 더 갖다 달라고 했을 때 웨이터가 다른 손님들처럼 좀 기다려야 한다고 하니, 그는 내가 누군지 아느냐고, 그런 말투로 지껄이지 말라고, 당장 보드카 대령하지 않으면 난리 날 줄 알라고 고래고래 소리 질렀어요. 텔레비전에 나오는 사람이 말입니다. 우리가 늘 보고 모두들 좋아하는 그 사람이. 내 장담하지만 만약 내가 이름을 말한다면 당신은 내 말을 안 믿으실 겁니다. 우리처럼 파리 교외 출신인 그 인간. 어렸을 땐 착하고 순한 놈이었던 그 인간이. 말해 드릴까요? 우리 할머니와 그의 할머니가 서로 아시지요. 우리는 둘 다 말라코프[2]의 같은 임대 아파트에 살았어요. 못 믿겠죠, 그렇죠? 내 말 들으면 웃으시겠지만, 만약 내가 좀 더 야심이 많았다면 나도 그 사람처럼 될 수 있었을 겁니다. 내 자랑이 아니라, 집안 잔치 때 난 사람들을 잘 웃겨서 다들 나 보고 〈제2의 콜뤼슈〉[3]라고 했거든요.

그런데 이제 저 사람은 수십억 재산가가 됐다고 아주 눈에 뵈는 게 없어요. 미소 띤 가면을 쓰고 있지만 변덕스러운 놈일 뿐이죠. 텔레비전에선 그런 가면을 쓰고 있다 이 말입니다. 교통사고로 고아가 된 아이들을 위한 방송에 나오는 그 인간 보셨으려나? 너무 감동적이었죠. 나만 해도, 만약 내 도요타 뒷좌석에서 두 여자 패는 걸 내 눈으로 보지 않았더라면, 그랬더라면 나는 그가 대단한 인물이라고 믿었을 겁니다. 사람이란 순진하거든요.

보세요, 어쩌면 코카인 때문일지도 모릅니다. 전 마약이 건강에 안 좋다고 생각해요. 하지만 그건 개인적인 견해예요. 존중과 신중. 남들이 각자 선택한 인생에 우리가 개입해선 안 되죠. 그렇죠? 고객은 자기 하고 싶은 대로 하는 겁니다.

아무리 그가 대스타라 해도 워낙 개차반같이 구니까, 〈고고 걸〉들의 엉덩이와 가슴을 심술궂게 꼬집는 그 모습을 보

2 파리 남쪽에 인접한 위성 도시.

3 Coluche(1944~1986). 프랑스의 유명 코미디언.

고는 웨이터들이 일부러 지저분한 잔에다 위스키를 따라 주더라고요. 얼음도 없이 말이죠. 제 추측인데 웨이터들은 아마도 과일 넣은 칵테일 잔 속에 침도 뱉었을 겁니다. 그 속에 든 과일이 너무 굴처럼 보이더라고요. 뭔 말인지 아시려나. 보잘것없는 사람들은 누가 존중하는 마음 없이 대할 때 이런 식으로 나름의 복수를 하죠.

심지어 스타와 함께 있는 우리한테도 그래요. 우리가 주문을 하면(근무 중에 물론 술은 안 되니까 커피를 주문하는데) 그들은 커피를 늦게 갖다 준답니다. 커피는 이미 다 식어 있죠. 설탕도 안 넣었고요. 이건 참 불공평한 일인데요, 남이 잘못한 대가를 우리가 받는 거죠. 설탕도 안 넣은 식은 커피! 거짓말 아닙니다. 알베르토, 물루, 목타르, 두두, 모두 다 말해 줄 수 있을 겁니다. 우린 진짜 우엑이었다니까요! 비겁한 웨이터 놈들…… 바보 같은 놈들……. 어쨌든 내가 보기에 이건 전혀 프로답지 못한 짓입니다. 누구나 차별 없이 대접을 해야죠. 그들은 아마도 인종 차별주의자들일 겁니다. 우린 물론 말은 안 했지만, 제길, 같이 일하는 동료들을 보니까 주먹을 어찌나 불끈 쥐던지 우두둑 소리가 날 정도던걸요. 하지만 우린 여전히 프로입니다.

그런데 그 손님은 코카인을 흡입하더니 스트립쇼 하는 여자를 때리더라고요. 내 말 안 믿으시겠지만, 심지어 그 여자의 엉덩이를 물어뜯기까지 했다니까요. 피가 날 때까지요. 그 사람은요, 긴장을 껌을 씹어서 푸는 게 아니라 무용수의 엉덩이를 씹어서 푼다고요. 물어뜯긴 여자가 그의 귀싸대기를 갈기자, 그는 뉴 파라다이스 클럽의 모든 것을 부숴 버리려고 했어요. 제가 결국 그를 제지했는데, 누군가 경찰이 왔

다고 소리치더군요. 불이 난 것에 관해서는, 저도 어떻게 된 건지 모르는데, 아마도 옥신각신하는 동안 촛불이 넘어져서 그렇게 된 것 같아요……. 어쨌든 우리는 소방수가 아니고 경호원이잖습니까. 이런 일을 당하자 우리는 그 손님을 비상구로 빠져나가도록 〈좀 억지로 몰아붙였지요.〉 참다 참다 못해서 말입니다.

그리고 그 고객을 가장 가까운 현금 인출기까지 데리고 갔습니다. 우린 수표는 안 받습니다. 옛날에는 공수표 참 많이 받았지요. 이 노릇 하다 보면 별의별 꼴을 다 본다니까요. 우리도 나름 이 분야 전문가인데, 〈불량한〉 사람들을 안 만날 도리는 없답니다. 심지어 유명 인사들도 불량한 인간인걸요. 인기 스타인 그 사람은 카드 한도액이 아주 높더군요. 그래서 한 번에 1만 8천 유로를 찾을 수 있더라고요. 굳이 그를 좀 편들어서 말해 주자면, 그 사람 짠돌이는 아니었어요. 우리에게 팁까지 주던걸요.

「자, 오랑우탄, 그리고 이건 네 뒤에 있는 원숭이들 갖다 줘.」
이런 말을 내뱉으며 그는 돈을 땅바닥에 던졌습니다.

우리 같은 전문 경호인들이 이런 말을 듣다니! 어쨌든 우린 그 지폐는 주워 가졌죠.

아, 전 말할 수 있습니다, 실례가 될지 몰라도, 난 이날 밤을 기억할 거라고요. 그다음에, 그 대스타가 말이죠, 내가 만약 그 이름을 말해 드린다면 당신은 놀라 자빠질 겁니다. 왜냐하면 그래도 그 사람은 프랑스 사람들이 가장 좋아하는 인기인 중 하나거든요. 그 사람이 글쎄 또 한 차례 밤 행차에 우리를 불렀어요. 게다가 이번엔 그의 래퍼 친구들과 함께 있는 자리에 말이죠. 난 랩이 싫어요. 내가 좋아하는 건 프랑스가요죠. 특히 샤를 아즈나부르. 아! 아즈나부르, 그런 게 진짜 음악이죠. 그런데 랩은! 픗! 게다가 그 래퍼라는 친구들은, 그 무엇보다도 최악이에요. 그날 우리를 부른 래퍼 고객들에 대해 동료들이 한 이야기를 내가 전해 드린다면, 당신은 기절할 겁니다. 그들은 그 인기 진행자보다 한술 더 뜬대요.

자, 그래서 내가 그에게 말했죠. 아니다, 난 의뢰받은 그 일에 관심 없다. 그러자 그가 1천 유로를 불렀어요. 내가 5천 유로를 달라고 했죠. 이번 일은 그가 경쟁 관계에 있는 진행자를 만날 때 〈무기를 소지하고, 때에 따라서는 주먹도 써야 하는 밀착 경호〉를 하는 거였지요. 그와 그 진행자가 한 여자에게 반해서 둘 사이에 말썽이 있었다는 겁니다. 가슴이 큰 이탈리아 여자래요. 난 4천을 불렀어요. 그는 1천5백을 주겠다고 했고요. 난 3천을 달라고 했어요. 그는 2천을 준다고 했어요. 그러면서 그가 내게 무슨 소리를 했는지 아세요.

「이것 봐, 오랑우탄, 요금 올렸어?」

「이보세요, 나도 자존심이란 게 있어요. 3천 유로 주세요. 그 이하 받고는 안 합니다.」

그랬더니 그가 뭐라고 대답했는지 아세요? 아니, 세상에 멀쩡한 21세기에 그런 소릴 듣다니 꿈 같더군요. 죄송합니다, 제가 감정이 좀 격해져서……. 그가 이렇게 대답하더군요.

「2천 유로. 여기서 한 푼도 더 줄 수 없어.」

그래서 제가 말했죠.

「2천5백 주세요.」

그가 말했어요.

83

「이 병신 같은 새끼, 꺼져 버려!」

나는 물러서지 않았죠.

「2천5백 이하로는 못 합니다.」

그도 고집했죠.

「2천 이상은 절대 못 줘.」

그래서 그 유명 고객에게 그랬어요, 그럼 다른 경호 업체 알아보라고. 나도 자존심이 있답니다. 난 그가 통 큰 사람인 줄 알았지 뭡니까! 노랑이가 아닌 줄 알았죠! 그런데 완전히 달라진 겁니다. 자린고비같이 구는 거예요. 그사이에 그 사람 프로의 시청률이 내려간 건지 원. 뭐, 우리야 그런 것까진 알 바 아니죠. 게다가 이런 고객한테 걸리면, 온 천지 나이트 클럽마다 다니며 불고기가 되는 거 아니겠어요(벌써 뉴 파라다이스 클럽에서 그랬잖습니까. 그때 화재로 클럽 뒤쪽이 다 타버려 보수 공사가 끝나고 나서야 겨우 다시 가볼 엄두를 냈거든요. 불에 안 타는 붉은 벽지를 발라 이젠 훨씬 나은 것 같더군요). 위험을 무릅쓰고 일하는 거야 얼마든지 할 수 있지만 2천 받고는 못 하죠. 아무리 못 받아도 2천5백은 받아야 합니다. 그 이하론 안 돼요. 게다가 저는 이제 더 이상 경찰과 말썽 생기는 건 싫어요. 왜냐하면 알음알음으로 해나가는 이런 소규모 조직이란, 정말 겨우겨우 버텨 가는 살얼음판이거든요. 경찰과 말썽이 생기면 우리 면허가 날아가 버릴 수도 있어요. 그러면 장난 아니죠. 저는 프리랜서 경호 업체 협회에 등록되어 있는데, 이 직업의 본분이니 뭐니 하면서 장황하게 지껄일 일이 아닌 것 같아요. 그래서 저는 고객의 주문과 경호 전문인으로서 지켜야 할 일반적인 도의 사이에 끼여 이러지도 저러지도 못하는 처지입니다. 아…… 이런 고충 아시려나.

제 문제는 뭐냐 하면, 고객들이 뜨내기라는 겁니다. 아시다시피, 우린 그때그때 건별로 계약을 하죠. 마치 집에 물 새는 것 고치러 오는 배관공들처럼 말입니다. 제 꿈은 말이에요, 정규직을 갖는 거죠. 일정 시간 근무, 공무원처럼 말입니다, 아시겠죠? 하지만 그래도 경호 쪽에서 일하긴 해야죠. 모험적인 데다가, 〈차-총-동료-고품격 스포츠스러운〉 매력이 있거든요. 월급 받고 정해진 시간에 일하는 직업이라면 마누라와 거래 은행이야 마음 푹 놓겠죠. 그렇지만, 내가 월말 결산을 맞추고 벨리지에 사놓은 집의 융자금을 갚아야 한다고 무조건 아무 일이나 받아들일 수는 없는 노릇이지요. 벨리지는 그래도 살 만한 괜찮은 동네죠. 벨리지 아시나요? 얼마 전 집에 수영장도 만들어 났답니다. 그런데 수영장 관리하는 데, 말 마세요, 소독약 풀어 넣어야죠, 또 항상 털과 머리카락이 가득 차서 막히는 배수로를 뚫으려면 사람 불러야죠. 그래서, 난 용기를 있는 대로 내서 거절했어요. 제 생각을 딱 부러지게 말해 버렸죠.

「2천5백요. 그 이하론 안 합니다.」

이렇게 단호하게 말했죠. 내가 누군지를 그 사람이 제대로 좀 알았으면 좋겠어요. 나는 물러서지 않을 결심이었죠.

그리고 직업상의 도의 같은 것을 떠나서라도, 이런 유의 〈특별한〉 고객을 상대할 때는 〈더 들어가는 비용〉이라는 게 있답니다.

예를 들어, 아까 그 도요타 자동차만 보더라도, 여자들이 흘린 핏자국은 지워지지 않잖아요. 나중에 다른 손님 받을 때 꼴이 말이 아니죠. 보이죠? 이 자국요. 그리고 토한 냄새도 좀 배어 있고요. 프로방스산 라벤더 향을 첨가한 뭐시기, 그걸 뿌려도 이 고약한 냄새는 안 없어져요. 지금 냄새나죠?

그래서 2천5백 이하는 안 된다고 했죠. 그가 대답했어요.

「어이! 거 참 말 못 알아듣는 멍청이네. 2천에서 한 푼도 더는 못 줘!」

멍청이? 한 가정의 가장에다, 경호의 달인이고, 자식이 여덟이고, 집에 수영장까지 갖춘 내가. 기르는 개도 있는데. 독일산 셰퍼드들이라고, 제가 말했던가요? 벨기에산 셰퍼드하고 교배한 잡종이죠. 게다가 마누라도 있죠. 내가 내 몸값을 스스로 떨어뜨린다면 마누라가 어떻게 생각하겠어요? 안 되죠. 어쩔 수 없지만 전 이번 건은 포기하는 편을 택했습니다.

제가 말해 드릴까요? 이젠 너무나도 유명한 그 사회자를 텔레비전에서 보면요(그 사람 이름은 말해 드릴 수 없어요. 만약 내가 말한다면 당신은 기절하실 거라니까요), 그래요, 그 사람이 텔레비전에 나오면 말이죠, 난 채널을 돌려 버려요. 그게 내 작은 복수랍니다. 혹시 다른 채널에서 지독한 폭력 장면만 반복되는 미국 액션 영화가 나와서 그 프로보다 훨씬 재미없다 하더라도 말입니다.

그는 나를 멍청이 취급했다고요!

내 속생각을 말해 드릴까요? 시간이 흐른 다음 1백 보 양보해서 생각해 봐도, 난 그가 날 진짜 존중했는지 의심스럽다니까요.

86

꽃 섹스

있 을 법 한 미 래

손이 흰 장미를 살며시 쥐었다.

피 한 방울이 또록 맺혔다.

가시에 찔린 손가락이 입술에 닿았다.

장미는 꽃다발 한가운데 있었다.

오로르는 붉게 물든 자기 손가락을 바라보며, 마음을 추스르려고 애써 보았다.

꽃다발 옆에, 병원에서 받은 노란색 종이가 선고를 내리고 있었다.

이제 그녀는 알았다. 자기가 더 이상 아이를 가질 수 없다는 것을.

그녀는 미리 사놓은 장난감들을 정리하고, 인공 수정이 성공할 것에 대비해 일찌감치 꾸며 놓은 아기 방을 열쇠로 잠갔다.

호르몬 주사와 난자 이식은 실패했다.

그녀는 불임이었다. 남편 역시 생식 불능으로 판명되었다.

오로르는 지평선을 멍하니 바라보았다. 이제 할 일이라곤 늙어 죽는 날을 기다리는 것밖에 없음을 알았다. 이제 그녀의 유전자를 아무에게도 전할 수 없었다. 그녀의 눈길, 그녀의 머리칼, 그녀 특유의 웃음을 지닌 아기는 없을 것이다. 그녀는 죽으면서 자신의 유산을 무덤 속에 갖고 갈 터였다.

불임······.

이 단어가 그녀에겐 외설적으로 보였다.

그녀는 자기 배를 사막처럼, 이제 아무것도 싹 틔울 수 없는 사막처럼 그려 보았다.

이웃집의 다른 여자들도 그녀와 똑같은 현상을 의식하고 있었다. 그들의 난소가 더 이상 기능을 하지 않았다. 남편들의 정자는 더 이상 수정 능력이 없었다.

무슨 일이 일어난 것일까? 언제 이런 변이가 생긴 것일까?

혹자는 피임약 탓이라고 했다. 또 어떤 사람들은 꼭 끼는 바지 때문에 체온이 올라가 정자가 죽는다고 했다. 오염된 물, 방사능에 오염된 공기, 휴대 전화에서 나오는 전자파, 유전자 변형 식품, 잠복성 바이러스 때문이라고도 했다.

이 재앙의 원인은 아무도 몰랐지만 불임 인구의 숫자는 날마다 늘어났다.

신비주의자들은, 성에서 생식 기능을 배제해 온 데 따른 당연한 대가를 치르는 것이라고 보았다.

곧이어 반동(反動) 청교도의 시대가 왔다.

사람들은 다시 옛날처럼 부모가 맺어 주는 결혼을 하게 되었고, 신부가 처녀인지 아닌지 따지게 되었고, 정절은 반드시 지켜야 하는 것이 되었으며, 인터넷의 만남 사이트는 폐쇄되었고, 매춘이나 간통, 나체로 다니는 짓거리는 벌을 받게 되었다. 구강성교나 동성애처럼 생식과 무관한 성행위도 처벌받았다. 이 두〈악〉을 범한 자들에게는 벌금형과 엄중한 징역형이 내려졌다.

이렇게 했는데도 불임 인구는 걱정스러울 만큼 계속 늘어만 갔다. 사람들은 안색이 파리해지고 공격적으로 변했다. 청교도 시대가 지나가자 다시 그 반동으로 성적 방종의 시대가 왔다. 아무나 만나서 자고, 아무 대책 없이 성관계를 했다. 관계하는 상대의 수가 많아질수록 수정 가능성도 커지길 바라면서. 이제 성은 아무런 부끄러움도 없이 도처에 널려 있었다.

하지만 인구 그래프는 사정없이 하강 곡선만 계속 그렸다.

세 번째 단계는 체념의 시기였다. 각자가 자기 성을 마음대로 영위했다. 목적은 오직 하나, 자식 낳을 희망일랑 팽개치고 오로지 쾌락만을 맛보는 것이었다.

마치 인류 전체가 폐경기에 이른 듯했다.

그리고 지구 위 인간의 수가 해마다, 세기마다 줄어들었지만 아무도 이 무시무시한 현상에 제동을 걸지 못했다.

그러나 자연은 나름대로 계획을 갖고 움직인다.

자연은 마치 물처럼 비탈을 흐르다 장애물을 만나면 에둘러 간다. 비록 불임이 되었을망정 인간은 자연이 가장 뿌듯하게 여기던 작품이었다. 자연은 그렇게 쉽사리 포기할 생각이 없었다.

그래서 훗날 〈꽃들의 혁명〉이라 지칭하게 되는 일이 벌어지게 됐다.

달력의 날짜는 이랬다. 10363년 7월 23일.

아드리앵 올스텐은 야한 영화를 보면서 자위행위를 하고 있었다. 그런데 갑자기 자신의 성기에서 평상시 같은 투명한 액체 몇 방울이 아니라, 지극히 가벼운 은빛 가루 소량이 찍 뿜어져 나오더니 방 안을 둥둥 떠다니다가 마치 반짝이는 가루처럼 내려앉는 것이었다.

그는 너무도 놀란 나머지 평소와 다른 반사 행동을 보였다.

그는 창문을 열었다. 그러자 그 은빛 정액은 바람을 타고 높이 날아올랐다.

그는 어느 기자에게 이 현상을 알렸다. 그 기자는 메아리를 퍼뜨렸고, 이윽고 모든 사람이 이것을 보고 싶어 했다.

아드리앵 올스텐은 많은 증인들과 카메라 앞에서 자위행위를 했다. 은빛의 예쁜 가루가 그곳에서 뿜어져 나오자 구경꾼들은 황당해하다가도 이내 찬탄을 금치 못했다.

처음에 전문가들은 이런 변이가 단지 생물학적인 사고일 뿐이라고 상상했다. 그렇지만 현미경으로 보니, 가루 하나하나 속에는 아주 작고 마른, 거의 동결 건조 공정을 거친 듯한 정자가 딱 하나씩 웅크린 채로 들어 있었다. 전문가들은 인체 세포 중에서 가장 큰 것이 난자고 가장 작은 것이 정자라는 사실을 들먹이며, 바로 그래서 흩날릴 정도로 가벼운 입자 속에 정자가 들어갈 수 있는 거라고 설명했다.

이런 신기한 현상을 직접 몸으로 보인 최초의 인간은 아드리앵 올스텐이었지만, 곧 다른 남자들의 몸에서도 똑같은 현상이 나타났다. 그들은 가루를 사정(射精)했다. 재빨리 언론은 이 날아다니는 가루에다 〈남성 꽃가루〉라는 이름을 붙였다. 〈남성 꽃가루 사정〉 쇼들이 펼쳐졌는데, 은빛 가루가 총천연색 프로젝터 조명을 받아 반짝거리고, 송풍기는 이 가루를 반짝이는 구름으로 변모시키고, 그것이 빠른 속도로 객석을 향해 퍼져 가면, 이 광경에 도취된 10대들이 열광의 비명을 내질렀다.

마찬가지로, 여성의 성기에도 변이가 일어났다. 소음순이 매끄러워지도록 질에서 자연적으로 분비되는 〈사이프린〉이라는 물질이 점점 더 색깔을 띠고, 기름처럼 매끌매끌해지고, 향기와 달콤한 맛까지 풍기게 되었다. 〈남성 꽃가루〉에 이어, 운치 있는 사람들이 이 새로운 사이프린을 이름하여 〈여성 넥타〉라고 했다.

그런데 불행히도, 남성 꽃가루를 여성 넥타와 접촉시켜도 전혀 수정이 일어나지 않았다. 꽃가루 입자는 보호막이 갖춰져 있어 다른 것이 스며들 수 없는 상태였고, 그 보호막을 찢으려 하면 정자가 죽어 버렸다.

암수의 요소들이 서로 적응하지 못한다는 사실 때문에 다시 한 번 사람들은 인류가 종말을 향해 가고 있다는 생각을 하게 되었다.

그러던 어느 날, 바로 그 남자 아드리앵 올스텐이 야외에서 잠들었다가 야한 꿈을 꾸는 바람에 그의 몸에서 은빛 가루가 분출했고, 지나가던 나비 한 마리가 거기에 내려앉았다. 나비는 그 가루의 냄새를 맡고 맛을 보더니 흥미가 동해 꿀 빠는 대롱을 뻗어 남성 성기 위에 고운 눈발처럼 다시 내려앉은 꽃가루를 들이마셨다.

이 나비는 노란색과 주황색 바탕에 검은 줄무늬와 흰 점들이 박힌 날개를 지닌 모나크 나비였다.

나비는 이 새로운 먹이를 잘 소화시키지 못했다. 그래서 이 특이한 먹이를 몸속에서 잘 내려가게 할 음료를 마시고 싶었다. 빗물을 마셔 보았지만, 갈증은 가시지 않았다. 나비는 다른 것을 오랫동안 찾아다니며 이 수액, 저 진액 등을 맛보다가, 문득 더듬이로 새로운 물기의 원천을 포착하게 되었다.

인간 암컷이었다. 그 여자가 발산하는 향내는 마치 철로가 기차를 이끌듯이 나비를 아랫배 쪽으로 이끌었다. 거기서 나비는 마침내 갈증이 가시도록 마음껏 마실 넥타를 찾았다.

이렇게 하여, 여성의 진액을 빨아 마심으로써 모나크 나비는 마침내 남성 꽃가루를 소화시킬 수 있었고, 이러한 소화의 연금술이 빚은 결실을 곧 몸밖으로 내놓았다.

나비의 소화기에는 남성 꽃가루의 내부를 손상하지 않고 보호막을 제거할 수 있는 특유의 효소들이 있었다. 이리하여 동결 건조된 정자는 마침내 껍질에서 벗어났다.

여성 넥타와 접촉하자 정자는 깨어나 마치 신비한 부름을 받은 듯 기어서 여성의 몸 안으로 침투하여 자궁 경부의 통로에 몸을 던졌다.

거기에서 정자를 기다리고 있던 난자는 정자가 닿자마자 이완되어 부드러워지더니 정자를 품 안에 받아들였다.

9개월 후, 샹탈 델가도는 마침내 한 생명을 낳았다.

여자 아기였다.

이름은 마르그리트라고 지었다.

〈꽃과 나비〉 시나리오에 의한 아기의 탄생은 세계적인 파장을 몰고 왔다. 조사가 이루어졌고, 그 일을 가능케 한 주인공의 정체가 밝혀졌다. 바로 그 모나크 나비, 학명 〈다나우스 플렉시푸스〉였다.

이제부터는 〈다른 방식〉으로 아이를 낳을 수 있다는 것을 모두들 알게 되었다. 비록 이 〈다른 방식〉이라는 것이 완전히 미친 방법처럼 보이기는 했지만 말이다.

〈꽃들의 혁명〉이 시작될 수 있었다.

암잘라그 교수는 정밀한 분석을 위해 이 현상을 연구했다.

A : 남성의 야한 꿈

B : 은빛 꽃가루 분출

C : 모나크 나비 날아옴

D : 나비 소화기의 효소

E : 여성의 야한 꿈

F : 나비를 유인할 수 있는 여성 넥타 분비

G : 나비 날아옴

H : 깨어난 정자 혼자서 난자까지 여행

I : 이 단 하나의 작은 메신저에 의해 난자가 열림

어머니 자연이 내놓은 시나리오는 얼마나 기이한가, 하나의 종이 이토록 다른 또 하나의 종과 공모하여 모험을 계속하다니!

텔레비전에서, 어깨가 떡 벌어지고 목소리가 점잖은 저명한 생물학자 제라르 암잘라그 교수는 이런 현상이 동물계와 식물계에서 아주 빈번하다고 설명했다.

교수는 〈오프리스 엑살타타〉라는 학명을 지닌 난초를 예로 들었다. 이 난초는 변이가 일어나 꽃의 아랫부분이 꿀벌의 몸체라고 착각할 만큼 꿀벌과 닮게 되었다.

「모방이 어찌나 완벽한지, 눈과 입뿐만 아니라 작은 솜털까지 볼 수 있습니다. 꿀벌은 짝짓기를 하려고 허둥지둥 달려들었다가 이 꽃의 꽃가루만 잔뜩 묻혀 가는 거죠. 또 다른 꽃들도, 특히 〈아룸〉이라는 꽃의 경우, 파리와 모기의 성적 페로몬과 비슷한 향기를 내뿜습니다. 이것도 파리, 모기를 유인하여 수정 때 전달자로 써먹으려는 것입니다.」

그의 이야기에 쑥 빨려 든 청중 앞에서, 그는 양(羊)의 간디스토마 같은 종(種)을 예로 들었다. 양의 간디스토마는 하나의 핵을 가진 단세포인데, 그 생식 과정에 한 종의 생물이 아니라 무려 세 종의 동물에다가 한 종의 식물이 더 동원된다는 것이었다!

그는 양의 간디스토마의 복잡한 여정을 열심히 설명했다. 「그러니까 간디스토마는 양의 몸속을 순환합니다. 그런 다음 양의 똥 속에 든 채로 배설됩니다. 이 똥을 달팽이가 핥아 먹고 디스토마에 감염됩니다. 그리고 이 달팽이를 먹은 개미가 이번에는 디스토마의 숙주가 됩니다. 몸속에 디스토마가 들어가 정신이 이상해진 개미는 풀잎 위쪽까지 기어 올라가서는 다시 풀을 뜯는 양에게 먹힙니다. 자, 한 바퀴 돌았죠! 미생물보다 별로 클 것도 없고, 감각 중추도 못 갖춘 미세한 유기체, 디스토마가 생식에 이러한 시나리오를 필요로 하는 것입니다.」

마찬가지로 암잘라그 교수는 더 알기 쉬운 예로 과일을 들었다. 과일은 냄새와 색깔과 맛으로 포유 동물의 식욕을 자극해 먹게 만들고, 소화 과정을 통해 씨앗이나 과핵을 분리해 내게 하고, 그것을 배설하면 또 바로 그 자리에 자연산 비료까지 따라붙이는 효과를 거둔다는 것이다.

대중은 이러한 자연의 상호 협력에 큰 관심을 갖게 됐다. 평행 진화 혹은 교차 진화를 다룬 책들이 갑자기 성공을 거두었다.

암잘라그 교수의 『시너지』라는 책은 오랫동안 참고서 부문 베스트셀러 자리를 차지했다. 꽃, 화분에 재배하는 식물, 유리 상자 속의 나비 표본, 자연 관찰 같은 것들이 다시 유행했다.

놀라움의 시간이 지나고, 인류는 불안 뒤에 안도를 되찾

은 거대한 양 떼처럼 새로운 생존의 법칙 아래 서서히 자리를 잡아 갔다.

그 특이한 사건과 그에 대한 신기한 대응이 〈정상적인〉 일이라는 것을 모두 알게 된 이상, 다른 방식으로 살아가야 할 따름이었다.

우선 지붕이 없는 커다란 솔라리움(태양광을 받는 널찍한 공간)이 만들어졌다. 거기서 수백 명의 남자들이 정욕을 자극하는 영화를 보며 낮잠 시간을 가졌다. 재미있는 것은 이제 성적 판타지가 예전과 달라져, 남자들 대부분이 꽃다발을 보고 흥분한다는 것이었다. 발기한 남근 주위로 꽃가루가 아롱아롱한 안개처럼 뿜어져 나왔다.

이런 현상이 일어나자 모나크 나비들이 구름 떼처럼 이끌려 왔다. 바로 옆에 세워진 다른 솔라리움, 역시 지붕이 없는 그 건물 안에서는 여자들이 알몸으로 낮잠 시간을 가졌다(가장 흔한 여자들의 성적 판타지는 커다란 아름드리나무의 영상이었다). 남성 꽃가루를 들이켠 나비들이 여자들에게 와서, 달콤한 넥타로 촉촉해진 질이 받아들이기 좋은 형태로 꽃가루를 토해 놓았다.

아드리앵 올스텐은 꽃가루 뿜기 전문가가 되었다. 그는 가는 곳마다 자신만이 지닌 자위행위 기술을 설명했다.

제라르 암잘라그는 연구자 한 팀을 거느리고 실험실에 틀어박혀서 성행위 중 〈곤충〉이 개입하는 부분을 통제함으로써 수정 과정을 개선하고 단순화하는 방법을 깊이 연구했다.

암잘라그 교수에 따르면, 남성의 매력을 증대해야 하며, 만약 그러지 못한다면 남자들은 계속 일개 히아신스나 수련과 경쟁하는 신세를 면치 못하리라는 것이었다.

발기한 남근 둘레에 꽃잎을 붙이자는 아이디어를 낸 것은 젊은 화가 사샤 바라즈였다. 이렇게 하니 남근이 마치 꽃의 암술처럼 보였다.

또 다른 창의적인 사람들이 열정적으로 꽃잎 색깔에 대해 연구하기 시작했다. 빨간 꽃잎이 노란 꽃잎보다 효과가 좋다고들 했다. 빨간색보다 적갈색이 낫다고도 했다. 적갈색, 흰색 꽃잎을 번갈아 붙이는 것이 가장 효과적인 조합으로 판명되었다. 사샤 바라즈는〈페니스 데코레이션〉제품의 상표 특허를 출원했다.

남자들은 이제 적갈색과 흰색의 꽃잎으로 아름다운 원형 테두리를 만들기 시작하면서, 성기에 나뭇결 같은 것을 둘러서 모나크 나비가 날아와 앉을 자리를 마련했다.

한편 이런 색깔 배합이 여성들의 경우엔 똑같은 방식으로 이뤄지지 않았다. 남성 꽃가루를 빨아들인 나비들은 적갈색 꽃잎이 아니라 주황색 꽃잎을 두른 여성 성기에 이끌렸다. 주황색과 진한 빨간색의 조합이 가장 효과가 좋았다. 여기에서도 사샤 바라즈는 실력을 발휘해 검정 테를 두른 주황색과 빨간색 모티프로 포인트를 주어 최상의 효과를 거두었다.

〈내가 나비 마음에 드는 유행을 만들어 낼 거라고, 도대체 어느 누가 알았겠어요!〉라고 그는 여성을 위한 원형 테두리 장식 발표회 석상에서 감격스럽게 말했다.

〈우리가 나비들 때문에 구원받게 될 거라고, 어느 누가 예언했겠습니까!〉라고 봄 컬렉션 발표회에 초청받은 암잘라그 교수가 맞장구쳤다.

〈언젠가 사람이 가루 형태로 사정하게 될 것이라고, 어느 누가 예언할 수 있었겠어요!〉라고 아드리앵 올스텐이 마무리 지었다.

이제 솔라리움으로 바뀐 옛 축구장에는 수백 명, 수천 명이 접이의자에 비스듬히 누워서 모나크 나비를 유인하겠다는 희망을 품은 채 선탠을 했다.

나비들은 안달하는 눈길들을 받으며 이리저리 구름처럼 날아다녔다.

아홉 달 뒤, 여자들은 아기를 낳았다. 유행하는 아기 이름은 꽃 이름이나 식물 이름인 경우가 많았다. 로즈, 에글랑틴, 앙젤리크, 이리스, 마르졸렌, 나르시스, 장티안, 아네몬, 베로니크, 달리아, 가랑스, 멜리사, 뮈게트, 파크레트, 페르방슈, 비올레트.

꽃의 제의(祭儀)가 점점 일상생활의 요소로 받아들여졌다.

사람들은 출근해서 오전 11시까지 일했다. 그리고 서둘러 점심을 먹고, 솔라리움에서 긴 낮잠 시간을 가졌다. 정오가 되면, 중천에 뜬 태양 덕분에 성적인 활동이 좀 더 효과적으로 이루어졌다.

화가 사샤 바라즈는 남성 성기용 테두리를 완벽하게 만들고 싶다는 마음에, 레이스로 만든 모티프 — 이유는 모르겠지만, 나비를 더 잘 끌어들이는 복잡다단한 작은 그림들 — 를 추가할 생각을 했다. 꽃 자체가 워낙 복잡한 모티프를 갖고 있는데, 〈인간 꽃〉이라 하여 그러지 말아야 할 이유가 전혀 없다고 그는 설명했다.

섹슈얼 꽃꽂이 공예가 등장했다. 금색이나 선홍색 꽃잎들이 줄무늬 부조와 음각한 작은 동그라미로 꾸며졌다.

이와 병행하여, 남녀 관계가 달라졌다. 삽입 성교가 없어져 관계가 훨씬 느슨해졌다. 연애 감정보다는 일종의 우정, 동류의식이 더 우위를 차지하여, 경쟁 관계나 힘이 개입된 관계는 배제되었다. 정조, 도덕, 결혼, 약혼, 불륜, 배신, 이런 것들이 지녔던 무게는 사라졌다. 이젠 어느 누구도 누구에게 속하는 일이 없었다. 가족이라는 개념 자체가 더 이상 의미가 없었다.

아이들은 확실한 아버지가 누군지 몰라 공동체의 보호 아래 성장했고, 공동체는 아이들이 편안하게 자라나 교육받도록 든든히 받쳐 주었다. 심지어 어머니들도 소유한다는 생각을 조금씩 조금씩 잊어버렸다. 아이들은 인류의 일원으로 평등한 대우를 받았다.

하지만 모나크 나비가 희귀해지면서 걱정이 되살아났다.

과학자들은 〈다나우스 플렉시푸스〉 나비를 붙잡아 사육하려고 시도했다. 그러나 이 나비 애벌레의 생명은 박주가리라는 식물에 달려 있었다. 박주가리의 유액이 애벌레에겐 유일한 영양 공급원이기 때문이었다. 이 유액에는 알칼로이드, 테르펜, 그리고 실험실에서 합성할 수 없는 복잡한 성분들이 들어 있었다.

간접적으로, 인류라는 종의 생존은 그냥 한 곤충이 아니라, 한 식물에 생존을 걸고 있는 한 곤충에 달려 있었다.

모나크 나비라는 종의 보존을 위해서는, 다시 말해 인류의 생존을 위해서는 벌판을 온통 박주가리 밭으로 조성해야 했는데, 이 연약한 식물의 생장은 토양의 질에 좌우됐다. 그런데 땅은 옛날(특히 이른바 〈엄청난 낭비의 시대〉라고 불리는 서기 1001~2000년 사이 천 년 동안) 집약적 경작으로 많은 희유원소들을 상실했다.

이번에도 이 소식을 언론에 발표하는 것은 암잘라그 교수 몫이었다. 만약 사람이 미래에도 그대로 살아남고 싶다면, 곤충 한 종과 식물 한 종의 생명을 구해야 할 뿐만 아니라, 토양도 살려야 한다는 이야기였다. 그런데 그 토양에 필수 불가결한 희유원소들이 부족했다.

오랜 연구 끝에 과학자들은 이 희유원소들이 화학적으로는 합성될 수 없다는 것을 깨달았다. 희유원소가 생겨나려면 정확히 한 가지 벌레, 즉 호랑무늬 지렁이의 배설물이 필요했다. 그런데 이 지렁이 또한 사라져 가고 있었다. 특별한 양식을 필요로 하기 때문이었다.

그 양식이란 바로 인간이었다.

오래전부터 사람들은 죽은 이를 방수 처리된 관에 넣어 묻는 습관이 있었다. 아무도 그 의미를 모르는 오랜 전통이었다. 이렇게 땅과 차단된 시신은 더 이상 벌레의 먹이가 될 수 없었다. 그래서 희유원소 합성에 꼭 필요한 호랑무늬 지렁이는 멸종의 길을 걷고 있었다.

인간의 장례 의식을 바꾸는 것이 급선무라는 사실이 드러났다.

그래서 인간의 번식에 절대적인 모나크 나비의 영양 공급에 절대적인 박주가리의 생장에 절대적인 희유원소를 만들어 낼 호랑무늬 지렁이를 먹여 살리기 위해 시신을 땅에 바로 묻게 됐다. 홀딱 벗긴 망자의 시신을 무덤도 없이, 박주가리 밭에 매장하고, 장례 의식으로 이런 구절을 읊었다.

「한평생 지구의 열매 덕분에 영양을 섭취한 그대, 이제 다시 이 지구의 비료가 되도다.」

이리하여, 시체 처리 방식 한 가지만으로도 사람은 아주 오래전부터 스스로 배제되었던 자연의 순환 속에 다시 편입한 셈이었다.

인간의 꽃 섹스를 중심으로 재구성된 생태 순환 고리는 모든 종(種)의 변화를 가져왔다. 새로운 포식자와 새로운 수정의 주체가 나타났다.

곧 과학자들은 이제껏 아무도 감행하지 못한 일을 해냈다. 꽃잎을 바로 인간 피부 속에 이식하는 작업이었다.

이것이 훗날 〈생리학적 통합〉이라 부르게 된 것의 첫 단계였다.

두 번째 단계는 암잘라그 교수의 지도하에 시작된 유전학 연구 프로그램으로, DNA 배열을 바꾸어 태어날 때부터 성기 주위에 색깔 있는 꽃잎 형태의 옹이가 나타나게 하는 것이었다.

이 신세대는 〈꽃 아이〉 세대였다.

또 다른 과학자들은 땀 냄새를 변화시켜 모나크 나비를 유인하는 향수 냄새로 바꾸기까지 했다. 여자들도 변모하여, 여성의 성기는 점점 더 나비를 잘 맞아들이는 쪽으로 바뀌어 갔다. 꽃잎을 갖추게 되기도 했지만, 여자들의 유방에서 〈다나우스 플렉시푸스〉 나비에게 활력을 주는 즙도 분비되었다.

이리하여 인류는 변모했고 구원되었다.

훨씬 뒤, 모나크 나비에 의해 첫 생식이 이루어진 때로부터 3만 5천 년 뒤, 몇몇 인간들은 동-식물이 섞인 잡종으로 탈바꿈하기 시작했다.

인간들의 피는 맑아졌다(적혈구의 붉은색과 수액의 흰색이 섞여 크림 같은 분홍색이 되었다). 사지는 길쭉해져서 나뭇가지같이 되었다. 성기는 숫자가 많아져 여러 색깔의 꽃으로 변했다. 눈과 귀는 커다란 잎사귀가 되어 하늘에서 내리쬐는 광선의 온갖 뉘앙스를 가장 중요한 정보로 받아들였다. 발은 흰색 뿌리로 깊이 벋어 내리고 점점 길어져서, 지하수 층과 부근에 흐르는 시내에서 신선한 물을 찾아 빨아들일 수 있었다.

인간 식물은 예전에 밟고 다니기만 했던 그 땅에서 이제 직접 양분을 흡수하는 생활을 하게 되었다.

5천만 년 후 첫 외계인들이 지구에 상륙했을 때, 지구상에 더 이상 움직이는 인간이라고는 눈에 띄지 않았고, 그저 모나크 나비 〈다나우스 플렉시푸스〉로 뒤덮인 꽃나무들이 빽빽이 우거진 숲만 보일 뿐이었다.

외계인들은 짐작조차 할 수 없었지만, 이 장엄한 식물군은 서로 텔레파시로 대화를 계속하고 있었다. 나무들은 자기들이 쉴 새 없이 움직이고 달리고 소리를 내지르던 동물이었던 시절, 그 태초부터의 기억을 간직하고 있었다.

외계인들은 절대 알 수가 없었다. 밤이면 밤마다, 수액이 나무둥치 속으로 더욱 천천히 흘러가는 가장 산뜻한 시간에, 나무들이 그 옛날을 꿈꾼다는 것을. 그리고 그 옛날의 기억은 그들이 이룬 숲 한복판에, 그들이 내린 뿌리의 가장 깊은 곳에 묻혀 있다는 것을.

사라진 문명

있 을 법 한 미 래

세계사의 수수께끼에 심취해 있는 고고학자인 나는 언제나 〈사라진 대문명〉의 전설을 믿었다.

아주 오래전, 놀랍도록 발달된 문명을 건설한 신비로운 족속이 있었을 것이다.

이 족속은 아마 급속히 진화했을 것이고, 어쩌면 어떤 분야에서는 지금의 우리를 능가했을 것이며, 최고의 전성기에 도달했다가 몰락해, 등장할 때만큼이나 갑작스럽게 퇴장했을 것이다.

나는 알고 싶었다. 한 문명 전체가, 그것도 극도로 발달한 문명이 어떻게 단번에 무너져 털끝만 한 흔적도 남기지 않을 수 있는 것일까.

공룡의 경우는 운석 때문이라고 알려져 있다. 운석의 충돌로 인해 빛을 차단하는 구름이 대지를 뒤덮어 기온이 급강하고 영구적인 겨울이 닥쳐오는 바람에 냉혈 동물인 공룡들이 추위에 적응하지 못한 것이다.

하지만 사라진 대문명의 주인공들은 다를 것 같았다. 그들이 정말 존재했을까, 그리고 어째서 사라졌을까 하는 수수께끼는 나 같은 젊은 고고학자가 뛰어들고 싶은 도전의 수준과 마침 딱 맞아떨어졌다.

그래서 나는 몇 년을 바쳐 이 신비한 대문명에 관한 정보를 축적했다.

처음에는 고향에서 연구를 시작했지만, 이런저런 징표들을 찾다 보니 오래지 않아 여행을 하게 되었고, 그러다가 드디어 내게는 의미 있는 궤적으로 보이는 것들을 발견하게 되었다.

그때부터, 나는 대규모 과학 탐사를 시작할 마음을 먹었다.

물론 동료들은 모두 나를 놀리며, 제멋대로 품은 허황한 생각이라는 둥, 일신의 영달을 도모하여 저런다는 둥, 초심자라 순진하다는 둥 이런저런 평을 했다.

그렇지만 몇 년간의 준비를 거쳐, 나는 고도로 숙련된 고고학자 12명 —— 각기 다른 분야의 전문가들 —— 을 규합하는 데 성공했으며, 탐사용 보급품을 지고 갈 짐꾼 52명과 발굴 및 토양 분석 작업에 필요한 기자재를 확보했다.

우리는 동부 지방의 큰 산맥으로 출발했다.

우리는 오랜 시간 걸었고, 무서운 시련들을 숱하게 견뎌 냈다. 전염성 강한 열병이 덮쳐 일행 중 다섯 명을 앗아 갔다. 그런 다음에는 산악 부족과의 뜻하지 않은 만남이 있었다. 처음부터 별로 호의적이지 않던 그들이 대놓고 공격적으로 나오는 바람에, 급기야 우리 자신을 지키기 위해 전투를 치르지 않으면 안 되었다. 거기서 또 이 유례없는 탐사대의 가장 뛰어난 대원 몇 명을 잃었다.

하지만 우리의 등정은 계속되었다. 나로선 어떤 핑계가 생겨도 단념하지 않겠다는 결심이 서 있었다. 어머니는 내게 불굴의 의지를 가르쳐 주셨고, 어머니를 위해서라도 이 미친 짓을 끝까지 해볼 생각이었다. 어떤 대가를 치른다 해도 좋았다.

추위와 피로, 눈에 가로막혀, 아찔한 준봉들을 오르는 우리의 걸음이 점점 더뎌졌다. 탐사단의 사기는 하염없이 저하되었다.

그러다가 그 저주받은 날이 왔다. 우리 과학자들 중 한 명, 처음부터 구석에서 투덜대던 무뚝뚝하고 부루퉁한 뚱보가 동료 대원들을 부추겨 나에게 맞선 것이다. 그는 이 모험이 애초부터 실패하게 되어 있었으며, 우리를 막다른 골목으로, 아니 죽음을 향해 몰아 가고 있을 뿐이라고 주장했다. 그러면서 우리가 부질없이 고통과 죽음을 강요당하고 있는데, 이 모든 것이 과대망상에 빠진 한 학자의 미친 열정 때문이라고 했다. 나를 두고 하는 말이 분명했다. 그는 사라진 대문명이란 있지도 않으며 어린애들에게나 들려줄 이야기라고 말했다. 하지만 모두가 그의 의견에 동조하는 것은 아니어서, 우리 공동체는 금세 두 그룹으로 나뉘어 대립하게 됐다. 나를 헐뜯는 그는 지독했다. 여기서도 결국 어리석은 자의 마지막 설득 수단인 폭력이 등장해 논쟁을 마무리 지었다. 우리는 서로 모욕하고 위협했다. 그는 때리고 나는 막았다. 우리는 격렬하게 싸웠다. 나의 동조자들이 간신히 이겼고, 반대편은 굴복하거나 도주했다.

소규모가 되어 버린 탐사대의 남은 대원들은 고산 지대에서 위태로운 전진을 계속했다.

깎아지른 협곡을 통과하느라, 그리고 야생 동물 떼와 마주치는 바람에, 이 고귀한 탐사대의 대원 몇 명을 또 잃었다. 하지만 우리는 계속 비탈을 기어 올라갔다. 비탈은 점점 가팔라지기만 했다.

얼어 있던 다리가 발밑에서 무너지기도 했고, 거대한 털북숭이 짐승과 맞닥뜨리기도 했다. 결국 그 짐승을 처치하기는 했지만, 그러느라 또 추가 인명 손실이라는 참혹한 대가를 치러야만 했다.

그래도 희끄무레한 안개에 싸여 잘 보이지 않는 눈 덮인 정상을 향해, 기진맥진한 발걸음은 계속되었다.

그러고도 몇 차례 유감스러운 반란이 있었고, 이름 모를 질병도 찾아왔고, 적의에 찬 만남도 있었고, 뒤늦게야 식별된 낭떠러지들도 있었다.

일주일간 억지로 걷다 보니, 우리 탐험대는 눈에 띄게 줄어들었다. 출발할 때의 인원 64명 중 산 정상에 도착한 생존자는 단 두 명뿐이었다. 짐꾼 한 명과 나.

짐꾼은 심하게 기침을 했다. 하지만 우리는 포기하고 싶지 않았다. 이토록 많은 희생을 치렀는데 결과가 아무것도 없다면 너무 원통한 일 아니겠는가.

비축된 식량과 물은 이미 오래전에 바닥나서, 우리는 눈을 녹여 마시고 화강암에 낀 이끼를 긁어 먹었다. 비록 힘을 많이 잃어버리긴 했어도 끝까지 가겠다는 각오만은 단단했다.

며칠을 더 걸어갔는데 함께 가던 짐꾼이 얼음 틈새의 낭떠러지로 미끄러져 떨어졌다. 그가 바닥과 충돌하면서, 어마어마한 공동(空洞)으로 이어지는 입구를 발견하게 해주었다.

나는 조심조심, 이 뜻밖의 동굴 속으로 내려갔다. 짐꾼은 더 이상 기침을 하지 않게 됐다. 나는 서둘러 그의 시신을 묻고 혼자서 탐험을 계속했다. 동굴의 높이는 6층짜리 건물 정도였는데 벽에는 오래된 채색 벽화가 있었다.

이것 봐라 싶어, 나는 특수 안경을 써야겠다는 생각이 들었다. 동료 과학자 한 사람이 이 탐험을 위해 고안한 광학 장치였다. 초점을 맞추자 그 거대한 그림들의 전체 영상이 잡혔다. 마치 그림들이 내 몸 크기만 한 것처럼 줄어 보였다. 이리하여 나는 옛날에 여기 살았던 〈그들〉의 최초의 자취를 식별하기 시작했다.

의심의 여지가 없었다. 그 사라진 문명의 구성원들이 벽화로 스스로를 표현한 것이었다!

난 무서워서 토할 지경이었다. 이 괴물 같은 존재들의 무시무시한 형상은 마치 악몽의 세계에서 뛰쳐나온 것 같았다. 와락 두려움이 덮쳐 와, 되돌아서 다시 저 위로 올라가 그만 집으로 돌아가고 싶은 마음이 굴뚝같았다. 그래서 모든 것을 잊고만 싶었다. 그렇지만 나는 뭔가에 매혹된 상태였다. 역겨운 그 모습을 넘어서는 어떤 장엄함에……. 이 흉측하게 생긴 존재들은 우리가 알고 있는 그 어떤 것과도 달랐다. 또 우리가 상상할 수 있는 그 어떤 것과도 달랐다. 우선 몸 크기가 그랬다. 추정해 보건대, 그들은 적어도 우리보다 열 배 이상 더 컸다. 거인이라는 말을 쓴다 해도 그 말이 우습게 들릴 정도였다. 거인이 아니라 초거대인이었다.

〈그리고 그들이 진짜로 존재했다는 증거가 바로 내 앞에 있었다.〉

먼저 간 동료들에겐 미안하지만(그들의 영혼에 안식이 있기를!), 또 온갖 회의주의자들에겐 미안하지만, 어린애들한테나 들려줄 이야기가 결코 아니었던 것이다.

누가 이런 환영(幻影)을 그려 놓으려고 여기까지 오겠는가.

나는 특수 광학 장치의 힘을 빌려 그림 속 주인공들을 자세히 관찰했다. 모든 것이 매혹적이었다. 색깔, 형체, 자세……. 단지 머리는 우리와 어딘지 모르게 비슷한 점이 있었다. 얼굴에선 흐릿하나마 두 눈, 입, 그리고 호흡을 위한 구멍들을 식별할 수 있었다.

그 나머지는 온통 공포와 두려움을 자아냈다. 마치 자연이 이들을 창조하던 날 술에 취해 다른 종들에게 생생한 모욕을 뿜어낸 듯했다. 미와 조화를 완전히 모독하는 도발이었다.

먹을 것을 찾은 다음(실제로 이곳에는 먹을 수 있는 버섯과 풀뿌리가 풍성히 자라고 있었다), 나는 탐사를 계속하기로 결심했다. 넓고 깊은 굴을 지나가니 규모가 엄청나게 큰 일종의 계단이 나왔다. 이 계단은 분명 여기 살던 초거대인들이 암반 깊숙한 곳에 만들어 놓은 것 같았다.

며칠 걸려 내려간 끝에 마침내 검은 도시가 나왔다. 산 밑에 지하로 판 이 도시는 여러 층으로 배열된 덩치 큰 혈거인(穴居人)의 거주지로 이루어져 있었다.

도시를 보자마자 나는 더없이 가슴이 벅차올랐다. 사지가 바르르 떨렸다. 그 모든 시련을 견뎌 내고 마침내 성공했다는 생각이 들었다. 나는 억지로 힘을 내어 심호흡을 했다. 내가 발견해 낸 것의 중요성을 나 스스로 미처 다 헤아리지 못했다는 생각이 들었다.

나는 옛 전설 속 감추어진 도시를 발견한 것이다. 〈그들의 도시〉를. 그 도시가 내 눈앞에 황홀하게 펼쳐져 있었다.

흥분 속에서 나는 계속 앞으로 나아갔다. 그들의 〈대로〉 중 하나를 돌아 들다가 기념물처럼 생긴 무언가에 부딪혔다.

알고 보니 뼈였다.

깨끗한 곡선 줄기들이 동굴 천장을 향해, 마치 현대 조각품처럼 우뚝우뚝 솟아 있었다. 수직으로 서 있는 기둥은 여러 개의 둥근 뼈들로 이루어져 있는데, 구멍이 그 뼈들을 한 줄기로 관통해 있어서 척추임을 알 수 있었다. 둥근 턱뼈에는 관절이 달려 있었는데 그 각도로 보건대 크게 벌릴 수 있는 구조였다. 한눈에 관찰한 바로 미루어, 이 표본은 물어뜯는 힘이 굉장했을 거라는 추론이 가능했다.

나는 탐구의 끝에 도달한 학자가 느끼는 극도의 기쁨 속에서 측량을 하고, 희귀한 표본들을 모으고, 기록을 하고, 스케치를 했다.

나는 이렇게 여섯 달 동안 혼자 땅속의 이 동굴에 머물며 그들의 도시를 탐구했다. 지적인 정신의 소유자에겐 보물로 가득 찬 놀라운 묘지였다. 하지만 그들이 누군지, 어떻게 살았는지, 어떤 오류를 범했기에 이렇게 지상에서 사라진 것인지 모르는 채로 내 발견을 그냥 팽개치고 싶지는 않았다.

나는 최신 기술을 써서 그들이 써놓은 언어 기호들을 판독하기에 이르렀고 마침내 단어들의 뜻을 알아냈다. 그리고 문장들을 구성했다. 문장들을 이리저리 꿰맞추니 문단이 구성되었다. 수백 번 읽고 또 읽고 나서야 문단에서 논리적인 의미를 찾아낼 수 있었다.

그러니까 아주 오래전, 이 초거대인들은 우리의 지구 표면에 살며 온 지구를 지배했었다.

이들은 과학과 영성을 고도로 발달시켰다. 그들은 농업, 목축, 도시 및 도로 건설에 대한 지식을 지니고 있었다. 그들은 아주 미묘해 보이는 예술 형태를 완성했다. 그들은 멀리 떨어져서도 서로 소통할 수 있었다. 하늘을 날 수도 있었다. 심지어 별과 별 사이를 여행할 수도 있었다. 대양의 깊은 해저까지도 내려갈 수 있었다.

그들을 이해하게 되니 마침내 그들이 아름답다는 생각이 들었다.

그러나 그들은 인구가 끊임없이 늘어나 쇠퇴기를 맞게 되었고, 그 시기에는 서로 전쟁을 하느라 여념이 없었다. 고도의 발전을 이루었음에도 〈자손의 숫자는 남아 있는 환경 에너지에 맞추어 자동적으로 조정된다〉는 기본 법칙을 그들은 몰랐던 것 같다.

이처럼, 그들은 수많은 원시 종들이 성공한 바로 그것, 즉 인구 증가를 통제하는 일에 실패했던 것이다. 그러니 그들의 먹이가 되고 삶의 터전이 되는 자연과의 균형이 아슬아슬해질 수밖에.

논리적 추론의 결과, 그들은 남은 식량을 고갈시키고 환경을 파괴할 대로 파괴한 다음, 결국 서로가 서로를 죽이게 되었던 것이다.

온갖 지혜를 동원한 전쟁의 결과는 무참한 파괴였다. 갈등 초기 몇 년 동안에 이미 그들은 마치 자살의 광기에 휩싸인 듯 숲을 불태우고 경작지와 목축지를 불살라 버렸다. 그들은 의도적으로 공기와 물을 유독 물질로 오염시켰다. 그렇게 하면 끔찍한 적들을 무찌를 수 있다고 믿었다. 그 〈적들〉이란…… 바로 자기 형제들이었는데 말이다. 그들은 병적인 교만 때문에 눈이 멀었다. 이런 대립이 너무 심해진 나머지 그들은 이제 더는 지표면 위에서 생존할 수 없었다.

그러자 그들은 지하 도시를 파기 시작했다. 공기와 물이 여과되어 들어오는 그곳은 안전하다고 믿었다.

하지만 그들의 공격성이나 파괴의 충동은 달래지지 않아 지하에서도 전쟁이 이어졌다. 그들은 땅속으로 점점 더 깊게 파 들어가, 급기야는 아기가 태어나도 햇빛을 볼 수 없는 지경에 이르렀다.

그들은 이런 상황에 적응하여, 버섯과 풀뿌리 재배를 시작했다. 이 기나긴 탐사 기간 동안 나의 일용할 양식이 되어 준 것이 바로 그 식물들이었다.

지하 생활 때문에 그들의 생김새가 달라졌다. 원래는 두 발로 서서 걸었는데, 나중에는 천장이 낮은 굴 속을 지나다니기 위해 몸이 구부정하게 변했다. 그들은 네발로, 동족의 공격에서 안전하게 몸을 보호하기 위해 설계된 거대한 지하 도시의 통로를 기어다니게 되었다. 그들은 일종의 잠수함, 그러니까 신속히 갱도를 팔 수 있는 굴착기가 전면에 장착된 〈잠토함〉들을 만들었다.

전쟁에 돌입하면 잠토함들은 서로 어뢰를 발사했는데, 그 어뢰는 나사처럼 끝없이 돌며 바위를 뚫고 지나다녔다.

채색 벽화는 굴착 어뢰를 서로 쏘는 잠토함 함대 간의 대전투 장면을 묘사하고 있었다. 이러한 살인 병기로부터 자신을 보호하기 위해, 이들은 이 행성의 지각 속으로 자꾸만 더 깊이 내려가 갱도를 만들고, 혈거 도시를 세웠다.

그들은 더 이상 빛을 못 견뎠고, 추위도 탁 트인 공기도 못 견뎠다. 안색은 창백해졌고, 눈은 두더지처럼 어둠 속에서도 볼 수 있는 능력을 키워 갔다.

그들의 조직 방식도 변모했다. 형태적 특성에 따라 신분이 나뉘었다. 몸집이 작은 것들은 새끼를 돌보았다. 몸집이 큰 것들은 전쟁을 했다.

도시마다 단 하나의 개체, 뚱뚱한 암컷에게만 생식 능력이 주어졌다. 이 암컷은 새끼를 낳기 전에 깊이 생각했다. 새끼를 키울 둥지의 규모, 제대로 된 방위를 맡아 줄 병사의 수, 비축된 식량의 양, 이런 것에 맞추어 이들 사회의 조화로운 균형에 꼭 필요한 만큼만 새끼를 낳았다. 결국 그것이 맞는 해결책이었다. 그러나 이 해결책은 너무 늦게 나타났다.

그들이 품은 원한은 변함이 없었다. 동족상잔의 전쟁이 지하 공간 전체에서 끝없이 벌어지다 이 네발의 초거대인은 결국 몰사하고 말았다. 서로에게 유독 가스를 쏘아 댔는데, 그것이 환기가 불가능한 지하의 이 밀폐된 도시들에는 치명적이었던 것이다.

이처럼 그들은 마지막 하나까지 남김 없이 사라졌고, 서로를 향한 증오의 충동에 의해 무(無)로 화했다.

내가 있던 그 도시는 바로 마지막 희망 같은 곳이었다. 은신처 도시를 만든 것이다. 땅속 깊은 곳이 아니라 높은 곳에, 동쪽 산지에서도 가장 높은 산 아래에. 절대 비밀 속에서.

그 아이디어 덕분에 얼마간은 안전했지만, 단 한 명의 배신에 따른 전쟁으로 그들은 다른 곳에서와 마찬가지로 모두 파멸하고 말았다.

나는 얼떨떨해서, 넋을 잃을 지경이었다. 똑똑하고 세련된 족속이 가진 재주를 몽땅 쏟아부어 이룩한 작품이 바로 자기 자신의 멸종이었다니.

하지만 그 원인은 알고도 남을 만했다.

그들은 분명 서로 지독히 미워했을 것이다.

그러나 가장 놀라운 일이 아직 남아 있었다.

하나의 문명만이 아니라 아예 종(種) 전체가 깡그리 사라져 버린 수수께끼를 이해해 보려고 이 거대한 묘지를 이리저리 돌아다니던 어느 날, 나는 이들의 박물관 중 하나인 듯한 곳을 발견했다. 거기에는 그들이 아직 지구 표면에 살던 황금시대의 물건들, 심지어 책까지 전시되어 있었다.

거기에서 발견한 내용은 나를 전율하게 만들었다. 그 글은 누가 보아도 어떤 다른 종, 바로 〈우리〉에 대한 것이었다. 그들은 우리에 대해 말하고 있었다. 심지어 우리를 도표와 그림으로 표현해 놓기까지 했다. 그들은 우리에게 관심이 있었던 것이다! 그러니 엄청나게 놀라운 일이긴 하지만, 옛날에 우리 두 종은 공존했던 것이다!

나의 조상들과 그들의 조상들은 서로 알고 있었던 것이다! 그들은 함께 살았다. 아니면 적어도 나란히 살았다. 그들은 서로 바라보고, 서로 관찰했다. 그리고 도표에 붙은 범례와 설명을 통해 추론하건대, 그들에게 우리는 무시해도 좋을 미미한 존재였다.

그들은 우리를 좋아하지 않았다. 그들은 우리를 이런 이름으로 불렀다. 〈개미〉.

우리를 〈관리〉하겠다며, 그들은 우리를 박멸할 목적으로 독가스를 발명해 놓은 참이었다. 이 가스를 그들은 〈살충제〉라 불렀다.

그들은 왜 우리를 없애 버리려 했을까? 내가 해석해 낼 수 있는 얼마 안 되는 근거 자료를 통해서 마침내 나는 이해하게 되었다. 그들은 우리, 저들 말로 〈개미〉인 우리가 자기들 식량을 훔쳐 갈까 봐 두려워했던 것이다.

그들은 땅이 생산하는 과일과 채소가 오로지 자기들, 즉 지구의 주인인 초거대인들만을 위한 것이라고 생각했다. 또 천연자원을 포함한 모든 것이 몽땅 자기들 차지라고 생각했다. 그들은 우리를 경쟁 상대나 적수로조차 여기지 않았고, 단지 기생충으로 여겼을 따름이다.

그들은 우리를 지구상에서 멸종시키려 했지만, 운명의 장난으로 바로 이 〈살충제〉 가스가 그들 자신을 파멸로 이끌었던 것이다.

얼마나 우스운 일인가.

몸집의 크기나 신체적 특징을 가지고 이웃 종을 멸시하는 오만한 문명들은 이렇게 종말을 고한다.

이것이 사라진 초거대인의 대문명에 감춰진 비밀이었다.

이제 이런 사실을 알게 되었으니 나는 결정을 내려야 했다.

그들의 존재를 세상에 공개해야 하는가? 아니면 입을 다물어야 하는가?

동료 과학자들은 이 이야기를 절대 믿지 않을 테고, 이런 발견에 내포된 의미가 워낙 엄청나다 보니 미친놈으로 낙인찍힐까 봐 겁도 나서, 나는 입을 다물기로 결심했다.

하지만 이 모든 고난, 이 모든 작업, 이 모든 희생이 수포로 돌아가게 하고 싶지 않았기에, 나는 이 비밀 메모와 이 수개월간의 탐사에서 축적한 스케치, 번역, 지도 들을 내 자손인 너에게 물려주는 책임 있는 행동을 취했다.

그러니 지금 내 글을 읽는 너, 너는 알아야 한다. 아주 옛날 지구상에 기묘한 다른 문명이 있었음을. 나타났다 급속히 사라진 초거대 종이 있었음을. 내 계산에 따르면, 우리 종이 1억 년 되었다면, 그 초거대 종은 350만 년 전에 나타났고,

그 문명이 3백만 년간 지속되다가, 50만 년 전에 사라졌다.

그들은 거대하지만 취약한 종이었고, 하루살이처럼 덧없는 종이었고, 바로 자기 자신이 걸려 있는 내기에 대해서조차 무심했던 이기적인 종이었다.

간단한 사실 하나만 더 적어 둔다. 내 더듬이로 그들의 글을 해독한 결과, 그들은 스스로를 이런 괴상한 이름으로 불렀다는 걸 알게 되었다. 〈인간〉이라고.

안개 속의 살인

있을 법한 과거

지방 도시, 22세.

내가 정말로 취재다운 취재를 한 단 하나의 살인 사건은 1983년 7월, 지방 신문의 기자로 일할 때 일어난 이상한 사건이었다. 그때 나는 스물두 살이었는데, 다니던 파리의 언론 학교[4]를 통해 지방 어느 소도시에서 기자 연수를 하게 되었다.

연수생으로 도착하자마자, 편집국장 장폴은 당장 사진 딸린 르포 기사를 써내라고 했다. 얼마나 화끈하게 후다닥 써내는지 보려는 심산이었다.

그날 아침, 도시는 안개에 싸여 있었다. 그 도시의 기차역으로 갔더니, 〈기자님이 취재를 잘하실 수 있게〉 한다는 명분으로 경찰이 역 구내의 사람들을 밖으로 내보내고 있었다. 난 감동도 되고 흥분도 되었다. 어쨌든 이것이 기자로서 내가 찍는 첫 번째 사진이었던 것이다.

머리를 짧게 깎고 검정 가죽점퍼를 입은 침착한 젊은 형사가 나를 표지판 쪽으로 이끌고 갔는데, 그 표지판 위에는 놀랍게도, 피투성이가 된 여자의 팔 한쪽이 걸쳐져 있었다. 사고 시 충격이 엄청 심했던 모양이었다. 심지어 팔목 살 부근

---

4 신문, 방송 등 언론 전문인을 양성하는 사립 대학 과정에 해당하는 교육 기관을 말한다.

에서 비어져 나온 누런 뼈 끝을 알아볼 수 있을 정도였다. 벌 겋게 피로 얼룩진 표지판에는 이런 글씨가 쓰여 있었다.

〈보이는 열차 뒤에 다른 열차가 운행 중일 수 있으니 주의하십시오.〉

길랭이라는 이름의 그 형사는 이 을씨년스러운 광경을 가리키면서, 짐짓 나와 한통속이라는 티를 내는 수다를 떨어댔다.

「분명히 이런 사진은…… 신문에 낼 수 없죠. 우리 같은 사람들이나 보는 거지. 〈보이는 열차 뒤에 다른 열차가 잘린 한쪽 팔과 함께 있을 수도 있습니다〉, 어때요, 재밌지 않아요?」

난 토하지 않으려고 침을 꿀꺽 삼켰다.

사건의 전말을 길랭이 설명해 주었다. 사실 이건 정치적 문제였다. 인구 5만 명의 이 소도시에서, 시청 쪽은 우파였지만 철도청 지부 쪽은 좌파였다. 그래서 철도청은 벌써 몇 년째 도로 밑 터널 공사를 질질 끌었다. 그들 나름대로는 유권자에게 영향을 준답시고 그런 것이었다. 통행객들은 마치 찻길을 건널 때처럼 양쪽을 살피며 철로를 건너다녀야 했다. 하지만 처음에만 그랬을 뿐 사람들은 차츰차츰 다시 부주의해졌다. 오가는 열차들에서는 소리가 나지 않았기 때문에 결국 이 역에서는 평균 두 달에 한 구꼴로 시신이 나왔다.

이 사건의 경우, 한 아이가 조심성 없이 길을 건너는데 마침 반대쪽에서 기관차가 후진해 왔다. 한 여자가 아이를 구하려고 몸을 날려 뛰어들었다. 아이는 간신히 길을 건넜지만, 여자는 그러지 못했다. 그녀는 기차에 정통으로 치였다. 충돌은 끔찍했다. 몸통에서 잘려 나간 팔 한쪽이 휙 날아서 표지판 위에 떨어졌으니.

나는 토할 것 같은 상태에서 현기증을 느끼며 사진을 찍었다. 이어 첫 기사를 쓰면서, 철도 사고를 알리고 독자들에게 역 구내 승강장을 건너기 전에 꼭 주의해야 한다는 걸 강조했다. 사진은 한 장도 실리지 않았다. 이것이 나의 기자 입문식이었다.

그때부터 내 삶은 늘 똑같은 일상의 모습을 띠게 되었다. 아침 일찍, 98세의 비올레트 할머니가 주인인 하숙집에서 아침을 먹었다. 전기 주전자로 끓인 물에 인스턴트커피를 타서 이 지방 고유 음식인 흑설탕 와플과 함께 먹었다.

비올레트 할머니는 자그마하고 등이 구부정한, 선한 노인이었는데, 옛날식 집에서 사는 그녀 몸에서는 라벤더 향기가 진하게 풍겼다. 비올레트 할머니는 옆집에 사는 피자크 할머니를 먹여 살리고 있었다. 똑같이 90대인 피자크 할머니는 옆집 4층에 살았다. 비올레트 할머니는 장바구니에 장 본 물건을 담아서는, 피자크 할머니가 도르래로 창문에서 내려뜨린 줄에 그 바구니를 매달아 올려 보내곤 했다. 피자크 할머니는 외출을 통 하지 않았다. 이 할머니는 고양이들과 함께 살았고, 그 집 현관문은 뒤틀리고 부풀어서 닫힌 채로 더 이상 열리지도 않았다. 피자크 할머니를 보러 오는 사람은 10년째 아무도 없었다. 비올레트 할머니는 오후가 되면 전화로 피자크 할머니와 몇 시간씩 이야기를 나눴다. 그로부터 5년 후 알게 된 사실인데, 비올레트 할머니가 죽자 아무도 피자크 할머니를 돌볼 생각을 하지 않았다고 한다. 비올레트 할머니가 죽은 며칠 뒤 피자크 할머니도 굶어 죽었고, 기르던 고양이 서른한 마리가 이 할머니의 시신을 먹어 치웠다. 한 달 뒤 이웃 사람들이 냄새를 맡고 결국 구조대에 연락

했다.

아침을 먹고 나면 나는 기사 쓰기에 몰두했다. 이 〈편집국〉의 직원은 나를 포함해 일곱 명이었지만, 국장 말대로 〈기삿거리야 저 아래층 카페 겸 식당에 가면 가장 잘 얻을 수 있으니까, 여긴 네가 알아서 다 해, 알았지? 무슨 문제 있으면 우리가 어디 있는지 아니까 연락하고〉 식이었다.

동료 여섯 명은 처음부터 어찌나 나를 전폭적으로 〈신뢰〉했던지, 매일 이 소도시의 지방 소식란 네 면을 채울 기사를 나 혼자 다 쓰라고 할 정도였다. 나는 오전 9시쯤 결혼식에 참석하는 것으로 일을 시작했다. 사진 한 방 찍고, 신랑 신부 이름 물어보고, 축하 샴페인 한 잔 마시고, 사람들과 악수 좀 하고, 행복을 빌어 준다. 그러고는 차 타고 다음 결혼식장으로.

그러다가 11시쯤 되면 순서는 뒤죽박죽이지만 대충 다음과 같은 일들이 이어진다. 성당의 종탑 수리, 자동차 사고, 노숙자 자살, 야외 어린이집 개원, 말벌 둥지를 제거하거나 높은 나뭇가지에 올라간 고양이를 잡으러 갔던 구급대원의 무용담, 지방 순회 공연 중인 왕년의 인기 가수나 코미디언과의 인터뷰, 실한 호박 뽑기 대회, 호스피스 건물 개축 공사……. 그러고는 편집국으로 돌아와 모든 기사를 쓰는 것이다.

이 소도시의 시장은 내 계획을 알아내어, 내가 가는 곳에 자기도 와서 사진 찍히려고 매일 아침 나를 불렀다. 이렇게 해서 우리 일간지 독자들에게 제 손으로 뽑은 시장이 여기저기 두루 동참하고 늘 일 잘하고 있다는 인상을 주려는 속셈이었다.

관찰자는 자기가 관찰하는 대상을 변화시킨다.

나는 간접적으로 시장의 활동을 결정하고, 그러니까 결국 이 도시의 활동을 결정하는 셈이었다. 나는 미술 전시회, 연극 공연, 음악회 등의 행사는 절대로 빠지지 않고 모조리 가서, 시장이 참석하여 자리를 빛내 주도록 하여 문화 예술 진흥에 이바지했다.

나는 내 직업이 참 좋았다.

내가 힘도 있고, 사회적으로도 쓸모 있다는 기분이 들었다.

편집국장 장폴은 나를 편하게 해주었다.

「다 좋은데, 너무 피곤하게 일하지는 말라고. 어쨌든 신문 기사를 읽는 사람은 얼마 안 되니 말이야. 사람들은 대부분 사진, 제목, 사진 설명 같은 것만 본다니까. 가끔가다 기사 첫 줄을 읽을 마음도 내지만, 끝까지 다 읽는 사람은 극히 드물어. 특히 절대 잊지 말아야 할 것은, 부고란이 가장 많이 읽힌다는 거야. 그다음이 일기 예보. 별세한 노인들과 구름, 사람들은 이런 것에 가장 열중한다니까. 세 번째가 축구지. 특히 시 대항 경기.」

보기 나름이다.

오후 6시경, 현장 취재를 마친 나는 사무실로 돌아와 입구에서 안내 역할을 하는 뚱뚱한 금발 여인 마틸드에게 인사를 했다. 좀 편집증이 있는 그녀는 아침부터 저녁까지 모종의 음모를 꾸미곤 해서, 음모는 가히 그녀가 사는 이유라 할 만했다. 가끔씩 마틸드는 익명으로 이런 편지를 보냈다.

〈당신 남편이 당신의 가장 친한 친구와 바람을 피우고 있어요. 모든 것을 다 보는 올빼미 드림.〉

장폴이 내게 은밀히 말해 주기를, 그녀는 이미 글씨체 때문에, 또 여러 편지를 종합해 진위를 확인한 사람들에 의해 정체가 탄로 났다고 했다. 그래서 신문사 입구에 누군가 들이닥쳐 싸움이 나고 머리를 쥐어뜯으며 드잡이한 일이 몇 번이나 있었다고 했다. 그녀가 남이 알아보기 힘든 정자체(正字體)를 열심히 연습하는 장면을 나는 가끔 보았다. 마틸드는 내게 그 전날 사망한 사람의 명단을 건네주곤 했다. 그걸 받으면 나는 타자를 치면서 유족이 부탁한 문구들을 덧붙이곤 했다. 예컨대 〈레지옹도뇌르 훈장 수훈자〉, 〈모(某) 지역 공굴리기 협회장〉, 〈맥주 마시기 동호회 명예 회원〉 이런 것들 말이다. 그리고 프랑스 기상청에 전화해 이튿날의 일기 예보를 알아보는 것으로 일과를 끝맺곤 했다.

그러던 차에 그 살인 사건이 터졌다.

그날이 기억난다. 그날따라 도시엔 안개가 평소보다 훨씬 더 자욱했다. 나는 어느 소인(小人) 여자를 인터뷰하고 있었다. 로즐리나 부인이라고, 유랑 극단 출신의 여자였다. 내 책상 위에 백과사전 한 권을 놓고 그 위에 걸터앉아서, 자기는 난쟁이를 보면 매우 경멸하게 된다고 설명했다. 사람들이 자기 같은 소인들을 난쟁이들과 종종 혼동하기 때문이라는 것이었다.

「우리 같은 왜소증은 몸이 〈균형 잡혀〉 있단 말이에요.」

그녀는 마치 인형의 손 같은 두 손을 내게 보여 주며 설명했다.

「난쟁이들은 손이 크거나 발이 크죠. 우리는 그런 사람들과 비교 대상이 아니라고요! 기자님이 신문에 그런 걸 쓰셔야 사람들이 진실을 알지요!」

로즐리나는 아주 수다스러웠다. 야릇하고 새된 작은 목소리로 말을 했다. 소인들은 오랫동안 사람의 발길이 닿지 않은 루마니아 숲 속 오지 출신이라고 했다. 그들은 1900년 파리 만국 박람회 때 모두 모인 적이 있으며, 지금은 세계를 통틀어 백 명쯤 남아 있다고 했다. 자기는 세 번째 결혼을 했고, 자랑스러운 딸을 두었는데, 그 딸은 지금 소인으로만 구성된 일본의 어느 극단에서 연기를 하고 있다고 했다. 그녀가 말했다.

「일본 사람들은 크기가 작은 것을 좋아하죠. 아마 그래서 일본 사람들이 워크맨, 소형 하이파이 전축 등을 발명한 모양이에요. 일본에서는 모든 것이 작은 것 같아요. 보세요. 남프랑스 리비에라 해안에 있는 우리 집은 두 구역으로 나뉘어 있답니다. 손님들을 위한 구역, 그러니까 보통 크기, 즉 천장 높이 2.5미터 이런 식으로 설계된 구역이 있고, 또 한 구역은 천장 높이가 1.5미터인데, 내 소인 친구들이 오면 이 구역에 맞아들이죠.」

장폴이 갑자기 내 사무실에 들이닥쳤다. 그는 책상 위에 앉아 있는 이 작은 여인에게 놀란 시선을 던지더니 내게 불쑥 말했다.

「운하에 사람이 빠져 죽었어! 자네가 가봐야 해.」

나는 그 소인 여자를 경호원에게 데려다 주었다. 가는 길에 그녀는 혹시 개가 없는지 꼭 살펴봐 달라고 부탁했다. 어느 날 독일산 셰퍼드 한 마리가 그녀를 입에 물고 수백 미터나 달려간 적이 있어서 혼자 걷는 일에 늘 무섬증이 있다는 것이었다.

「커다란 개의 입에 물린 채 땅 위 몇 센티미터 공중에서 돌아다니는 게 어떤 건지 상상이나 하시겠어요? 정말정말 무섭더라고요. 그래서 내가 티보르를 채용한 거죠. 티보르!」

어깨가 떡 벌어진 수염 난 장정이 아이 안듯이 그녀를 번쩍 들어 올려 검정색 초호화 리무진까지 데려갔다. 나는 잠시만 거기 서 있어 보라고 부탁하여, 로즐리나를 안은 티보르의 사진을 한 장 찍었다. 혹시 사람들이 소인이 정말로 있다는 것을 믿지 못할 경우에 대비해서였다. 떠나기 전에 그녀는 선팅된 차 유리창을 내리고 작은 손을 내밀어 명함 한 장을 건네주었다.

「놀이동산 축제 때 저를 보러 오세요. 하지만 더 좋은 건 당신이 여기 이 주소, 리비에라 해안에 있는 우리 집으로 오시는 거죠. 같이 저녁 먹어요. 보면 아시겠지만, 제가 요리를 썩 잘하거든요.」

나는 다시 사무실에 올라가 고감도 필름을 챙겨 — 나는 플래시를 즐겨 사용하지 않는다 — 익사 사건을 취재하러 갔다.

시신이 발견된 장소에는 이미 구조대가 와 있었다. 희생자는 미셸이라는 일곱 살짜리 남자아이였다. 들것에 눕혀진 아이의 시신에는 이미 이불이 덮여 있었다. 사망 시각은 몇 시간 전이라고 구조대장이 귀띔해 주었다. 나는 아이의 손목이 묶였던 자국을 주목했다.

구조대장이 말했다.

「아, 이거요? 아이를 발견했을 때 두 손이 등 뒤로 묶여 있었어요. 쓰레기봉투에 담겨 밀봉된 상태였습니다.」

「……그럼 범죄 사건이겠네요?」

「아, 그건, 우리가 말할 수 있는 게 아니죠. 형사를 만나 보시지요.」

구조대장이 대답했다.

몇 분 뒤, 길랭 형사가 경찰서 휴게실(형사가 휴식 시간에 동료들과 함께 있는 특별한 방. 사방 벽에는 여자 누드 포스터들이 붙어 있었고, 중앙에는 맛 좋은 〈생맥주〉를 공급하는 맥주통의 수도꼭지들이 줄지어 있었다. 옆에는 놀이 삼아 화살을 날려 맞히는 과녁이 있고, 운동 경기를 보라고 텔레비전이 한 대 있었다)에서 내게 슬쩍 말해 주었다. 실제로 남자아이는 아마 살해당한 것 같고, 자기는 살인자가 누구인지 알 것 같다고, 하지만 당장은 내게 말하지 않는 게 낫겠다고 했다.

신문사 편집부에 돌아오니, 내 앞으로 익명의 편지가 와 있었다.

〈미셸을 살해한 건 그 애 엄마 욜랑드입니다. 제 말을 못 믿으시겠다면 미셸의 형에게 물어보시면 됩니다.〉

졸필에 또박또박 정자체로 눌러쓴 글씨였다. 하지만 마틸드의 글씨체는 아니었다. 게다가 익명의 다른 편지들도 똑같은 내용을 담고 있었다.

〈아이를 죽인 것은 엄마입니다.〉

아마추어 탐정처럼 잔뜩 흥분한 나는 제대로 취재하기로 결심했다. 다행히 증인들은 많아서 정보를 아낌없이 제공해 주었다. 나는 수많은 단서와 증언들 속에 압사할 지경이었다. 진실을 다 안다는 사람이 너무나 많았다. 그리고 하나같이, 범인은 어머니라는 것이었다.

126

심지어 몇몇 증인들의 말에 따르면, 그녀가 전에도 아들을 죽이려 한 적이 있었는데 큰아들이 겨우 살려 냈다는 것이었다.

그래서 나는 피해자의 삼촌을 만나러 갔다. 아이 삼촌은 이미 같은 종류의 사건이 있었음을 알고 있었다며, 제때 개입하지 못해 유감이라고 했다.

「그래, 꼬마 미셸의 죽음에 대한 취재는 어디까지 진행됐나?」

편집국장이 물었다.

「네, 조금씩 해나가고 있습니다.」

국장은 격려의 표시를 하면서, 자기는 다른 사람들과 함께 아래층 바에 내려간다고 눈짓을 보냈다. 나도 이따가 그리로 와서 크리크 한잔 하라고 했다. 크리크는 앵두를 넣어 만든 맛 좋은 맥주로, 이 신문사 편집국의 기자들이 줄창 마셔 대는 술이었다(특히 감자튀김과 이 지방 특산물로 유명한, 씹으면 즙이 잔뜩 나오는 소시지와 함께). 하지만 난 아직도 할 일이 많았다.

한 시간 뒤, 나는 꼬마 미셸의 엄마 욜랑드가 사는 집 현관 초인종을 눌렀다. 그녀는 아이의 시체가 발견된 운하 근처의 허름한 집에 살고 있었다. 마흔 살쯤 된 여자로, 미인인 편이며 상황에 맞게 검은 옷을 입고 있었다. 그녀는 나를 맞아들이더니 앉으라고 했다. 벽에는 옛날풍 꽃무늬 벽지를 발랐고, 주황색과 연보라색의 일몰 풍경을 그린 그림들이 걸려 있었다. 의자는 베이지색 벨벳이 씌워져 있었으며, 선반 위에는 각국 의상을 입은 민속 인형들이 진열되어 있었다.

나는 난처해하며, 실은 아드님의 죽음에 대해 취재하러

왔노라고 밝혔다.

그녀는 아무렇지도 않게 나를 쳐다보더니 대답했다.

「네, 물론, 이해해요.」

그리고 눈두덩에 진한 화장을 한 푸른 눈으로 나를 뚫어지게 보았다.

「아시죠, 기자님. 저는 해야 할 일을 한 거예요. 제겐 두 아이가 있어요. 아들 둘. 그런데 둘 다 먹여 살릴 방도가 없어요. 선택을 해야 했고, 누구도 대신 선택해 줄 수 없으니까…… 큰애를 기르는 쪽을 선택한 거죠. 아마 걔가 좀 더 귀엽게 생겨서일 거예요. 외모가 말입니다.」

그녀는 이런 이야기를 마치 자동차 고르는 이야기라도 하듯이 또박또박 했다.

나로선 좌절감이 들면서도 황당했다. 나는 상대방이 그래도 조금은 저항을 하거나, 거짓말을 하거나, 다른 이야기를 둘러댈 거라고 생각했던 것이다. 그런데 만나자마자 이렇게 쉽게 실토하니 갈피를 잡을 수가 없었다.

그녀는 내게 슈퍼마켓에서 산 브라우니 과자와 맛이 썩 좋은 커피, 하숙집처럼 인스턴트커피가 아닌 원두커피를 도자기 찻잔에다 내놓았다. 우리는 계속 이야기를 했다. 그녀는 내게 이 도시를 좋아하느냐고 물었다. 이곳에서의 기자 노릇은 파리에서와는 아무래도 다르다고 대답했다.

「이 고장에서는, 기자가 그야말로 사람들 사이를 이어 주는 끈이더군요.」

그녀는 내가 커피에 각설탕을 몇 개 넣고 싶어 하는지까지 신경 써주었다. 기묘한 상황이었다. 내 머릿속에 경고음이 울리기 시작했다. 자기 아들을 죽였다고 실토하면 감옥에 가게 된다는 것을 모른단 말인가? 그녀는 너무도 태연해 보였다. 슬픈 티, 괴로운 티도 내지 않았다. 그저 방금 자기를 찾아온, 자기가 공손히 맞이한 낯선 손님에 대한 모종의 호기심, 그것뿐이었다. 그녀는 내 직업과 내가 하는 일들에 아주 관심이 많은 것 같았다.

나는 바보 같은 질문을 했다.

「기사와 함께 실을 사진 좀 주실 수 있을까요?」

그녀는 선뜻 그러마고 했다. 그리고 내게 꼬마 미셸의 독사진을 여러 장 건네주었다.

「이 사진에 걔가 좀 더 잘 웃는 얼굴로 나왔어요. 그리고 저 사진에서는 그 애가 좋아하는 빨간 스웨터를 입고 있죠. 그 애 장난감은 어떻게 해야 할지 모르겠네요. 오, 남한테나 줘버려야겠네.」

「저, 음…… 부인 사진을 찍어도 되겠습니까?」

욜랑드는 마치 전부터 항상 신문에 나오길 꿈꾸어 온 것처럼, 그러라고 했다.

「물론이죠, 되고말고요.」

그녀는 욕실에 가서 〈매무새를 가다듬을〉 시간을 좀 달라고 했다.

「이쪽에서 찍어야 제 옆모습이 제일 잘 나와요. 만약 그런 것에 신경 써도 된다면 말이죠.」

욜랑드는 고개를 돌리고 방긋 웃으며 이런저런 자세를 취했는데, 어떤 자세는 거의 에로틱하기까지 한, 묘한 자세였다. 바로 이 여자가, 이 어머니가 아들의 손목을 끈으로 묶어 쓰레기봉투에 넣어 운하에 빠뜨린 사람 맞는가?

나올 때 욜랑드는 내게 인사를 하면서, 언제든 마음 내키면 다시 오라고, 와서 다과나 함께 하면서 기자라는 직업에 대한 열정에 대해 얘기해 달라고 했다.

그 집을 나올 때는, 전에 잘린 팔을 보았던 날보다 더욱더 불편하고 역겨운 느낌이 들었다.

나는 기사를 쓰기 위해 사무실로 돌아왔다.

저녁에는 눈이 피곤해, 빛이 너무 센 편집부의 네온 등을 켜지 않기로 했다. 어둠침침한 복도를 생각에 잠겨 걸었다. 그때 한 발에 뭔가 물컹한 덩어리가 밟히면서, 찌걱 하는 소리가 났다. 하마터면 그 물체 위로 넘어질 뻔했다.

처음엔 토마토가 잔뜩 담긴 자루인 줄 알았다. 그런데 자루가 말을 하기 시작했다.

「아, 자네군…….」

장폴이었다. 그는 일어나지도 못할 만큼 고주망태가 되어 뚱뚱한 민달팽이처럼 땅바닥에서 꿈틀거렸다.

난 지금 사람을 밟은 것이었다! 그것도 직속 상사를…….

기분이 야릇했다. 내 발이 아직도 그의 배 위에 있는데 그가 낮은 목소리로 이런 말을 했다.

「기사 쓴 거 모두 송고했나?」

「음…… 지금 하려는 중입니다.」

내가 재빨리 다리를 내리며 더듬더듬 말했다.

「좋아, 좋아, 열심히 하는군. 여기선 다들 자네를 좋게 보더군. 그러니까, 여기 출신 아닌 사람치고는 말이야.」

「감사합니다.」

그의 숨결에서 불순물 섞인 맥주 냄새가 훅 끼쳐 왔다. 앵두를 넣어 만든 맥주 냄새가 아니었다.

「꼬마 미셸의 죽음에 대해 취재한 걸 말씀드리고 싶은

데요.」

내가 말했다.

그는 두 손과 두 발을 바닥에 댄 채 애썼지만 결국 일어서지 못했다. 나는 그에게 한 손을 내밀어 도와주었다. 그러나 한 번 시도에 실패하자 그는 양탄자 위에 그냥 눕는 편을 택했다. 그는 간신히 이 말을 내뱉었다.

「그건 내일 해도 되겠지, 응?」

다음 날은 날씨가 아주 좋았다. 장폴은 자신의 널따란 집무실에서 나를 맞아 주었다. 전날 밤의 취기는 온데간데없었다. 귀족처럼 기다란 그의 손가락이 담배 한 대를 찾더니 절도 있는 동작으로 불을 붙였다.

「그 소인 여자에 대한 자네 기사, 아주 좋아. 난 말이지, 그 글을 읽기 전에는 그런 게 있는지도 몰랐다네. 소인이라는 게 말이야. 난 소인과 난쟁이를 구별 못했고, 심지어 『걸리버 여행기』에 나오는 전설인 줄로만 알았지 뭔가. 자네가 쓴 기사에 보면 그 여자 집은 그 몸 치수에 딱 맞는다면서? 인형의 집 같겠지. 안 그런가?」

「저는 꼬마 미셸 살해 사건에 대해 말씀드리고 싶은데요.」

「아, 그래, 물론. 그래 어디까지 취재했나?」

「음 그러니까…… 제가 살인자를 찾아낸 것 같은데요.」

「좋아. 그게 누구지?」

「아이 엄마, 욜랑드요. 그 여자는 전에도 아들을 죽이려 한 적이 있었답니다. 경찰과 얘기해 봤는데 사건을 재구성할 수 있겠더군요. 그 여자는 두 아이 중에서 선택을 해야만 했다고 제게 실토까지 했습니다. 좀 더 〈귀엽게〉 보이는 쪽을 살려 두기로 했다고요.」

그는 눈 한 번 깜박이지 않고, 한 손가락을 입술에 댄 채 나를 빤히 쳐다보았다.

「기사는 이미 작성했습니다. 제가 취재한 내용이 기사 속에 다 나와 있습니다.」

그가 어디 좀 보자고 했다.

나는 그에게 여섯 장짜리 기사, 그리고 어린 미셸의 사진들을 건네주었다. 아이 엄마의 사진도. 그리고 시신을 발견했던 장소의 사진과 삼촌의 사진도.

장폴은 마치 복잡한 진단을 하면서 생각의 첫 가닥을 잡은 의사처럼 고개를 설레설레 저었다. 그는 기사를 읽고, 사진을 자세히 검토하더니 빙긋 웃으며 나를 바라보았다.

「설마 이게 그대로 신문에 날 거라고 믿진 않겠지?」

나는 아직 그에게 친근한 투로 말을 놓지 못했다.

「제 취재가 말이 안 된다고 생각하십니까?」

「아니 웬걸, 되고도 남아. 그쪽으로는 아무 문제 없어. 자네는 뛰어난 탐정 노릇을 했다니까. 그야말로 작은 셜록 홈스라 하겠는걸.」

「욜랑드가 무죄라고 생각하십니까?」

「그 역시 의심할 여지가 없어. 그 여자는 분명히 자기 아들을 죽였어. 미리 계획까지 짜서 말이지.」

나는 아랫입술을 지그시 깨물었다.

「그렇다면 문제가 뭡니까?」

그의 미소가 슬그머니 사라졌다.

「문제는, 자네가 이런 신문의 파급력을 생각 못 한다는 거지. 자네 생각엔, 이런 기사를 신문에 내면 무슨 일이 생길 것 같은가?」

「그 여자를 구속해서 재판을 하겠죠.」

「그래. 그다음엔?」

「여자가 감옥에 가겠죠.」

나는 대체 뭐가 문제라는 건지, 머릿속으로 헤아려 보았
다. 그러다가 하나의 가설을 내놓았다.

「남은 한 아이에게서 엄마를 빼앗는 건 가혹하다는 말씀
을 하시려는 거죠, 그렇죠?」

「아니야.」

「그럼 뭡니까? 뭐가 문제죠?」

그는 여전히 고개를 저었다. 한참 동안.

「자넨 마음속에 죽은 사람을 계속 지니고 싶은가?」

「무슨 말씀인지 모르겠는데요.」

「꼭 정리해 줘야만 알아듣겠다면 얘기하지. 그 여자가 두
아들을 다 기를 만한 돈이 없어서 아들 하나를 죽였다고 했
잖나. 그래서 선택할 수밖에 없었다고 말이야. 그렇지?」

「맞습니다. 그 여자가 한 말은 정확하게 이겁니다. 〈좀 더
귀여운 쪽을 선택했다.〉」

그는 마치 학생이 혼자서 답을 찾아내도록 기다리는 선생
처럼 꼼짝하지 않았다.

「이런 상황에 처한 게 그 여자 한 사람만이 아니라는 건 자
네도 짐작하겠지. 수십 명, 수백 명의 어머니가 자식들은 많
은데 먹여 살릴 방도는 없단 말이야. 아이를 제때 유산시키
지도 못해, 대책 없이 배 속에서 자라나게 했단 말이지. 그러
고는 깨닫게 되는 거야. 그 상황을 타개할 실질적인 해결책
은, 〈경제적으로〉 말해, 〈없애 버리는〉 거라고. 내 말 알

133

겠나?」

「음······.」

「하지만 그 여자들은 없애 버릴 방법을 몰라. 그래서 못 하는 거야. 마음속으론 정말 그러고 싶어도 말이지.」

침묵.

「이 세상은 텔레비전이나 영화에서 보는 것처럼 그렇게 단순하지 않아. 신문 기사도 마찬가지야. 사람들이 듣고 싶어 하는 것을 말해 주는 거지. 진실이 아니라.」

「그 말씀은······.」

「정신 좀 차려 봐, 이 사람아. 모성 본능 같은 건 있지도 않아. 모성 본능이라는 건 유아용 연고, 일회용 기저귀 따위의 온갖 잡동사니를 팔아먹으려고 광고쟁이들이 만들어 낸 거라고! 본능적 모성애······ 개뿔 같은 소리! 산타클로스처럼 그런 게 실제로 존재하지 않으니까 사람들이 25년씩 정신 분석을 받는 거야. 우리 어머니는 날 절대로 사랑하지 않았어. 아마 자네 어머니도 마찬가지일걸. 어머니들은 우릴 사랑하지 않았어. 다만 우릴 죽일 정도로 솔직하게 나가지 못했던 거지. 아마도 이른바 〈기술적 문제들〉 때문에 발목이 잡힌 것일 게야. 꼬마 미셸과 우리 사이엔 단지 이 차이밖에 없다니까.」

나는 내 상사인 편집국장을 유심히 살펴보았다. 술기운은 전혀 없어 보였다. 오히려 지극히 명징한 상태인 것 같았다. 그의 말 속에는 빈정대는 투도 전혀 없었고, 오직 상황 설명, 개탄스러운 상황 설명이 있을 뿐이었다.

「아직도 무슨 말씀인지 알아듣기가 힘드네요······.」

「그럼 좀 더 명쾌하게 이야기해 보자고. 〈자네〉의 그 율랑드는 큰아들과 더 이상 곤궁하게 살지 않으려고 이 방법을 찾은 거네. 만약 혹시라도 이걸 기사화한다면, 그러면 말이지…… 다른 엄마들도 똑같이 할 거란 말이야.」

나는 말문이 막혀 그냥 있었다. 케이오를 당한 느낌이었다.

「사실 이건 상상력의 문제야. 다른 엄마들은 쓰레기봉투나 운하 같은 생각을 못 해냈지. 욜랑드는 나름, 내 보기에 〈쌔고 쌘〉 이 문제의 해결책을 〈발명한〉 거야.」

나는 어이가 없었다.

「자, 그럼, 딱 한 가지 이런 질문을 할 수 있겠지. 〈남아도는 자식을 처치하는 방법을 모르는 다른 엄마들에게 이런 아이디어를 알려 줘야 하는가?〉 자네의 기사는 틀림없이 모방 범죄를 만들어 낼 테니까. 자넨 이 사실을 염두에 두어야 하는 거지.」

나는 이 악몽에서 깨어나려고 내 몸을 꼬집어 보았다.

「그럼, 이 범죄가 추악한 짓을 넘어서서 〈독창적인 발명〉이라도 된다는 말씀입니까?」

그는 한숨을 내쉬었다.

「바로 그렇다네. 만약 자네가 이 기사를 지금 쓴 그대로 신문에 내면, 아이들이 죽게 된단 말이야. 〈자네의〉 잘못 때문에. 만약 기사가 좀 더 중립적이라면 아이들은 계속 살아 있겠지.」

나는 수긍할 수가 없어 그를 계속 뚫어지게 쳐다보았다.

「알겠나? 영화나 소설에서는 사람들에게 보기 좋고, 깨끗하고, 정확한 규칙으로 정비된 세상, 논리적인 세상을 보여 주지. 착한 사람들과 악한 사람들이 있는 세상을 말일세. 그런데…… 〈현실〉이라는 게 있잖나.」

그는 〈현실〉이라는 단어를 뭔가 걱정이 담긴 듯한 음성으로 발음하면서 손가락으로 두 개의 갈고리를 만들어 보였다.

「현실에서는 범죄자들이 감옥에 거의 가지 않아.」

그는 담배를 빨아들이더니 연기를 가늘게 내뿜었다

「그리고 모두가 조용히 살려면 그게 아마 더 나을걸.」

「그럼…… 피해자는요?」

「피해자들이 난 참 성가시단 말이야!」

그는 이 말을 세차게 내뱉었다. 마치 자기가 심오하게 체험한 무언가를 표현하는 것 같았다.

「죽인 자들을 가둬 놓는다고 죽은 사람들이 살아나나. 무조건 정의의 사도처럼 굴지만 말고, 전체의 이익을 좀 생각해 보라고. 〈해피 엔드〉라는 건 없어. 단지 〈현실적 결말〉만 있을 뿐이지.」

장폴은 대단한 비밀을 제자에게 막 드러내 보여 준 스승 같은 태도로 나를 쳐다보았다.

「그럼 저는 뭘 하죠?」

나는 이제 쓸모없어진 기사 원고와 사진들을 챙기면서 물었다.

그는 거칠 것 없는 손놀림으로 사진들을 카드 게임 하듯이 좍 늘어놓았다.

「자, 이거 아주 좋은데. 꼬마 미셸은 예쁜 빨간 스웨터를 입었고 얼굴도 좋아 보이네. 이 아이 사진을 싣고, 그 밑에 아이 성과 이름을 적고, 이런 기사를 쓰는 거야. 〈운하변에서 일어난 유감스러운 사고.〉 그리고 아이를 저 운하 주변에서 돌아다니게 놔두지 말라는 조언을 부모들에게 하면서 적당히 쓰는 거야. 너무 미끄러운 이 구역에 진작 알아서 필요한 조치를 했어야 하는 시청 잘못이라고 말할 수도 있지. 걱정 말라고. 시청 사람들은 모든 일이 자기들 책임으로 돌아오는 데 익숙해져 있으니 말이야. 그게 바로 이른바〈집단적 책임의 희석〉이라는 거지.」

그는 내가 불편해한다는 걸 눈치챘다.

「알겠지. 행복한 기자란 없어. 왜 그런 줄 알아? 무슨 일이 일어났는지 우리는 실제로 알고 있거든. 그래서 걱정이 태산인 거지. 정말 행복하려면, 몰라야 하는 거라고. 아니면 얼른 잊는 법을 찾아내든가. 내가 왜 그리 술을 많이 마시겠나? 자, 자, 내가 괴즈 맥주 한잔 내지.」

이번엔 내가 수락했다. 괴즈 세 병, 크리크 세 병에 안주로 올리브 다섯 알, 감자튀김 한 접시, 디종 겨자를 바른 기름진 소시지 하나, 이렇게 먹고 마신 뒤에 장폴은 내게〈급사(急死)〉라는 별명을 지닌 맥주를 한 잔 마셔 보라고 권했다. 불그레한 호박색이 나면서 씁쓸하고 맵싸하고 들큰하기도 한 그 술을 마시면서, 나는 맥주 한 잔 들이켰다가 정말 죽을 수도 있을까 하고 속으로 자문해 보았다. 내 뇌 속에서 모든 것이 안개처럼 흐릿해지면서, 이유 없이 웃고 싶었다.

장폴은 눈을 반짝이며, 내 쪽으로 몸을 숙였다.

「행복한 기자란 없어. 내가 자네한테 아직 말 안 한 게 있는데, 그건 이 직업이 약간의 화학적〈보조제〉만 있으면 그런대로 견딜 만하다는 거야. 사실 자넨 숫총각이었지. 지금 막 총각 딱지를 뗀 셈이라네. 인간은 모두 어떤 순간엔 더러워지는 법이야. 바로 그 순간 진정한 인간이 되는 거지!」

그는 껄껄 웃어 젖히며 내 등을 한번 탁 쳤다.

다음 날, 빨간 스웨터를 입은 어린 미셸의 사진과 함께 기사가 나갔다. 기사 제목은 〈운하변의 불행한 사고〉였다.

비올레트 할머니는 머리를 둥근 세트로 돌돌 말고 슬리퍼를 직직 끌며, 실내 가운 차림으로 아침 식탁에서 나를 맞이했다. 할머니가 내 기사를 보여 주었다.

「가엾은 어린것, 이렇게 잘생긴 애가. 사진 보니 착하게 생겼는데 말이우……. 그런데 저녁 늦게까지 운하 옆 둑에서 놀았다면 문제가 생기는 게 당연하지. 여기 봐요. 아무것도 안 보일 만큼 불빛이 없잖우. 게다가 여기는 잘 미끄러지는 곳일 테고. 어쨌든 난 항상 여기가 위험한 곳이라고 생각했다니까. 나 같으면 그쪽으론 절대 안 가. 총각 기사가 여기저기를 좀 흔들어 놨으면 좋겠네. 시청 사람들이 아이들 목숨 건지는 데 필요한 가로등 좀 설치했으면 좋겠고.」

나는 할머니에게 이렇게 말해 주고 싶었다. 운하에서 미끄러지는데 양손이 등 뒤로 묶이고 쓰레기봉투 속에 밀봉된 채 미끄러지는 경우 보셨냐고. 하지만 할머니의 푸근한 표정을 보니 굳이 어깃장을 놓아 아침부터 이 양반을 입맛 떨어지게 할 필요는 없다는 생각이 들었다.

이후 며칠간, 나는 일종의 분노를 억눌러 가며 일했다. 다른 시체 사진들이 입수된 덕분에 미셸과 그 어머니의 얼굴을 잊어버릴 수 있었다.

나는 트럭 사고(〈운전자가 음주 상태여서 빨간불을 보지 못했다〉라고 오토바이 타고 가다 사고를 목격한 사람이 말했다), 가을걷이 축제(〈기자님, 키르 한잔 드시겠어요? 드셔도 괜찮아요. 피곤하신 것 같은데 기운이 날 거예요〉), 폭풍우로 부서진 종탑 수리(〈아! 이건 시에서 약속한 지가 한참

138

됐으니까, 공사를 시작할 때가 됐어요. 결국은 벼락이 떨어지고서야 일이 성사되네요! 백포도주 한잔 드실래요?)라고 마을 성당의 주임 신부는 내게 말했다), 참전 용사 모임(〈자! 샴페인 한잔 드시겠소?〉), 시립 수영장 개축 공사(〈사진 찍은 다음 우정의 칵테일파티가 예정되어 있습니다. 과일 칵테일도 있습니다. 와주실 거죠?〉), 게다가 세 건의 결혼식(〈신랑 신부의 건강을 빌어 주기 위해 샴페인 딱 한 잔만 하시죠. 거절하진 않으시겠죠? 거절하면 복 달아납니다〉) 등을 취재했다.

어느 날 저녁, 집시 기타 연주자와 인터뷰하고 돌아오는 길에 나는 운전대를 잡은 채 졸음에 빠졌다. 가속 페달까지 밟고서 잠이 들어, 차가 그 상태로 한참을 전진했다. 눈을 다시 떴을 때는, 바깥 풍경이 달라져 있었다. 조는 내내, 길은 완전히 직진로였던 것이다. 천만다행이었다.

나는 브레이크를 세게 밟고 갓길에 차를 세웠다. 내 안의 뭔가가 변하기 시작했다. 장폴의 말이 기억났다.

〈자네는 총각 딱지를 뗀 셈이라네.〉

난 앞으로 술이라면 한 방울도 마시지 않겠다고 결심하고 신문사로 돌아왔다.

신문사 1층에서는 일대 소동이 벌어지고 있었다. 입구에서 안내를 하는 마틸드가 자기 남편 — 이 사람도 편집국 기자 중 하나였다 — 이 어떤 여자 집에 깜박하고 지갑을 두고 왔다는 사실을 방금 알게 된 것이었다. 그 여자가 직접 지갑을 들고 신문사로 찾아와 마틸드에게 〈인사〉를 했단다.

나는 사무실로 올라가 서둘러 결혼, 부고, 날씨(〈오후 내내 비바람이 치겠으니 잘 대비하십시오〉) 기사를 작성하고

장폴의 집무실로 갔다.

뭔가 장애물에 걸려 문이 열리지 않았다.

장폴이 이번에도 바닥에 누워 있었던 것이다. 난 그를 도와, 벽에 기대어 있는 의자에 앉혔다. 그는 정신은 말짱했지만 몹시 괴로운 듯 숨을 거칠게 내쉬었다.

내 책상 위에서 변함없이 불침번을 서고 있는 꼬마 미셸의 사진이 곁들여진 기사를 곰곰이 들여다보았다.

머리가 좀 무거운 채로, 길랭 형사와 그의 젊은 부인과 함께 저녁을 먹었다. 그 부인은 말 한마디도 없이 계속 눈을 내리깔고 있었다. 백리향과 마늘로 맛을 낸 양고기 요리에 살짝 구운 감자와 껍질콩이 함께 나왔다. 맛 좋은 포도주 한 잔을 반주로 마셨다.

「난 맥주는 안 마셔. 안 좋아해. 포도주가 더 좋아. 포도주는 땅의 에너지니까. 세상 사람들 대부분은 맥주를 마시는 것 같은데, 참 안 된 일이지. 게다가 맥주 마시면 내내 오줌만 마렵잖아.」

길랭이 말했다.

나는 대답하지 않고, 내 잔에 담긴 핏빛 액체에 눈길을 주었다.

「그런 얼굴 좀 하지 말라고. 아직도 꼬마 미셸 사건 때문에 그러는 거지, 응?」

나는 고개를 끄덕했다.

「어떻게 했더라도 욜랑드는 절대 체포되지 않았을 거야!」

「도대체 왜 그런 거지?」

그는 내 잔에 술을 따라 주었다.

「그 여자는 이 도시 남자들이 가장 즐겨 찾는 매춘부 중 하나거든. 도시 전체를 통틀어 몸 파는 여자는 딱 다섯 명뿐이니 사람들이 매달릴 만도 하지. 여긴 그런 여자들이 부족하거든, 보다시피. 제대로 된 기차역 하나 없는 이곳에 파리의 포주를 불러와 사업을 하라고 할 수도 없는 노릇이고 말이야. 여긴 의사도 모자라지만, 그것도 태부족이라니까.」

그는 내게 우리끼리만 하는 이야기라는 신호를 보냈다.

「장폴이 그 여자 단골이야. 여기 시장도 그렇고. 경찰서 동료들 상당수도 그렇고. 만약 그 여자를 잡아들이면, 이 도시의 사회적 균형이 깨져 버릴 거야. 어쩌면 강간이 늘어날 수도 있지. 모르긴 몰라도. 사람들은 딸내미들 안전을 걱정하게 되겠지. 나이트클럽 같은 곳엔 손님이 적어질 테고. 게다가 사람들이 그 여자를 남은 아들하고도 떼어 놓겠지. 그 애는 고아원에 가게 되고 불행해지거나 아니면 조폭이 될 거야. 모르긴 몰라도. 우리가 하는 일 하나하나가 중요한 결과를 낳게 되거든. 이 도시의 균형은 깨지기 쉬워…….」

「그렇다면 어머니가 자식을 죽이는 범죄는 그 〈균형〉을 깰 만한 이유가 안 된다는 말인가?」

「안 되지. 난 안 된다고 생각해. 사람들이 정의를 원한다고 우리는 교육받았지만 그건 틀렸어. 진짜로 정의를 원하는 사람은 아무도 없어. 정의란, 추상적인 개념에 불과해. 사람들에게 결단을 내리라고 하면 말이야, 그러니까 〈피해자를 지켜 줄래, 아니면 그냥 편안하게 살던 대로 살래?〉 고르라고 하면 말이야, 아무도 망설이지 않아. 사람들이 원하는 건 무엇보다도 조용하게 사는 거란 말이지. 내일도 어제처럼, 그날이 그날같이.」

한 달 뒤, 나는 그 지방 신문에서 연수 과정을 끝마쳤다. 석 달 동안 일하면서 매일 평균 주요 기사 세 꼭지를 썼고, 부고, 결혼 알림, 개가 차에 치여 죽은 소식, 일기 예보 등을 썼다. 편집장은 내가 다니는 언론 학교에 부정적인 보고서를 보내겠다고 내게 알려 주었다. 내 업무 능력은 인정하지만, 나의 〈꼴통〉 기질이 무난한 신문 기사 작성에 문제가 될 수 있다고 여겨진다는 것이었다.

감정 없이 담담하게 이런 지적을 하는 품이, 마치 시스템 오류를 확인해 주는 분석가 같았다. 내 오류의 이름은 〈꼴통 정신〉이었다.

그는 내 손을 잡고 따뜻하게 악수를 했다.

「세상을 바꾸려 하지 말게. 그저 세상에 잘 편입되려고 노력하면 돼.」

그는 가까이 오더니 내 귀에 대고 속삭였다.

「그리고 잘난 척하면 안 돼. 마셔, 마시라고. 돌아 버릴 만큼 마셔. 거리낌 없이 모든 사람과 같이 마시라고. 안 그러면 절대 제대로 된 신문사의 일원으로 낄 수 없어. 언론계에서는 음주가 직업 의식을 나타내는 지표란 말이야! 내가 친구로서 해주는 조언이니, 알아서 하게나!」

마지막 날, 길랭 형사가 나를 역까지 바래다주었다.

「조심해!」

내가 선로를 건너가려 할 때 그가 갑자기 크게 소리쳤다.

나는 소스라쳐 얼른 뒤로 물러섰고, 선로 위로 열차가 나를 스치며 소리 없이 지나갔다.

「자네가 기차에 깔렸으면 아주 압권일 텐데!」

검정 점퍼를 입은 형사가 빙글대며 말했다.

「그랬으면 아주 앞뒤가 딱 들어맞는 거였는데.」

내가 말했다.

「그렇지만 내가 사진을 찍을 수 없었을 거 아니야! 난 사진 찍을 줄 모르거든!」

그가 농담을 했다.

우리는 폭소를 터뜨렸다. 지난 석 달간의 긴장이 일시에 날아간 것 같았다.

「고마워, 길랭.」

내가 말했다.

그는 내게 한 눈을 찡긋해 보이며 나를 꼭 안아 주었다.

「알겠지. 기자직에 대한 열성, 그것 한 가지만으로도 자네는 여기 이 도시의 여러 가지를 움직여 놓았어. 시장은 개소식 같은 데 참석하려고 전보다 훨씬 자주 움직이고, 지방 문화 단체에 훨씬 많은 지원을 해주고 있어. 비올레트 할머니는 자네가 살던 방에 〈파리 사람의 방〉이라는 이름을 붙이고 방세를 올리기로 했지. 그리고 드디어 그 꼬마 시체가 발견된 운하변에 가로등이 설치됐잖아.」

1년 하고 한 달이 지난 1984년 10월 16일, 보주 지방의 한 작은 마을에서 이른바 〈그레고리 소년〉 사건이 터졌다.

누군가 어린 남자아이를 쓰레기 봉투에 담아 불로뉴 강에 던진 사건이었다. 파리의 한다 하는 사건 기자들은 모두 보주 지방으로 내려가 이 사건을 취재했다.

이 사건을 처음 기사화한 기자도 〈그 기사가 상상력 없는 잠재적 범죄자들을 부추기게 될지〉를 자문해 보았을까?

내일 여자들은

있 을 법 한   미 래

〈언젠가는 지구상에 여자들만 남고, 남자들은 전설 속으로 사라지리라.〉

이 기이한 문장이 마들렌 발렘베르의 마음속에, 끝없이 이어지는 기도처럼 울렸다.

불그스레한 해가 막 떠올라 빛줄기가 말끔한 곡면 하나를 환히 비추었다. 깊은 잠에 빠진 젊은 여인의 이마였다.

빛은 그녀 몸의 곡선들을 서서히 드러내 주었다. 팽팽한 피부로 감싸인, 부드럽게 숨 쉬고 있는 그 행성의 지형을.

햇살이 퍼져 갔다. 황갈색의 가느다란 털들이 길게 그림자를 드리웠다. 태양은 상승하며 그녀의 가슴 계곡, 배 평야, 나선형으로 팬 배꼽 우물을 스쳤다.

그 연분홍빛 행성에 갑자기 지진이 일었다.

마들렌 발렘베르는 꿈을 꾸고 있었다.

어머니가 언젠가 그녀에게 말한 적이 있었다.

〈꿈은 한밤중에 전달되는 메시지란다. 깨어나서 꿈을 잊어버리면, 메시지는 영원히 사라지고 말아.〉

그래서 마들렌은 꿈속 여행을 기억하려 애썼다. 그 꿈을 기억해내기는 그리 어렵지 않았다. 몇 주 전부터 되풀이되어 온 꿈이었기 때문이다.

〈언젠가는 지구상에 여자들만 남고, 남자들은 전설 속으로 사라지리라.〉

이 수수께끼 같은 문장이 그녀의 꿈속에서 울려 퍼질 때마다 놀라운 이미지들이 함께 나타났다.

마들렌 발렘베르는 파리와 닮은 어느 도시를 보았다. 하지만 자동차도 오토바이도 지하철도 버스도 없는 미래의 파리 같았다. 소음, 매연, 잿빛 풍경, 차가운 색깔 따위를 만들어 내는 것들은 모두 몰아낸 듯했다. 그 도시엔 덩굴 식물이 빽빽이 자라나고 있었다. 에펠 탑은 두껍게 층을 이루며 자라나는 메꽃과 리아나 잎새들에 뒤덮여 온통 초록색이었다. 샹젤리제 대로의 건물들 전면에는 담쟁이 이파리가 가득 덮였고, 발코니엔 갖가지 꽃들이 흐드러지게 피어 있었다.

아무 데나 마구 파고드는 잔디라든가 야생화 뿌리의 압력을 이기지 못하고 아스팔트 곳곳이 툭툭 터져 있었다.

식물이 무성한 이 수도 한복판을, 엷은 천으로 지은 옷을 걸친 여자들이 돌아다녔다. 어떤 여자들은 채소나 과일 봉지를 들고 걸어다녔고, 어떤 여자들은 타조를 타고 다녔다. 이따금 타조 뒤에 마차가 달려 있기도 했다. 공기는 미지근하며 향내가 풍겼다.

여자들은 모두 젊었고, 머리를 길게 땋아 내렸으며 발목까지 둘둘 끈을 감은 샌들을 신고 있었다.

〈공원으로 변한 파리의 평화로운 아마조네스.〉

그날 꿈속에서 마들렌 발렘베르는 완벽하게 투명한 센강, 알렉상드르 3세 다리 쪽에서 멱 감는 한 무리의 여자들을 가만히 지켜보았다. 송어, 장어, 붉고 흰 잉어 들이 그들 주위를 맴돌았다. 날치들이 날렵하게 톡 튀어 올라 수면 바로 위를 스치며 날아다녔다. 갑자기 멱 감던 여자 중 한 명이 느린 영상처럼 물에서 천천히 얼굴을 내밀었다. 갈색 머리를 땋아

146

내린 그녀는 물 밖으로 완전히 나와 몸에 찰싹 달라붙은 연보라색 드레스에서 물을 뚝뚝 떨어뜨리며 마들렌 쪽으로 돌아서서 천천히 되뇌었다.

〈언젠가는 지구상에 여자들만 남고, 남자들은 전설 속으로 사라지리라.〉

그러더니 갈색 머리의 여자가 손을 내밀었다. 마들렌 발렘베르는 선뜻 그 손을 잡으려 했다.

옆으로 돌아누우면서 마들렌의 손이 쿠션 위로 툭 떨어졌다. 여느 때 같으면 애인이 잠들어 있을 자리였다. 한데 그 자리는 비어 있었다. 매트리스에는 남자가 누웠던 흔적이 아직 남아 있었다. 그리고 베개 위에 봉투가 하나 놓여 있었다. 마들렌의 손가락이 자동적으로 그 봉투를 스쳤다. 나머지는 그녀의 본능이 저절로 해결해 주었다. 그녀는 에메랄드 빛 눈을 깜박거리며 봉투를 뜯었다.

〈예정보다 좀 일찍 사무실에 나가 봐야 해. 자기 꿈꾸고 있는 모습이 너무 편안해 보여서 깨우고 싶지 않았어. 저녁에 봐, 내 달콤한 마도.[5] 사랑해, 언제까지나. 백만 번의 키스를 보내며. 케빈.〉

마들렌 발렘베르는 빙그레 웃으며 편지로 가슴을 지그시 눌렀다. 그리고 서둘러 〈꿈 노트〉를 꺼내 아직 기억 속에 남아 있는 꿈 내용을 적었다.

〈그 여자들은 따뜻한 색 — 주황, 빨강, 노랑, 황토색 — 옷을 입고 있었다. 아주 엷은 비단옷과 무명옷이라서 반투명했다. 그리고 무늬를 새겨 넣은 보석 장신구를 달고 있었다. 이 현대판 아마조네스는 모두 우아하고 유연했다. 손목시계 같

5 마들렌의 애칭.

은 것도 없고, 흘러가는 시간에 대한 근심 같은 것도 없이 행복해 보였다. 어떤 집 창문으로는 꽃들 사이에서 하프를 연주하는 소녀가 보였다. 연보라색 드레스를 입은 여자가 물에서 나와 내게 말을 걸었다.〉

마들렌 발렘베르는 여기까지 쓰고 공책을 탁 덮었다. 그러고는 생각했다.

〈내게 직접 말을 걸기 위해서야.〉

일곱 살 때, 그녀는 우주인이 되고 싶었다.

지구를 떠나 저 위쪽 멀리서 지구를 관찰하기 위해.

그녀 식대로 표현하자면 〈한심한 무리에 대해서는〉 거리를 둘 필요가 있다고 항상 생각했다. 그렇지만 마들렌은 이런 야망을 단념해야 했다. 천식을 앓고 있었고, 안경을 썼기 때문이다. 그래서 그녀는 과학과 연관된 다른 직업, 즉 생물학자라는 직업을 선택했다. 전공 분야는 생물의 변이였다.

학년 말 시험을 좋은 성적으로 통과했을 때, 그녀의 어머니는 이렇게 비꼬았다.

「결국 보면, 다들 부모보다 나은 줄 알고 살다가도 부모만큼 하는 것도 감지덕지하게 되네!」

그녀의 어머니 카린 발렘베르는 존경받는 생물학자였다. 그리고 할머니 뤼시엔 발렘베르도 생물학계에서 일했다. 비록 약물을 복용한 자전거 선수의 소변 성분 분석을 담당하는 일일망정.

빨간 머리에 에메랄드 빛 눈을 가진 이 여성은 〈꿈 노트〉를 서랍 속에 잘 넣고 열쇠를 돌려 잠근 다음 샤워를 하고 이를 닦고 화장을 시작했다.

습관적으로 라디오를 켜자, 아침나절의 잡다한 소식들이

쏟아져 나왔다.

〈축구 대회…… 뉴질랜드 팀이 태국 팀을 2대 0으로 이겼습니다. 증권 소식입니다. 다우존스 지수는 0.01퍼센트 내렸습니다. 프랑스 국내 소식입니다. 요구 조건을 받아들이지 않으면 총파업에 돌입하겠다는 비행기 조종사 노조 대표들을 수상이 만났습니다. 다음은 과학의 발견 소식입니다. 전 세계의 물고기들이 집중적인 남획에서 살아남기 위해 변모한 듯합니다.〉

마들렌 발렘베르는 갑자기 멈춰 서더니 놀란 듯 라디오 볼륨을 높였다.

〈생존 가능성을 높이기 위해 물고기가 생식에 돌입하는 시기가 일러졌습니다. 그리고 전문가들에 따르면, 지구상의 물고기들이 산업화된 낚시 그물코 사이로 빠져나가기 위해 크기가 더 작아질 것이라고 합니다. 외신입니다. 파키스탄 수상 알리 페슈나와르가 테러에 희생당했습니다. 수상의 승용차가 폭발로 전소되었습니다. 수상의 사망 소식에 파키스탄 정보부장 아흐메드 하산 장군이 비상계엄을 선포하고 임시 정부 수반을 자임했으며, 안전 확보를 위해 파키스탄 북부의 벙커에 자리를 잡았습니다. 그는 이 테러가 인도의 소행이라고 공식 발표하면서, 인도에 대해 가능한 제재 조치를 취하겠다고 했습니다. 다음은 날씨입니다. 기온은 약간 올랐고, 주말 날씨는 매우 더울 것으로 예상됩니다…….〉

마들렌은 라디오를 껐다. 오늘의 뉴스는 이 정도로 충분했다. 그녀는 서둘러 휴대 전화를 충전기에서 뽑아 핸드백에 넣었다. 그때 거실 전화벨이 울렸다. 그녀는 달려가 전화를 받았다.

「네, 엄마. 아뇨, 엄마. 아뇨, 엄마. 잊지 않았어요. 그래요, 엄마. 꼭 갈게요. 약속해요. 좋아요. 네, 이따 봐요!」

그녀는 짜증스러운 몸짓을 하며 수화기를 딱 소리 나게 내려놓았다.

마들렌 발렘베르는 치마 차림인데도 황급히 달렸다. 트임이 있긴 했지만 보폭을 넓히기가 좀처럼 어려웠다.

그녀는 지하철 승강장까지 휩쓸려 내려가 잡다한 군중 속에 잠겼다. 무덤덤한 수백 명의 얼굴 틈에 꼼짝 않고 서서, 그녀는 간밤의 꿈을 자기가 사는 세상과 비교했다.

〈지구 표면 곳곳에서 꿈틀대는 살아 있는 수십억 명의 존재들…… 이 무슨 신비인가. 왜 아무것도 없지 않고, 이들이 여기 있을까……? 자연은 실험하기를 좋아하는 것 같다.

1. 광물

2. 식물

3. 동물

4. 사람

사람이 가장 복잡한 실험이다.〉

열차에 올라타자 더욱 혼잡했다. 문득 어떤 생각이 떠올라 그녀는 잠시나마 주의를 딴 데로 돌릴 수 있었다.

〈만원 열차 속에서 짓눌러 오는 인파에 적응하기 위해 사람 몸은 더 작아질까?〉

그녀는 어떤 무례한 손이 자기 몸을 더듬는 걸 느꼈지만 상대하지 않고 그저 이를 꾹 악물었다.

깊은 지하철에서 벗어나 길 위로 올라서자마자 그녀는 두 명의 자동차 운전자가 벌이는 격한 말다툼을 목격했다.

「어이! 신호등도 안 보고 다녀? 바보 천치 같은 인간!」

「당신이야말로 제대로 보고 다녀, 이런 등신 같은!」

자동차 두 대가 서로 들이받아 연기를 내뿜으며 두 가지 색깔을 혼합한 흥미로운 조각 작품처럼 되어 있었다.

「아! 이거 아주 막가는군! 이 친구가 도대체 얼마나 잘났기에! 어디 두고 보자고, 이 똥 덩어리 같은 인간아!」

「이거 놔!」

마들렌 발렘베르는 한창 열 받아 승강이하는 두 사람을 지나치면서, 싸우는 소리와 모여든 행인들이 꽥꽥대는 소리를 들었지만 발걸음을 멈추지 않았다. 그녀는 그 자리에서 멀어지면서 생각했다.

〈……인간은 자연의 실험이다. 가장 복잡한…… 또한 가장 연약한.〉

그녀는 고개를 들어 하늘을 보았다. 구름이 세찬 바람에 밀려 가고 있었다. 마치 우주 비행사가 되려던 그녀의 꿈이 실현되기라도 한 것 같았다. 그녀는 자기가 사는 행성의 표면을 높이, 멀리서 찬찬히 지켜볼 수 있었다. 단지 상상의 힘만으로.

〈때때로 세상은 덧없어 보인다. 유일하게 주어진 선물처럼, 만약 이 우주에 오직 우리밖에 없다면? 다른 곳에 그 어떤 생물체도 존재하지 않는다면? 그렇다면 이 얼마나 어마어마한 책임일까! 우리가 실패한다면 우주는 텅 비어 버릴 테니…… 지성도 의식도 더 이상 존재하지 않을 것이다. 우주에 우리뿐일 테니까…….〉

그녀는 심호흡을 했다. 그리고 현기증을 참아 내려고 애썼다.

〈……환상적인 선물, 무슨 수를 써서라도 이것을 보존해야 한다. 어떤 대가를 치르더라도, 어떤 대가를 치르더라도!〉

머릿속에서 그녀가 내려다보던 군중은 점점 흩어져서, 산재한 점들로 분산되었다.

한 시간 뒤, 그녀는 현미경을 굽어보며 이번에는 액체인 다른 점들을 연구하고 있었다. 터키석 빛깔 같은 청옥색의 화학 물질 방울들을 주황색 액체와 섞었다. 두 물질이 섞이니 기름기 도는 연보라색이 되었고, 그 가장자리엔 회색빛이 어룽거렸다. 그녀는 피펫으로 그것을 몇 방울 빨아들였다가 시험관에 다시 짜내었다.

그녀는 인간이 방사능 유출에 더 잘 견디게 할 방법을 연구하고 있었다.

〈그리고 목적을 달성하기 위해 나는…… 규모가 큰 원자 에너지 중개 회사의 재정적 도움을 받고 있다.〉

체르노빌 사고 이후로 보건 당국은 두 가지 방향의 연구를 시작했다. 첫째는 핵 방출 사고 방지법을 찾는 것이었고, 둘째는 만에 하나 사고가 났을 경우 대처법을 찾는 것이었다.

마들렌 발렘베르는 사람 두개골 모양의 문진을 들어 올려 그래프가 가득 그려진 종이 한 장을 꺼냈다.

사실 개요는 이것이다.

〈큰 사고가 일어날 경우 생존자가 있게 하려면 어떻게 해야 하나?〉

그녀는 장갑을 끼고, 창살 달린 우리들이 줄지어 있는 방으로 가서 생쥐 한 마리를 골랐다. 생쥐를 어항 속에 넣고 뚜껑을 단단히 닫은 다음 몇 가지를 조정하고, 색안경을 콧등 위로 잘 맞추어 끼었다. 그녀가 단추 하나를 살짝 누르자마자 어항 꼭대기에서 강렬한 녹색 광선이 쏟아지듯 흘러나왔고, 탁탁거리는 모터 소리는 점점 강도를 더해 갔다. 마들렌이 수평 스크린 쪽으로 돌아서자 거기에 숫자 1, 그다음엔 2, 그다음엔 3이 떴다.

그때부터 생쥐는 매우 흥분한 것 같은 기미를 보이더니 나중엔 완전한 공황 상태가 되었다. 스크린에 뜬 숫자는 점점 더 빠른 속도로 4, 5, 6, 7, 8, 9까지 올라갔다. 9에서 빨간 불이 켜지더니 깜박깜박했다.

생쥐는 단번에 털썩 쓰러지더니 꼼짝 못 했다.

마들렌은 색안경을 벗고 깊은 한숨을 내쉬었다.

〈처음엔 방사능 누출이 옥수수 세포에 미치는 영향을 연구하다가, 그다음엔 파리, 그다음엔 생쥐에게 미치는 영향으로 넘어간다. 이 동네 고양이들이 잡아 죽인 생쥐들보다 나 혼자 죽인 생쥐 수가 더 많아.〉

그녀는 실험용 생쥐의 작은 사체를 핀셋으로 들어 올려 심장이 뛰는지 청진기를 대보았다. 실험 대상이 되었던 생쥐들의 묘지로 사용해 온 작은 인공 정원으로 그 생쥐를 들고 갔다. 그녀는 모종삽으로 생쥐를 묻고 〈갈릴레이〉라는 이름이 새겨진 묘석을 세웠다.

백발을 단정히 빗어 넘기고 새하얀 상의를 입은 한 남자가 그녀 곁으로 다가왔다. 그는 의심 가득한 눈초리로 눈썹을 치켜 올렸다.

「츳…… 지각하셨네. 안 그래? 시간은 시간인데…….」

「죄송해요. 자명종이 고장 났어요.」

「당신에게 맞는 시간에 일하고 싶다면, 혼자 일하면 돼요. 독립 연구자로.」

「죄송합니다.」

「당신은 시계도 안 차고 다니는군요.」

「죄송해요.」

그는 짜증 섞인 한숨을 내쉬었다.

「그래, 실험의 최종 결과가 어때요?」

「지금으로선 제가 실험한 〈돌연변이 동물〉 중 어느 하나도 20단계 중 9단계 넘는 방사능 누출을 견뎌 내지 못했습니다.」

「발렘베르 양, 우리의 결과를 발표하려면 적어도 18에서 20단계까지는 나와 줘야 한다는 거 잘 알잖아요.」

〈물론이죠, 행정 체계의 순수한 소산이신 과학원의 미셸 레누아르 교수님. 당신은 더운 물을 발명해 낸 것도 아닌데 스승으로 군림하고 있어요. 어쨌든 이 실험실에서는 말이죠. 당신이 유명해지는 데만 급급하다는 걸 난 알아요. 하지만 기다려야 할 겁니다.〉

미셸 레누아르는 경멸하는 투로 생쥐들의 묘지를 가리켰다. 〈갈릴레이〉라고 쓰인 작은 묘석 옆에 〈코페르니쿠스〉, 〈아르키메데스〉, 〈탈레스〉, 〈테슬라〉, 〈튜링〉 등의 이름이 적힌 묘석들이 줄줄이 서 있었다.

「게다가 발렘베르 양, 당신은 생물학자라는 직업과 양립할 수 없는 감정 놀음으로 정신을 분산시키고 있어요. 어째서 생쥐들 사체에 이 위대한 학자들 이름을 갖다 붙이는 겁니까?」

「생쥐들도 그들 나름으로 과학의 선구자들입니다.」

「쯧쯧…… 당신, 제대로 결과를 얻긴 그른 것 같군요. 참 한심한 일이오. 내가 당신을 많이 믿었다는 것, 알고 있지요?

심지어 당신을 우리의 첨단 연구를 진전시키는 일에 꼭 필요한 사람이라고까지 생각했소. 그런데 당신은 날마다 조금씩 더 나를 실망시키고 있군요.」

그는 수차례에 걸친 실험 기록들을 들여다보았다.

「오늘 아침 뉴스에서, 그물코 사이로 빠져나가 살아남기 위해 몸 크기가 더욱 작아지는 물고기의 변이 이야기 들었나요? 물고기들도 해결책을 찾아내는데, 당신은 왜 못 찾아냅니까?」

「방사능 누출의 위협보다는 고기잡이 그물코 크기에 적응하는 게 더 쉬운 일이라서 그렇겠죠.」

「쯧쯧…… 알다시피 9개월 후면 가장 장래가 촉망되는 생물학 연구에 펠드만상이 수여되는데…… 금년에도 우리 실험실에서는 그 상 선정 위원회에 제출할 프로젝트 하나 없어요. 우린 이번에도 또다시 이 분야에서 있으나 마나 한 존재가 될 거라고요.」

마들렌 발렘베르는 아무 대꾸 없이 자기 실험 매트 쪽으로 돌아가 여러 물질들을 시험관에 넣어 섞기만 했다. 그녀가 바라는 건 딱 한 가지였다. 그가 좀 가주었으면 하는 것. 제발 혼자 있게 해주었으면 싶었다.

그녀는 두 주먹을 꽉 쥐었다.

저녁이 되었고, 카린 발렘베르는 딸에게 자몽즙을 넣은 테킬라 한 잔에 라임 한 조각을 곁들여 갖다 주었다.

「너도 들으면 좋아할 이야기야. 난 이제 인생을 제대로 살기로 결심했단다.」

그녀가 말했다.

「엄마 혹시 재혼하세요?」

「그런 재수 없는 소릴! 아니야, 난 정말 내 인생을 제대로 살 거야. 그리고 그걸 다짐하는 의미에서 오늘 아침에…… 로 토 한 장을 샀단다.」

그녀는 깔깔 웃어 댔다.

마들렌 발렘베르는 웃지 않았다. 그저 어머니가 머물러 있는 공간을 주시할 뿐이었다. 1970년대 히피 스타일의 장식, 매끈한 플라스틱으로 된 둥근 가구들, 그리고 어머니가 앉아 있는, 붉은 벨벳으로 속을 넣은 희고 우묵한 달걀 모양의 의자.

벽에 붙은 포스터들은 우드스톡 페스티벌, 비틀스의 앨범 「옐로 서브머린」, 스탠리 큐브릭 감독의 영화 「시계태엽 오렌지」, 제네시스의 앨범 「너서리 크라임」, 벳 미들러가 나오는 재니스 조플린의 삶에 대한 영화 「로즈」, 「헤어」 등 옛날 영화나 음악을 상기시켰다.

노란색 벽난로 위에 트로피처럼 놓여 있는 석고상은 환풍구 바로 위에서 바람에 날리는 하얀 원피스 자락을 잡고 있는 매릴린 먼로였다. 그 옆에는 철사를 꼬아 만든 새장 속에 파랗고 노란 앵무새 한 마리가 들어 있었다.

그녀의 어머니는 인조 가죽으로 만든 쿠레주 스타일의 옷을 입고 미니스커트 아래로 굽 없는 납작 신을 신은 긴 다리를 내보이고 있었다. 까마귀 날개처럼 매끈하고 새까만 루이즈 브룩스식 헤어스타일은 뾰족하게 잘린 머리가 양볼 위로 살짝 올라가며 끝났다. 그녀는 작은 여송연 한 개비를 진주 광택이 나는 긴 담뱃대 끝에 넣고 피웠다. 목걸이엔 〈여성성〉의 상징인 원과 십자 모양이 달려 있었다.

마들렌의 어머니가 말을 이었다.

「그리고 난 책을 한 권 쓸 거야. 아직 제목도 주제도 정하지 못했지만, 표지에 두를 빨간 띠지와 거기에 들어갈 문구는 벌써 생각해 놨지. 〈만약 내가 이 책을 쓰지 않았다면 이 책을 사고 싶을 텐데.〉」

다시 웃음.

마들렌은 T자 모양의 받침대에 걸려 있는, 달걀처럼 생긴 플라스틱 의자에 좀 더 깊숙이 몸을 파묻었다.

「아주 우거지상을 하고 있구나, 마도. 뭐 안 풀리는 일이라도 있는 거니?」

「아뇨, 엄마, 아니라니까. 괜찮아요.」

「어서 말해 봐. 엄마한테 말 못하면 누구한테 하겠니? 음…… 잠깐, 내가 맞혀 봐야지. 이번에도 케빈 때문에 화난 거 같은데…… 케빈은 너한테 맞는 사람이 아니야! 그 녀석은 뭐랄까, 아 그래, 정확하게 표현하자면 〈한심해〉.」

「그만, 엄마! 엄마는 남자들을 싫어하잖아요. 남자라면 모두!」

「당연하지. 난 내 진영을 선택했어. 동성애자. 게다가 난 그 사실이 자랑스러워. 하지만 예전에는 남자들을 좀 알았지. 손가락으로 꼽을 정도긴 하지만…… 가만있자…… 전부 합하면 셋이구나. 그중에 네 아버지도 있고 말이야. 난 그들이 얼마나 실망스러운지 잘 알 수 있었지. 내 말 믿어라, 여자의 몸은…… 여자만이 섬세하게 다룰 줄 아는 법이란다. 그저 호기심으로라도, 한번 시도해 봐. 곧 알게 될 테니.」

「그만해요, 엄마. 난 엄마가…….」

「뭐! 엄마가…… 역겹다고?」

159

「아뇨, 아무튼……。」

어머니는 입을 다물고 담뱃대의 여송연을 끄고, 딸의 머리칼을 쓰다듬었다.

「어쨌든 남자들은 볼 장 다 본 거야! 그게 진화의 방향이란다. 그렇기 때문에 남자들이 짜증을 내는 거야. 그들은 자신들의 종말이 다가온다는 걸 알거든. 그래서 세계 곳곳에서 여자들을 하렘에 가두고, 월급을 낮추고, 교육도 못 받게 하고, 병원에 입원도 못하게 하고, 투표권도 박탈하고, 얼굴에 천을 씌워서 아름다움을 가려 버리고 그러는 거야.」

어머니는 마들렌의 턱을 쓰다듬었다.

「그게 바로 오래전부터 있어 온 성의 전쟁이야. 그러니, 어쩔 수 없이 승자와 패자가 있을 수밖에.」

「말을 막 하시네요, 엄마.」

흥분한 앵무새가 꽤 비슷한 발음으로 소리 내기 시작했다.

「성의 전쟁! 성의 전쟁!」

카린 발렘베르는 방 안을 빙빙 돌았다.

「아니다, 얘야. 난 진지하단다. 남자들은 사라질 거야. 남자들도 그걸 알아. 그래서 두려워하지. 중국, 인도, 중동, 북아프리카에서 너도 봤잖니. 남자들이 초음파로 딸을 식별해서 낙태시키잖니. 그렇게 해서 남성 우위를 회복하고 싶은 거야. 여성 태아를 제거해서 말이지.」

「엄마!」

「그리고 할례! 음부 봉쇄!」

「엄마들이 딸에게 그렇게 한다는 걸 엄마도 잘 알잖아요!」

마들렌이 항변했다.

「그래. 하지만 누구의 명령으로 그렇게 하는 건데? 남편들의 명령 아니냐!」

「엄마!」

「남자들이 왜 사라지는지 아니? 정자 때문이야. 남성 생식
세포가 여성 염색체를 전하는 생식 세포보다 약하거든. 그래
서 남자들은 끊임없이 약해지고 있는 거야. 너무 꽉 끼는 청
바지, 휴대 전화 전자파, 지나치게 풍족한 음식, 약품, 성병,
마약, 알코올, 담배…… 이런 것 때문에. 담배한테 고맙지
뭐!」

그녀는 또다시 작은 여송연 한 대에 불을 붙였다.

「엄마!」

「내가 널 어떻게 가졌는지 이야기해 줄까? 요령은 간단해.
배란기의 정점에서 멀어질수록 딸을 낳을 가능성이 높아지
거든. 배란일 당일은 가능성이 50대 50이야. 하지만 배란일
전후에는 남성 생식 세포가 여성 생식 세포보다 약하고 기동
성도 떨어지기 때문에 점점 더 힘을 못 쓰거든. 이건 과학적
으로도 증명된 사실이야. 네가 그 산 증거고. 내 말 믿으렴,
남자들은 끝장이야.」

「남자들은 끝장이야! 남자들은 끝장이야!」

앵무새가 즉시 따라 했다.

「엄마의 앵무새, 짜증 나네요.」

「누구? 윈스턴?」

「그래요. 엄마가 저 앵무새한테 아빠와 같은 이름을 붙인
게 나한테는 상처라고요.」

「쳇, 남자든 앵무새든 좀 변하라고 그랬지. 말이야 바른대
로 말이지, 윈스턴이 네 아버지보다는 말수가 더 많잖니. 그
리고 적어도 저 새는 나 하고 싶은 대로 해도 비난하지 않고

161

놔두잖니.」

어머니는 새장 쪽으로 가서 시끄러운 새에게 땅콩을 한 알 주었다.

「끝장이야! 남자들은 끝장이야!」

「엄만 어째서 그렇게까지 남자들에게 적대적인 거죠?」

카린 발렘베르는 결정적인 말로 반박하고 싶었지만, 자제하고 그저 막연한 몸짓만 해 보였다.

「좋아, 다른 이야기 하자. 네 약혼자 케빈 말이다, 계속 그런 사이로 지낼 거니? 오케이, 네가 좋다면 뭐. 방사능 유출에 견디게 만든다는 네 연구는 어떤 상태야?」

「지금으로선, 결과가 별로 설득력이 없어요. 생쥐의 피부를 더 두껍게 만들어 엑스선, 감마선, 베타선에 대한 내구력을 키우기 위해 생쥐를 변화시키는 중이에요. 필요한 건, 생쥐들이 자기 몸을 보호하는 일종의 목걸이를 갖추고 태어나는 거예요. 그렇게 되면 방사선을 견딜 수 있을 거라고 생각해요.」

「목걸이?」

「처음 딱 며칠간만요.」

그녀는 딸에게 자몽즙을 넣은 테킬라를 한 잔 더 따라 주었다.

「내가 도와줄까, 마도? 알겠지만 나도 젊을 때, 종의 유전적 변화 문제에 대한 해결책을 연구했단다…….」

마들렌은 일어섰다.

「아뇨, 엄마. 난 내 일은 혼자 힘으로 해낼 만큼 컸어요. 고마워요. 너무 늦었으니 그만 가봐야겠네요.」

그녀는 타원형 안락의자에서 튕기듯 일어나서 재빨리 상

162

의와 핸드백을 들었다.

「케빈한테 슬리퍼, 맥주, 따끈한 수프, 이런 걸 제때 갖다 바치지 못할까 봐 두려운 모양이지?」

마들렌은 180도 돌아서서 자기를 낳은 여자의 두 눈을 응시했다.

「난 그를 사랑해요, 엄마. 물론 목석같은 심장을 가진 엄마야 이해 못하시겠지만, 난 진짜로 사랑해요, 그 남자를. 그리고 그가 나를 행복하게 해줄 거라고 확신해요.」

「풋…… 행복 같은 소리 하고 있네. 나도 그런 거 해봐서 알지. 남자들의 사랑이라는 거, 그건 머릿속에서 돌아가는 멋진 영화 같은 거야. 우리 여자들 같은 진실한 감정을 남자들도 느낄 수 있다고 믿기 때문이지. 그러다 하나둘 실망이 찾아들지. 난 네 아버지와 결혼했어. 그런데 결혼한 순간부터 우리 둘이 거짓말 속에 있었다는 것밖에 해줄 말이 없구나. 각자 자기가 좋았던 날만 생각하고 있었으니까. 〈기쁠 때나 슬플 때나 죽음이 두 사람을 갈라놓을 때까지〉라고 신부님은 말했지. 좋아하네! 우린 꽤나 빨리 이혼했어. 그리고 진심으로 하는 말이지만, 이혼하는 순간, 우리는 완전하게 깨달았단다. 결혼은 거짓이고 이혼이 진실이라는 걸 말이야. 〈결혼이란 희망이 경험에 승리하는 일이다.〉」

「엄마! 그만해요! 사사건건 아빠를 나쁘게 말하는 거 싫단 말이에요. 내 아버지예요! 그리고 난 케빈을 사랑해요. 그런데 엄마는 사랑을 뭘로 만들고 있는 거예요?」

카린 발렘베르는 적절한 표현을 찾다가 흡족한 마음으로 이런 말을 뱉어 냈다.

「사랑이란 상상이 지성에 승리하는 일이다!」

앵무새는 이때다 싶어 또 따라 했다.

「상상이 지성에! 상상이 지성에!」

「오! 닥쳐! 윈스턴!」

마들렌은 새장을 주먹으로 탁 한 번 치고 나서 어머니의 반응을 기다릴 것도 없이 문을 쾅 닫고 나갔다.

그녀는 냄비 뚜껑을 열고, 숟가락으로 음식을 조금 떠 입을 데지 않도록 입술 끝에 살짝 대어 맛을 보았다. 그리고 안심한 마들렌 발렘베르는 실험실의 실험용 매트와 신기하게 똑 닮은 부엌의 조리대 쪽으로 돌아갔다. 증류기 대신 냄비, 시험관 대신 유리컵, 핀셋 대신 포크와 나이프, 하지만 어느 쪽이든 그녀가 준비하는 정확한 몸짓만은 변함이 없었다. 그녀가 리모컨을 쥐고 버튼을 누르자 감미로운 교향곡의 화음이 울려 퍼졌다. 오븐에서는 김이 확 솟으며 화려한 색깔의 요리가 나왔다.

〈삶과 죽음의 비밀은 세포의 핵 속에 있는 것 같아.〉

그녀는 상추가 수북하게 담긴 샐러드 그릇 쪽으로 돌아서서 소스 만들 재료 몇 가지를 섞어 휘저었다. 발사믹 식초가 올리브기름과 섞이면서 그녀가 현미경으로 관찰하던 것과 똑같은 무늬가 생겨났다.

〈처음에 나는 과거를 이해하고 싶었다. 어떻게 그 지경에 이르게 되었는지를.〉

그녀는 당근을 통으로 얇게 썰었다. 그런 다음 오이와 토마토도 똑같이 썰었다.

〈그다음에 나는 미래를 이해하고 싶었지.

1. 광물

2. 식물

3. 동물

4. 사람

그다음엔 무엇?

5. 방사능을 견디는 사람?〉

그녀는 샐러드 그릇을 냉장고에 넣고 촛대를 집어 든 뒤 빨간 양초 두 개를 꽂고 하나씩 불을 붙였다. 그리고 의자에 앉았다.

그녀는 꾸며진 장식을 보고 미소 지었다.

리모컨 버튼을 누르자 텔레비전이 켜지면서 계속 뉴스만 방영하는 방송이 나왔다. 넥타이 맨 앵커가 뉴스를 전하고 있었다.

〈……인도의 퐁디셰리에서 또 다른 테러 사건이 발생했습니다. 버스 안에서 폭탄을 터뜨린 자폭 테러범에 의해 버스 한 대가 완전히 파괴되었습니다. 이 버스는 등굣길의 어린이들을 태우고 있었습니다. 사망자 23명, 부상자 47명입니다. 카슈미르 독립 운동 단체 쪽에서 자기들이 이 테러를 저질렀다고 주장했습니다. 인도 정부는 즉시 파키스탄의 비밀 정보부가 테러리스트들을 지원하고 있다고 비난했습니다…….〉

현관 초인종이 베토벤의 「환희의 송가」 선율을 울려 댔다.

마들렌 발렘베르는 텔레비전을 끄고 연인을 맞이하기 위해 뛰어나가 문을 열었다.

하지만 그를 마주하자 그녀는 즉시 뒷걸음치고 싶은 심정이었다.

「술 마셨구나!」

그는 그녀를 껴안으려 했지만, 그녀는 한 걸음 더 물러

165

섰다.

「회사 동료가 그만둔다고 해서 한잔했어.」

「술 좀 그만 마셔, 케빈!」

「오, 마도…… 그 서푼짜리 훈계 좀 그만해! 자, 안아 줘.」

그는 집 안으로 들어와서 쾅 소리 나게 문을 닫았다. 그러고는 웃도리를 아무 데나 던지고 다시 그녀에게 다가오려고 했다.

「자기 얼굴 좀 봐. 지금 어떤 상태인지 좀 보라고. 제대로 서 있지도 못하잖아.」

그는 그녀 따라다니기를 포기하고 씻기 위해 욕실로 갔다. 거울 속에 그녀가 들어와 있었다.

「그만해, 마도. 짜증 나니까. 또 잔소리하려고 그러지. 내가 왜 술 마시는지 알아?」

그녀는 역겨워하며 어깨를 으쓱했다.

「자기의 진짜 모습을 잊기 위해서?」

「술 마시는 게 좋으니까 마시는 거야. 그게 다야. 그런데 그게 당신 마음에 안 든다면 어쩌겠어, 뭐 할 수 없지. 똑같은 소리야.」

그녀는 아까와 완전히 다르게 주의를 기울이면서 그를 응시했다.

케빈 닐슨은 이른바 〈골든 보이〉였다. 미국 유수의 대학교에서 공부한 다음 은행에 취직해서 펀드 매니저로 일했다. 키 크고, 갈색 머리에 늘 완벽하게 어울리는 맞춤 정장을 입고 다니던 케빈은 매력적인 남자였다.

어느 날 한 친구가 그녀에게 말했다.

「그는 멋지고, 똑똑하고, 부자고, 너를 사랑해. 넌 정말 행

166

운아야.」

마들렌 역시 언제나 그 사실을 확신하고 있었다. 그녀는 이상적인 남자, 귀한 진주 같은 그를 사랑했다. 술을 너무 좋아하는 경향이 있다는 점 한 가지가 맘에 걸리긴 했지만.

「자기 얼굴 좀 봐. 좀 보라고!」

그녀가 고집스럽게 말하며 거울을 가리켰다. 케빈 닐슨이 그녀를 거칠게 밀자 그녀는 자기를 비추고 있던 거울에 부딪혔다.

거울이 깨지면서 슬로비디오처럼 삼각형의 날카로운 파편들이 조각조각 흩어졌다.

「지긋지긋한 7년! 바보 같은 년! 어쭙잖은 스타일 하고는. 하여간 완전히 정신 나간 동성애자인 제 엄마하고 꼭 닮았어!」

마들렌은 그가 말을 끝낼 때까지 기다리지 않았다. 손이 저절로 들어 올려지더니 케빈의 뺨에 가 닿으며 찰싹 소리를 냈다.

가느다란 핏줄기가 입가로 흘러내렸다. 그는 입가를 한번 슥 닦더니 피로 붉어진 손을 재미있다는 듯이 들여다보았다. 그러더니 가만히, 마치 테니스 경기를 하듯이 한참이나 뒤로 물러섰다가 반동을 이용해 휙 달려들면서 자기도 그녀의 뺨을 때렸다. 그녀는 뒤로 비척이며 쓰러졌다.

「피프틴 대 피프틴.」

그가 차분한 어조로 말했다.

그녀는 다시 일어서 화살을 든 사랑의 천사 케루빔의 작은 동상을 집어 들고 그를 한 대 치려고 했으나 이미 그가 그녀의 양 손목을 꽉 움켜쥐고 있었다. 그는 그녀가 무기 삼아 들

167

고 있는 동상을 뺏고 그녀를 소파 위에 넘어뜨렸다.

　그녀를 몸으로 꼼짝 못하게 누르면서 케빈은 마들렌의 에메랄드 빛 두 눈을 엄격한 시선으로 깊이 들여다보았다. 그러다 갑자기 표정을 누그러뜨렸다.

　「가엾은 마도. 네 엄마처럼 너도 실패한 과학자야. 넌 과학을 발전시킨다고 믿고 있지만, 네가 하는 일이 생쥐의 세계를 멸망으로 이끄는 것 말고 뭐가 있어!」

　「함부로 입 놀리지 마!」

　「아니, 네가 뭐나 되는 줄 알고 그래, 마도? 네가 누군지 아느냐고. 너, 살면서 지금까지 뭐 하나 제대로 성취한 거 있어? 어머니가 했던 그 지질한 일이나 이어받아서 하고 있잖아. 그리고 네 엄마, 아! 네 엄마 얘기 해볼까……. 다 큰 어른이 웬 히피 차림이람!」

　「입 닥쳐!」

　「그 엄마에 그 딸이지 뭐냐!」

　「꺼져 버려! 다신 보고 싶지 않아! 꺼져 버려, 안 그러면…….」

　「안 그러면 뭐? 그 큐피드 동상으로 날 치시려고? 그 작은 두 주먹으로 날 때리려고? 내 머리를 잡아당기고, 손톱으로 날 할퀴시려고? 네 창백한 얼굴 이제 지긋지긋해. 나 없이 어디 잘 살아 보시지. 난 간다. 잘 있어, 안녕!」

　그리고 여전히 비척거리는 걸음걸이로 그는 멀어져 갔다.

　그녀는 두 눈을 감았다.

　개선문은 담쟁이덩굴로 덮여 있고, 꼭대기에는 대나무 숲이 보였다.

센강에는 채소 기르는 묘판으로 가득 찬 정크 선들이 떠다녔다. 화식조와 타조들이 끄는 마차가 루브르 박물관의 거대한 피라미드 앞을 지나다녔다. 이 마차 역시 식물로 뒤덮여 있었다. 트로카데로 광장에선 축제가 벌어져, 날아갈 듯 여리여리한 비단옷을 입은 여성 여럿이 하프, 플루트, 탐탐을 연주했고, 한가운데에서는 아마조네스의 발레가 하늘하늘, 다채롭게 펼쳐졌다.

갈색 머리에 연보랏빛 드레스를 입은 여자가 뒷모습을 보이며 나타났다. 마들렌은 바로 그녀를 알아보았다. 이어 여자는 미소 지으며 마들렌 쪽으로 돌아섰다.

「내 이름은 레베카예요.」

그녀가 작은 소리로 말하고는 또다시 같은 말을 되풀이했다.

「언젠가는 지구상에 여자들만 남고, 남자들은 전설 속으로 사라지리라.」

그녀가 마들렌에게 난초 한 송이를 건네주자 마들렌이 그것을 받으려고 한 손을 내밀었다……

그러다 퍼뜩 잠에서 깼다.

밤이었다. 잠옷이 땀으로 흠뻑 젖어 살에 딱 붙어 있었다. 그녀는 일어나 부엌으로 가서 찬물을 한 컵 마시고 아까의 재앙을 곰곰이 되새겨 보았다. 식탁에 차려진 채 손도 안 댄 저녁 식사, 다 타버린 양초……. 맨발로 그녀는 창가에 서서 동화 속같이 펼쳐진 별들의 진풍경을 바라보았다.

그녀의 이름은 레베카.

그러다가 다시 누워 꾸던 꿈을 마저 꾸었다.

현관 초인종이 울렸다.

마들렌 발렘베르는 일어나, 조금씩 현재의 공간과 시간 감각을 되찾았다.

목소리는 현관문 뒤쪽에서 들려왔다.

「열어 줘, 마도! 어젯밤 일 사과하고 싶어.」

그녀는 밖을 볼 수 있는 작은 구멍을 통해 케빈임을 확인했다. 그는 꽃다발을 흔들고 있었다.

「제발 부탁이야, 마도. 뭐가 씌어서 그랬는지 나도 모르겠어. 다시는 그런 일 없을 거라고 맹세할게. 단주 협회에 정식으로 등록도 할게.」

마들렌은 굳은 채 그냥 서 있었다.

케빈은 다시 초인종을 누르기 시작했다. 그가 필사적으로 문을 두드려 대는 동안 그녀는 현관문 안쪽에 웅크리고 앉아 있었다. 그녀는 두 눈을 감았다.

〈자신을 초월할 수 있도록 인류를 진화시킬 방법이 무언가 분명 있을 것이다. 더 이상 짐승처럼 행동하지 않게 하는 방법이 틀림없이 있을 거다. 난 목표에 아주 가까이 다가왔다는 느낌이 들어. 아주 가까이.〉

그녀는 케빈이 두드려 대는 소리를 더 듣지 않으려고 라디오 볼륨을 최고로 높였다.

〈50명의 사망자를 낸 이 새로운 사건은, 극악한 테러를 자행하며 서로 영광을 다투는 두 테러 조직이 서로 자신들이 일으켰다고 주장했습니다. 그중 한 집단은 상대편을 향해, 그들이 테러를 일으켰다는 주장을 중단하지 않으면 복수하겠다고 위협까지 가했습니다. 다음은 증권 소식입니다. 무기 부문 관련 주들이 갑자기 오르고 있습니다. 스포츠 소식입니다. 영국 대 이탈리아 축구 경기는 응원자들이 서슴없이 칼, 도끼, 창 같이 놀라운 무기들을 꺼내 들어 전투로 변했습니다. 이들이 어떻게 보안 장치를 통과할 수 있었는지 의문입니다. 다음은 날씨입니다……〉

울려 대던 초인종 소리가 멈추었다. 케빈은 마침내 입구 깔개 위에 죽치고 앉아 사정하기를 단념한 걸까?

그녀는 라디오를 껐다.

전화벨이 울렸다. 마들렌은 잠시 망설이다 수화기를 들었다.

「제발, 한마디만이라도 해줘!」

케빈이 사정했다.

「끝났어, 케빈. 당신은 운이 좋았는데, 그 운을 다 망쳐 놓았어. 이제 내 인생에 당신은 없어.」

「왜 날 그렇게 취급해? 도대체 자기가 뭐라고 생각하는 거야?」

그녀는 전화를 끊었다.

핀셋이 생쥐의 등가죽을 집어 올렸다. 마들렌 발렘베르는 실험 대상이 된 생쥐를 어항 속에 넣고 전위차계(電位差計)를 조작해 놓은 다음 생쥐에게 녹색 광선을 쬐었다. 색안경을 끼고 그녀는 생쥐의 반응을 관찰했다. 생쥐는 처음에는 놀랐다가 차츰 신경질적이 되었다. 유리에 머리를 박다가 나중엔 발톱을 다 동원해 유리창을 박박 긁기 시작했다.

바로 그녀가 증오하는 순간이었다. 그녀는 눈을 감았다.

〈용서해라. 나도 어쩔 수 없는 선택이었단다. 지금 이 짓이 헛수고가 되지 않기를 바랄 뿐이야.〉

계기판에 숫자들이 천천히 나열되었다. 1, 2, 3, 4, 5, 6, 7, 8, 9 그러다 9에서 멈췄다. 20분의 9.

생쥐는 두 눈이 툭 튀어나오고 발톱이 뻣뻣해진 채 나동그라졌다. 경고음이 나며 빨간 불이 깜박이기 시작했다. 마들렌은 한숨을 내쉬었다. 또 한 번 죽은 생쥐를 치워 내야 했다. 이런 때를 대비해 미리 마련해 둔 작은 묘지로 가서 다른 생쥐 옆에 묻어 주었다. 이름은 〈피타고라스〉라고 새겨 넣었다.

어느 틈엔가 미셸 레누아르 교수가 벌써 그녀 뒤에 와 서 있었다.

「오늘도 지각했지, 응?」

「자명종이 고장 났어요.」

「아직도 손목시계가 없나? 쯧…… 발렘베르 양, 정말 진척이 없군. 이 자잘한 실험들 말이야.」

그녀는 앉은 자세에서 일어서지 않았다.

「뱅뱅 쳇바퀴만 돌고 있는 것 같아. 아이디어가 없으면 그냥 포기해. 아무도 뭐라는 사람 없을 테니. 잘못된 일에 집착하느니 차라리 포기하는 게 나을 때도 있는 법이야.」

그녀는 교수에게 등을 돌린 채 숫자를 죽 기록하기 시작했다.

「쯧…… 피타고라스. 다음 타자 이름은 뭐지? 우리의 고상한 학자님들 중 또 누구 이름을 빌리시려고? 라부아지에? 〈새로 생겨나는 것은 아무것도 없다. 죽는 것도 없다. 모든 것은 변화할 뿐〉이라고 말씀하신 학자?」

마들렌은 더 이상 대꾸하지 않았다.

「나 진지하게 말하는 거야, 발렘베르 양. 이대로 계속 간다

172

면 당신의 연구를 빼고 진행할 수밖에 없을 것 같아. 맡아 놓고 지각하고, 일하면서 동료들과 소통도 없고, 이런 식으로 계속 갈 순 없어. 당신만 괜찮다면, 나는 이 죄 없는 짐승들을 다시 풀어 주려고 해. 이렇게 죽느니 좀 뛰어다니는 즐거움을 누리는 게 낫지. 고양이한테 잡아먹히는 한이 있더라도 말이야.」

이쯤 되니, 마들렌은 실험실을 나서는 편을 택했다.

「그는 정말 바보야! 그는 정말 바보야!」

앵무새가 되풀이했다.

카린 발렘베르는 긴 담뱃대에 작은 여송연을 끼워 불을 붙여 물고는, 무언가를 골똘히 생각하는 모습이었다.

마들렌은 자몽을 넣어 만든 테킬라 한 잔을 들고 지주에 매달린 달걀 모양의 안락의자에 웅크리고 앉았다.

카린은 연기를 내뿜어 고리 모양의 띠를 만들었다.

「암놈으로 해봐라.」

「뭐라고요?」

「네 실험 말이야. 암놈 생쥐로 해보라고. 암놈이 수놈보다 방사선에 훨씬 잘 견딜 테니 두고 봐라. 20분의 9라는 확률을 넘어서지 못했다고 했잖니. 암놈으로 하면 20분의 12까지는 도달할 거야. 13이나 14에는 못 미치더라도 말이지. 난 확신한다니까.」

「누가 그래요?」

「동물계에선 암컷들이 보통 더 오래 살지. 월경 때문에 피가 정화되어서 그런 것도 있어.」

마들렌이 두 발을 앞으로 확 뻗치자 달걀 모양의 의자가 축을 중심으로 뱅그르르 한 바퀴 돌았다. 빨간색 의자의 푹신한 부분에 책상다리를 하고 앉은 채 그녀는 몇 번 더 그렇게 뱅뱅 돌았다.

「실험이 결론에 도달하려면 20분의 18은 돼야 해요, 엄마. 모 아니면 도라니까요.」

카린은 가만히 여송연의 연기를 들이마셨다. 자기 생각을 뒷받침해 줄 무언가를 찾으려는 듯이.

「자연 속에 해법이 있다고 난 믿는다. 그리고 그 해법은 암컷을 통해서 올 거라고.」

「엄마, 제발. 성의 프리즘을 통해서만 세상을 바라보는 것 좀 그만하세요.」

「그래도 그게 세상을 돌아가게 하는 순리란다.」

「엄마는 도움이 안 돼요!」

「가장 오래된 사회를 형성하고 있는 동물 집단을 보렴. 말벌, 꿀벌, 개미 이런 것들 말이야. 암컷 중심의 사회 아니냐. 수벌이나 수개미 같은 수컷들은 둥지에서 단 하루 생식할 때만 쓸모가 있고, 그다음엔 죽어 버리잖니.」

「그건 곤충이잖아요, 엄마! 포유류가 아니고!」

「사회적 동물들이야. 우리 같은 군집 동물이라고. 그들의 도시는 우리의 대도시와 같아. 마을도 있고, 도로도 있고, 특수한 개체들도 있고, 군대도 있고, 농사도 지어.」

「작디작은 곤충이에요, 엄마!」

「아니다. 엄연히 도시에 거주하는 존재들이지. 동물들을 절대 몸 크기로 판단하지 마라. 곤충들은 똑똑한 개체들이고 우리와 똑같은 문제들도 갖고 있어. 물론 그들 나름의 수준에서 볼 때 그렇다는 거지만. 벌통, 개미집, 조직화된 수백만의 개체들이 모여 함께 살아갈 수 있는 둥지. 그러니까 결국 그들은 생존 전략을 택하게끔 진화하는데, 그 생존 전략이란 한마디로 요약되지. 암놈만 살아남는다는 것.」

「내 생각에…… 그건 아무런 입증도 안 되는 것 같은데요.」

「오, 왜 아니야? 개미는 1억 년 전부터 지구상에 존재해 오고 있지. 인류는 겨우 2백만 년 전부터 살고 있지만 말이야. 처음에는 개미도 양성이었다가 점점 암놈만 있게 된 거야.」

「그걸 어떻게 알죠?」

「아직도 20마리쯤만 모여서 사는 원시적 개미들이 있단다. 가족처럼 말이야. 그 개미들은 수컷과 암컷의 비율이 똑같아. 그들은 아주 옛날식이지. 대도시에서 이루어지는 것과 같은 양식(養殖)이나 농업을 몰라. 이 개미들은 그저 먹잇감을 물어 오거나 사냥해 올 뿐이야. 한마디로 선사 시대 개미들이라고 할 수 있지!」

「엄마!」

「무슨 말인가 하면, 〈암컷만 남는 것〉이 합리적인 선택이라는 거야. 자연이 종의 진화를 보장하기 위해 선택한 가장 〈현대적〉인 해법이라고.」

「어쨌든 인간을 곤충과 비교할 수는 없어요!」

「왜 안 되니? 어떤 기후에도, 어떤 질병에도, 어떤 약탈에도 견뎌 내며 살아남은 건 바로 암컷의 집단이었다는 사실을 알아 두렴. 히로시마에서도 오직 개미들만이 방사능 피폭에서 살아남았어. 이건 방사능에 대한 저항성 연구 전문가인 네게 흥미로운 정보 아니냐?」

이번에는 마들렌이 빙빙 돌리던 의자를 멈추었다.

「정말 확실히 그렇게 믿어요, 엄마?」

「물론이지. 네가 이 점에 관해서 곤충학자들의 보고서를 안 읽은 것이 놀랍구나.」

바로 그때 앵무새가 끼어들어 두 여자의 주의를 환기시켰다.

「암컷만! 암컷만!」

마들렌 발렘베르는 자몽즙이 섞인 테킬라를 단번에 들이켰다.

카린 발렘베르는 일어나서 담뱃대를 제자리에 놓고 번호 매겨진 책들이 줄지어 꽂혀 있는 서재로 갔다. 그녀는 요령 있게 찾다가 가장 두꺼운 책 중 한 권을 뽑아냈다. 그녀는 딸에게 와 보라는 시늉을 하고는 거실의 커다란 탁자 앞에 나란히 앉았다.

「이게 내 박사 논문이란다.」

마들렌은 첫 장을 펴서 제본된 자료의 제목을 읽었다.

〈카린 발렘베르 양의 박사 논문. 레피도닥틸루스 루구브리스——진화의 해법.〉

「이미 읽었다고 말하고 싶겠지만, 그저 건성으로 한번 훑어봤을 게 뻔해. 내용을 요약해 줄 테니 잘 들어 봐. 스물세 살 때, 난 이 매혹적인 작은 도마뱀의 기적을 세상에 알리려고 필리핀에 갔단다.」

「도마뱀이라면, 레피도닥틸루스 루구브리스 말이에요?」

「그래, 바로 그거지.」

카린이 페이지를 넘기자 주둥이가 뾰족하고 눈이 둥근 도마뱀의 사진이 나왔다.

「도마뱀붙이 같네 뭐.」

마들렌이 말했다.

「잘 봤어! 레피도닥틸루스 루구브리스는 사실 필리핀, 오스트레일리아, 태평양의 군도들에 서식하는 보통 도마뱀과에 속하는 작은 도마뱀이란다.」

「정말 흉하게 생겼다.」

「내가 보기엔 참 잘생겼는데.」

「난 파충류에 관심 가져 본 적이 한번도 없어요.」

「이놈은 정말 특별해. 아주 특별하다고. 이 짐승이 태풍에 휩쓸려서 태평양 한가운데 있는 수천 개의 섬 가운데 어떤 무인도에 떨어지는 일이 있었거든. 수놈의 경우엔 아무 일도 일어나지 않았어. 그냥 죽은 거지. 그렇지만 암놈의 경우엔……」

「어떻게 됐는데요?」

「잘 들어 봐라.」

카린은 또박또박 힘주어 말했다.

「홀로 무인도에 떨어진 암놈 〈레피도닥틸루스〉는 생식 방법을 바꾸게 된단다. 이 도마뱀의 생체 기관 전체가 어떤 상황에서도 알을 낳을 수 있도록 변모하는 거야.」

「수정 안 된 알? 그야 뭐 특별할 게 없죠. 암탉도 무정란을 낳으니까.」

「그래. 하지만 이 〈레피도닥틸루스〉의 무정란은 말이다, 잘 들어, 살 수 있는 존재를 낳게 된단 말이지.」

「그게……」

「그게 대단하다는 거야. 자연의 마법이지. 암컷은 어떤 상황에서도 출구를 찾는 거야.」

카린은 책장을 넘기다가 클로즈업된 사진들이 나오는 대목에서 멈추었다.

「이 사진들을 봐. 본래의 생식기하고, 〈수컷 없는 무인도〉 한복판에서 적응한 뒤의 생식기야.」

마들렌은 신경질적으로 논문을 뒤적거렸다.

「적대적인 환경에도 적응하도록 변화한 〈생명을 낳는 기계〉 아니겠니.」

「이해가 안 가요. 어떻게 그런 변화가 가능하죠?」

「넌 중요한 점을 보지 못하고 있어. 정상 상태에서 암컷은…… 태생(胎生)이야. 그렇지만 수정을 못할 때는, 난생(卵生)이 되는 거지!」

그녀가 손가락으로 사진들을 가리키자 갓 태어난 도마뱀 새끼와 알들을 대비해 놓은 모습이 보였다.

「자연에는 딱 한 가지 논리밖에 없어. 그건 바로 종을 살아남게 하는 것. 이 어미 도마뱀이 낳은 새끼들은 모두 살아남았고, 모두…… 암컷들이었어.」

앵무새가 따라했다.

「암컷들, 암컷들!」

어머니는 또다시 논문을 뒤적거려 여러 각도에서 찍은 도마뱀 사진들을 보여 주었다.

이번에는 마들렌도 엄마의 논문을 집중해서 보았다.

카린이 계속 설명해 주었다.

「그리고 이 딸 도마뱀들은 말이다, 똑같은 방법으로 완전한 번식 능력을 갖추게 되지. 수컷의 수정이라는 도움 없이 혼자서 말이야.」

「그러니까 이 새끼들은 모두 어미를 닮을 수밖에 없네요! 단성(單性) 생식인 거예요! 모녀가 똑같은 유전적 특성을 갖출 수밖에 없지요. 클론이에요!」

「그 점에서도 어머니 자연은 본분을 다했지. 암컷 도마뱀들의 산란기에 감수 분열 현상이 일어나서 딸마다 제각기 다른 특성을 가질 수 있게 하는 유전자 혼합이 가능해진 거야. 그래서 몇 년 뒤 태평양의 그 무인도에는 오직 암컷뿐인, 그렇지만 더없이 건강하고 다양한 특성을 갖춘, 수컷 한 마리 없어도 번식할 수 있는 〈레피도닥틸루스〉가 군집을 이뤄 살게 되었지. 내가 직접 필리핀 제도의 여러 섬에 가서 두 눈으로 똑똑히 보았단다. 여기 그 증거들이 전부 있잖니.」

「증거들이 전부! 증거들이 전부!」

앵무새가 따라 했다.

마들렌은 자리에서 일어나 초조한 듯이 거실을 이리저리 돌아다녔다.

카린 발렘베르는 보존용 상자 하나를 들고 딸 곁으로 갔다. 상자 한가운데엔 작은 알이 들어 있었다.

「좀 더 실감 나는 증거를 원한다면, 여기 있는 이 매혹적인 도마뱀의 알을 보렴. 이제 알겠니. 어머니 자연은 자기 편을 선택했어. 곤충들까지 포함해 지구상에 살고 있는 종의 대부분이 암컷이고 심지어는 오직 암컷뿐인 종도 있어.」

카린 발렘베르는 벨벳 받침에서 알을 떼어 내어 아주 조심스럽게 이리저리 만지며 살펴보았다.

「우리가 더 강한 성(性)이란다. 여자의 오르가슴이 남자보다 열 배나 더 강렬해. 여자의 피부엔 1제곱센티미터당 감각 포착 장치가 더 많이 들어 있어. 그래서 여자는 피부 전체가 성감대인데, 남자들은 오직 한 곳에만 성감대가 집중돼 있는 거야.」

「엄마…….」

「마도, 지금 농담하는 게 아니야. 우리 여자들은 세상을 더 강하고 빠르게 인지한단다. 그것도 밀도 높은 방식으로. 여자는 적응력이 더 높고, 더욱 진화된 상태인 데다 수용력도 더 크지.」

마들렌은 몹시 혼란스러워하며 알을 꼼꼼히 관찰했다.

「게다가 여자들만이 진정으로 사랑할 줄 안단다.」

마들렌은 두 눈을 감았다. 그러자 레베카의 아름다운 얼굴이 나타나 그녀에게 속삭였다.

〈언젠가는 지구상에 여자들만 남고, 남자들은 전설 속으로 사라지리라.〉

그녀는 다시 눈을 뜨고 현실을 바라보았다.

손에 든 알은 하얗고, 둥글고, 빛으로 가득 차 있었다.

9개월 후.

파리 한복판, 달빛이 국립 오페라 극장의 둥근 지붕을 비추고 있었다. 감미로운 음악 소리가 점차 높아졌다. 이어 사진기의 플래시 터지는 소리.

오페라 극장의 큰 무대 스피커에서 누군가의 목소리가 울려 퍼졌다.

「……청중이 매우 큰 박수를 보내고 있습니다!」

사회자가 큰 소리로 외쳤다.

검은 턱시도를 입고 회색 나비넥타이를 맨 미셸 레누아르 교수가 무대 위로 올라왔다. 다시금 플래시가 터졌다. 사회자가 그에게 날개 달린 뇌 모양의 트로피를 주었다.

과학자는 포즈를 취한 뒤, 부드러운 목소리로 말했다.

「언젠가는 반드시 우리 실험실이 영예로운 펠드만상을,

우리의 주목표였던 이 상을 수상하리라 믿고 있었다는 걸 말씀드리고 싶습니다. 이 트로피는 인류의 미래에 대한 모든 기초 연구로 통하는 특별 경로이기 때문이지요.」

또다시 플래시가 터졌다.

「하지만 이 성공은 항상 완벽한 조화를 이루어 일해 온 팀 전체의 것입니다. 특히…… 알이라는 아이디어를 누구보다 먼저 찾아낸 마들렌 발렘베르에게 감사하고 싶습니다. 그분에게 힘찬 박수를 보내 주십시오.」

적갈색 머리에 에메랄드 빛 눈을 반짝이며 마들렌이 무대 뒤에서 모습을 드러냈다. 진한 빨간색 새틴 이브닝드레스를 입고 있어서 그녀의 자연스러운 몸매와 드러난 어깨가 한층 돋보였다. 그녀는 매우 감격스러워했다.

「여러분, 미래의 과학자 마들렌 발렘베르를 소개합니다! 일할 때는 때로 좀 늦기도 했습니다만, 그게 머릿속으로 늘…… 그녀가 항상 앞서 갔기 때문이라는 걸 저는 알죠.」

두 뺨이 빨개진 채로, 마들렌은 기립 박수를 보내는 군중에게 인사를 했다. 감격이 한층 더해졌다.

그녀는 청중 속에서 어머니를 발견했다. 맨 앞줄에 서서 〈브라보! 브라보! 마도! 브라보! 마도! 최고야!〉라고 소리치는 케빈도 보였다.

미셸 레누아르 교수는 그녀에게 날개 달린 뇌 모양의 트로피를 건네주었다. 그녀는 트로피를 쥐고서 그 무게를 느껴 본 다음 가슴에 꼭 끌어안았다.

마침내 박수갈채가 잦아들자, 그녀는 긴 마이크 두 개가 장착된 연단에 다가섰다.

말을 하려고 했지만 그녀는 감격에 겨워 말을 잇지 못했다. 청중은 하나둘씩 자리에 앉았다. 레누아르 교수가 나서서 그녀를 도왔다.

「마들렌, 몇 달 전 당신이 처음으로 태생(胎生) 종을 난생(卵生) 종으로 변화시키자는 제안을 했을 때가 기억납니다. 난…… 그 말이 농담이라고 생각했지요. 특히, 이런 세세한 것까지 들춰내서 미안합니다만, 마들렌은 이미 많은 실험용 쥐들을 죽였거든요(여기저기서 킥킥거리는 웃음소리). 하지만 안심하십시오. 사람이 아니라 생쥐를 죽인 거니까요. 마들렌은 심지어 실험실 안에 생쥐들을 묻어 주는 작은 묘지까지 만들어 놓고 그들이 과학의 순교자들이라고 말했답니다! 그리고 죽은 생쥐들한테 유명한 과학자들의 이름을 붙여 주었어요……. 안 그래요, 마도?」

장내에 웃음이 퍼졌다. 마들렌은 다시 마이크 앞으로 갔다.

「저로서는, 우선 제 어머니 카린 발렘베르에게 감사하고 싶습니다. 어머니는 위대한 선구자로서, 저로 하여금 생물학에 흥미를 갖게 해주셨을 뿐만 아니라, 특히 〈레피도닥틸루스〉에 대한 당신의 연구를 통해 자연은 때로 단순한 문제를 풀기 위해 복잡한 해법을 찾기도 한다는 것을 보여 주셨습니다.」

카린은 딸에게 둘만 통하는 신호를 보냈다. 이어 마들렌이 어머니에게 잠시 일어나 달라고 손짓하자, 카린은 자리에서 일어나 좌중에게 인사를 했다.

「혁신을 두려워하지 마십시오. 자연은 시험을 두려워하지 않습니다! 얼핏 보기에 완전히…… 말도 안 될 것 같은 방법들을 시도해 보고 여러 가지 해법을 제시해 보는 것이죠.」

마들렌이 말을 이었다.

좌중은 숨을 죽였다.

「8개월 전만 하더라도 방사능에 대한 저항이 20분의 9라는 운명적인 한계선을 절대 넘어서지 못할 거라 생각했습니다. 그런데 어머니가 저에게 아이디어를 불어넣어 주셨지요. 알이 바로 그것입니다. 크리스토퍼 콜럼버스가 말했죠. 〈방법은 간단하다. 다만 그 생각을 해내기만 하면 된다.〉 유기체가 형성되면서 방사능에 저항하도록 하는 해법은 바로 자연의 방패막이, 다시 말해 알 껍데기를 부여하는 것입니다. 그래서…….」

그녀는 잠시 침묵했다. 좌중은 다음 말을 기다렸다.

「이렇게 해서 저는 최초의 난생 생쥐를 탄생시킬 수 있었습니다. 포유류의 새끼가 알에서 태어남으로써, 방사능에 대한 저항도는 20분의 19가 된 것입니다!」

박수가 터졌다.

미셸 레누아르 교수가 자신의 동료를 매우 자랑스러워하는 모습이 눈에 띄게 드러났다. 사회자가 마이크 쪽으로 다가왔다.

「다시 말씀드리지만 방사능에 대한 저항력이라는 문제는 정말 대단한 이슈로서, 우주 여행의 조건이 됩니다. 사실 대기의 보호가 없다면, 인간은 치명적인 광선들에 속수무책으로 노출됩니다. 안 그렇습니까, 마들렌? 그럼 이제부터 몇 가지 질문을 받도록 하겠습니다. 오른쪽의 남자분?」

안경 쓴 갈색 머리 기자가 무선 마이크를 잡았다.

「레누아르 교수님께 질문하겠습니다. 방사능에 대한 포유류의 저항력 관련 연구를 시작하게 된 이유는 무엇입니까?」

「음…… 마들렌 발렘베르가 대답하는 게 좋겠군요. 그녀의 전공 분야니까요.」

마들렌은 빨간 드레스 매무새를 고쳤다.

「인류 역사상 최초로, 우리는 몇 초 만에 수백만의 사망자를 낼 수 있는 무기를 갖게 되었습니다. 이러한 살상 무기를 고안해 낸 유수한 과학자 단체의 일원인 우리는 동시에 인류를 지켜 내는 해법을 찾아내야 할 의무를 져야 하는 것이지요.」

두 번째 기자가 손을 들었다.

「발렘베르 씨, 왜 하필 알이지요?」

「알은 압력, 추위, 더위에 모두 잘 견딥니다. 대부분의 동물이 난생입니다. 그리고 히로시마와 나가사키의 핵폭발을 기억하시죠. 그 참사에서 난생의 종들만이 살아남았습니다. 바로 알 껍데기의 보호 덕분이었습니다. 살아남은 동물이 주로 파충류나 곤충들이기는 했지만 말입니다.」

「하지만 우리는 곤충도 파충류도 아닙니다. 우리는 포유류 아닙니까!」

질문을 던진 두 번째 기자가 말했다.

장내가 웅성거렸다. 마들렌은 당황하지 않았다.

「그렇지만 알을 낳는 중간적 단계의 포유류가 존재합니다. 물론 오리너구리를 말하는 것입니다. 모르시는 분들을 위해 말씀드리자면, 오리너구리는 오세아니아에 살면서 알을 낳고 알이 부화하면 새끼에게 젖을 먹여 키우는 마멋의 일종입니다. 예외가 법칙을 확인해 주는 법입니다. 자연의 사고(事故)라고 할 수 있는 이 동물 덕택에 저는 태생 포유류

와 난생 포유류 사이의 잃어버린 고리를 찾을 수 있었습니다.」

그녀는 이 최초의 공개 내용을 좌중이 소화할 수 있도록 잠시 간격을 둔 다음, 말을 이어 갔다.

「레피도닥틸루스라는 도마뱀 다음에는 연구의 방향을 완벽한 중간적 동물인 오리너구리 쪽으로 잡았습니다. 제대로 잡은 거죠. 오리너구리의 알들은 이미 자연적인 방사능 저항도가 20분의 16에 달했거든요. 저는 제 해법을 계속 파고들었죠. 이렇게 해서 〈생쥐의 알〉을 얻어 내게 된 것입니다.」

장내는 더욱더 웅성거렸다. 사람들은 그토록 기이한 일이 일어날 수 있다는 사실을 애써 스스로에게 납득시키려는 듯이 〈생쥐의 알〉이라는 말을 되풀이했다.

세 번째 기자가 마이크를 달라고 했다.

「그래도…… 어떻게 생쥐로 부화하는 알이 생길 수 있나요? 유전자 배열을 그렇게 단순하게 바꿀 수는 없을 텐데요.」

「옛날에는 모든 존재가 알에서 태어났습니다. 우리 모두의 조상은 물고기입니다. 대륙들이 떠오르기 전에는 물이 지구 전체를 덮고 있었으니까요. 그러니까 모든 포유류는 세포의 가장 밑바닥에 그러한 생식 방법을 가능케 하는 유전 프로그램을 조금씩 갖고 있는 셈이지요. 어미 생쥐의 유전자 배열 한구석에 숨겨진 유전자 주소를 찾아 그걸 인공적으로 되살려 주기만 하면 되는 일이었습니다.」

두 번째 기자가 다시 마이크를 이어받았다.

「하지만, 발렘베르 씨, 태생의 어미를 강제로 난생으로 만든다는 건…… 괴물 같은 짓이라는 걸 아실 텐데요.」

「최근 뉴스를 들으셨는지 모르겠군요. ……우리에겐 이미 선택의 여지가 없을지도 모릅니다. 기자님께 질문을 하나 드리죠. 둘 중 누가 더 괴물 같을까요? 수백만 명을 죽일 핵폭탄을 사용하겠다고 위협하는 군인입니까, 아니면 생쥐들을 변화시켜 알을 낳게 만드는 과학자입니까?」

장내에 야유의 물결이 일었다. 휘파람을 부는 사람도 있었고, 격려의 박수를 보내는 사람도 있었다.

마들렌이 난처해하는 듯하자 사회자가 끼어들었다.

「이제 마들렌 발렘베르 씨는 좀 쉬셔야 할 것 같습니다. 최근 몇 달 동안 과로를 하셨거든요.」

그녀가 뒤로 물러섰다.

미셸 레누아르가 트로피를 움켜쥐고 아주 높이 들어 올렸다.

「모든 분께 감사합니다. 특히 심사 위원들께 감사합니다.」

그러고 나서 그는 날개 달린 뇌 모양의 트로피를 마들렌에게 넘겨주었다. 마들렌은 당황스러워하며 계단을 내려가더니 그 금속 조각품을 꼭 쥔 채 객석 통로를 빠져나갔다. 케빈과 어머니가 그녀의 뒤를 따랐지만, 그녀는 혼자 있고 싶다며 두 사람을 물리쳤다.

사진 촬영을 부탁하려는 기자들이 그녀를 따라잡기 위해 달려왔다. 그녀는 굽 높은 구두를 벗어 들고 오페라 극장의 긴 복도를 뛰기 시작했다. 거대한 돌계단 앞에 다다라서야 그녀는 모든 출입문이 잠겨 있음을 알았다. 그녀는 비상구를 찾아 옆문들 쪽으로 방향을 틀었고, 마침내 비상구를 찾아냈다. 그녀는 화재 시 소방관들이 출입하게 되어 있는 복도로 황급히 뛰어갔다. 모퉁이를 돌자 갑자기 턱시도 차림의 한 남자가 그녀 앞에 나타났다. 그녀를 기다리고 있었던 것 같았다.

「안녕하십니까, 발렘베르 씨.」

「그냥 가게 내버려 두세요.」

그녀는 그를 내려칠 듯한 기세로 트로피를 흔들어 대며 말했다.

그는 꼼짝도 하지 않았다.

「제가 여기 괜히 와 있는 게 아닙니다. 당신에게 전할 아주 중요한 얘기가 있습니다. 특별히 당신에게만 말입니다, 발렘베르 씨.」

그의 어조는 단호했다. 이 남자는 취재 기자도, 사진 기자도, 팬도 아닌 것 같았다. 나이는 마흔쯤 되어 보였고, 스포츠에 능한 운동선수 같은 몸매에, 호인으로 보이는 사람이었다. 매우 짧게 자른 턱수염은 은빛을 퍼뜨리면서 그를 한층 더 품위 있어 보이게 했다.

그녀는 한 발을 앞으로 내디뎠다.

하지만 그녀는 지나갈 수가 없었다. 남자가 몸 전체로 좁은 복도를 막고 있었기 때문이다.

「발렘베르 씨, 지금 당신은 위험에 처해 있습니다. 며칠 안으로 도움이 필요하게 될 것입니다. 제게 전화하십시오.」

그가 명함 한 장을 내밀었지만, 그녀는 무시했다.

「길 좀 비켜 주세요!」

그는 한사코 명함을 그녀에게 쥐여 주었다. 그녀는 결국 그의 명함을 받아 들었다.

「거기 제 휴대 전화 번호가 있습니다.」

그가 살가운 어조로 말했다. 마들렌 발렘베르는 명함을

자세히 보았다.

「군인이신가요?」

「저는 팡텔 대령입니다. 당신 편이지요.」

「제가 군대를 위해 일하기를 바라시나요?」

그녀가 빈정대며 물었다. 그녀는 그가 보는 앞에서 명함을 찢어 버렸다.

「꿈에도 그럴 생각은…….」

「잘못 짚으셨습니다, 발렘베르 씨. 그렇게 장담할 일이 아니죠. 세상일이란 모르는 거니까.」

「저리 비키세요!」

「특히, 앞으로 며칠간 신변을 아주 조심하십시오.」

「협박인가요?」

「아닙니다. 충고일 뿐입니다. 오해하지 마십시오. 우린 같은 편입니다.」

그러더니 그는 마침내 그녀가 지나갈 수 있도록 옆으로 비켜나 주었다.

밤 11시, 맨발에 구두는 손에 들고 이브닝드레스를 입은 채 마들렌 발렘베르는 파리의 지하철에 앉아 있었다. 그녀의 무릎 위에는 펠드만상 트로피, 그 유명한 날개 달린 뇌 모양의 트로피가 놓여 있었다.

그녀는 손가방을 잊고 온 것이 후회되었다. 그 속에 지갑이 들어 있었던 것이다. 돈이 없으니 택시를 잡을 수가 없었다. 더구나 이 시간에 이런 옷차림으로 지나가는 차를 세워서 태워 달라고 할 수도 없었다. 그래서 마들렌은 개찰구의 회전문을 뛰어넘어 지하철을 타기로 마음먹었던 것이다.

주변의 누구도 이 괴상한 옷차림에 놀라는 것 같지 않았다.

〈나는 해냈어. 하지만 그들은 아무것도 이해하지 못했어. 내가 무슨 일을 감행했는지 그들은 전혀 이해 못 하고 있어. 그들 눈엔 그저 숫자와 이름만 보일 뿐이야. 인류의 미래에 대해 말한다 한들…… 이러니 한심하지!〉

분노가 치밀어 그녀는 이를 악물었다.

〈나는 그들에게 우리 모두의 생존에 대해 얘기하는데, 그들은 나를 그저 실험실에서 노닥거리는 지질한 생물학자로 취급하고 있어.〉

그녀는 새 구두 때문에 발이 아파서 발톱을 문질렀다.

그리고 눈을 감은 다음 마음을 안정시켜 주는 영상들을 떠올렸다.

레베카.

레베카는 타조 등에 올라앉아, 고삐를 단단히 잡고 있었다. 고삐의 재갈 부분이 타조의 부리 사이로 삐져나와 있었다. 그녀는 풀로 뒤덮인 외곽 순환 도로를 달리고 있었으며…… 도로 한가운데는 작은 강이 흐르고 있었다. 오토바이를 타고 있기라도 한 것처럼 갈색머리의 아름다운 아마존은 화식조들이 이끄는 마차들을 추월했다.

왜가리들이 강에 두 발을 푹 잠근 채 지나가는 그녀를 바라보았다.

〈레베카…… 언젠가 그녀가 정말 존재하게 될 수도 있을까?〉

부릉부릉 시동을 거는 자동차들. 한밤의 정적을 뚫는 소

형 오토바이들의 소음과 전조등 불빛. 눈에 띄는 공간이면 어디든 차고 들어앉은 광고판들이 갑자기 그녀에게 외설적으로 보였다. 모두가 이렇게 외치는 듯했다. 〈사들여라! 소비해라! 그러면 행복해질 것이다!〉

마들렌은 도시를 달리며 맨발이 땅에 닿는 쾌감을 발견했다.

마침내 아파트에 다다른 그녀는 열쇠로 문을 열었다. 안으로 들어서자마자 한 남자가 그녀 뒤로 쾅 소리 나게 문을 닫고는 그녀의 뺨에 총을 겨누며 말없이 자동인형 같은 자세로 다가들었다. 방 안은 온통 쑥대밭이 되어 있었다.

침입자가 불을 껐다. 그래서 그녀는 가로등 불빛에 비친 그의 실루엣만 식별할 수 있었다.

「어디 있어?」

남자가 아주 낯선 억양으로 물었다.

「누구 말이에요?」

그녀가 놀란 마음을 가라앉히려고 숨을 크게 내쉬면서 말했다.

「잘 아실 텐데?」

「나가요. 그러지 않으면 경찰을 부를 거예요!」

그녀가 휴대 전화에 손을 갖다 대며 더듬더듬 말했다.

남자는 휴대 전화를 낚아채 발뒤꿈치로 밟아 부숴 버렸다.

「대가는 충분히 지불할 준비가 되어 있어, 발렘베르 양. 충분히 지불하겠다니까.」

「무슨 말을 하는 건지 모르겠네요! 도대체 어떻게 우리 집에 들어온 거죠? 당장 나가요!」

그녀는 최대한 목소리에 힘을 주어 말하며 명령조의 태도를 보이려고 애썼다.

「순순히 따르는 게 좋을걸.」

「당신 도대체 누구죠?」

권총을 쥔 채로 그는 그녀 주위를 빙빙 돌았다.

「방사능에 대한 저항력을 갖게 되기를 바라는 나라의 요원이라고 해둡시다. 그러니까 이건…… 인도적인 일이지.」

「난 생쥐를 갖고 실험했을 뿐이에요. 그런데…….」

남자는 그녀 뒤로 가더니 한 팔을 확 비틀며 그녀의 목덜미에 총구를 갖다 댔다. 마들렌은 소스라치게 놀랐다. 죽음의 감촉이 피부에 와 닿으면서 등을 따라 얼음장 같은 전율이 흘러내렸다.

「그런 소리 말아요, 발렘베르 양. 우린 줄곧 당신의 실험을 주시해 왔소. 우리는 당신 연구가 실제로 얼마나 진전되었는지 그 수준도 환히 알고 있단 말이오.」

마들렌은 몸을 빼려고 했다.

「나가요!」

갑자기 그녀의 발치에 뭔가 물컹한 것이 걸렸다. 물컹하고 따뜻한 것.

「마리 퀴리를 죽였군요!」

그녀가 소리쳤다.

「난 미친 개가 나를 물려고 덤벼드는 줄 알았지.」

마들렌은 황급히 죽은 짐승의 작은 몸을 들어 올려 품에 꼭 껴안았다.

마리 퀴리는 그녀가 겨우 길들여 아파트에서 살게 한 암컷 오리너구리였다. 이 오리너구리는 그녀가 호수처럼 만들어 놓은 욕조에서 헤엄치며 지냈다. 그녀가 실험에 사용한 최초의 세포를 제공해 준 게 바로 마리 퀴리였다. 그녀는 자기 아파트에 데려와 함께 살 만큼 이 오리너구리를 애지중지했다.

길가에서 새어 들어오는 불빛을 통해 그녀는 이 남자가 시커먼 턱수염을 북슬북슬하게 기른 사람이라는 걸 알 수 있었다.

「왜 죽였어요? 남한테 해 끼칠 줄 모르는 오리너구리일 뿐인데!」

그는 그녀 품에서 짐승 시체를 빼앗아 방바닥에 내동댕이쳤다.

「농담 아니오, 발렘베르 양. 어디 있는지 말하라니까.」

마들렌은 얼굴이 창백해졌다.

「무슨 소리예요?」

「잘 알잖아.」

그 순간 현관의 초인종이 울리고, 케빈의 목소리가 울렸다.

「마도! 제발, 얘기 좀 하게 해줘. 내 말 들어 봐. 나 달라졌어. 이제 술 안 마셔. 한 번만 기회를 줘. 딱 한 번만.」

주의가 분산되는 기회를 틈타 마들렌은 펠드만상 트로피로 침입자의 얼굴을 냅다 후려쳤다. 충격으로 그는 무기를 놓치고 비틀거렸다.

「무슨 일이야? 방금 그 소리는 뭐지?」

케빈이 물었다.

남자는 황급히 권총을 주워 들려고 했으나 마들렌이 긴 드레스를 들어 올려 권총을 힘껏 걷어차 버렸다. 권총은 돌 원반처럼 빙글빙글 돌면서 소파 아래로 들어갔다. 남자는 얼굴이 피투성이가 된 채 다시 일어서서 장딴지께에서 칼을 빼내

들고 그녀에게 다가왔다. 그녀는 간신히 피하면서 무릎으로 그의 두 다리 사이를 가격했다. 남자는 〈악!〉 하고 비명을 지르며 비틀거리기 시작하더니 서가에 매달렸고, 서가는 그 서슬에 남자 위로 무너져 내렸다.

「마도! 마도! 다친 거야?」

케빈이 현관문 너머에서 놀라 소리쳤다.

마들렌은 남자가 다시 일어설 때까지 기다리지 않았다. 그녀는 서둘러 빠져나가기 위해 드레스 자락을 걷어 올리고 현관에 놓여 있던 지갑을 집어 든 다음 문을 열었다. 케빈이 현관문 밖에서 꽃다발을 흔들고 있었다.

「마도! 이제 다시는 술 한 방울도 안 마실 거라고 맹세할게. 후회하고 있어. 내가 얼마나 후회하는지 당신이 안다면……. 다 지난 일이야, 이해해 주겠지. 다 지난 일일 뿐이라고!」

그는 피투성이가 되어 있는 그녀를 보고 깜짝 놀랐지만, 마들렌은 그가 입 한 번 벙긋할 틈도 주지 않았다. 그녀는 꽃다발을 잡아채 털북숭이 사내에게 던지고 계단을 내려왔다. 바로 그때 아래층에서 두 남자가 전속력으로 계단을 뛰어 올라왔다. 그녀는 망설이다가 급히 계단을 되짚어 올라갔다. 케빈은 되돌아오는 그녀를 보고 잠시 희망을 가졌다.

「마도! 우리 얘기 좀 하자고…….」

「미안, 케빈. 지금 그럴 때가 아니거든.」

그녀는 계속 위층으로 올라갔다. 그리고 지붕 역할을 하는 테라스에 이르렀다. 무장한 남자들은 여전히 그녀를 뒤쫓았다.

숨을 헐떡이며 테라스 끝까지 다다랐을 때 뒤쫓아 오던 남

자들이 나타나자 그녀는 어쩔 줄 몰랐다. 이젠 불가능한 시
도를 하는 수밖에 없었다.

그녀는 뒤로 물러섰다가 반동을 이용해서 옆 건물 지붕으
로 획 뛰어올랐다.

그녀는 양팔을 좍 펼쳤다. 팔이 날개가 아닌 게 아쉬울 뿐
이었다.

0점 몇 초의 짧은 순간, 그녀는 공중에 붕 떠 있는 자신을
느꼈다.

맞은편에서는 빗물받이 홈통 달린 매끈한 지붕이 반짝반
짝 빛났다.

〈저기 가 닿기만 한다면.〉

마침내 그녀의 맨발이 청석 돌판 지붕에 맞닿으며 충격이
왔다……. 그녀는 간신히 물받이 홈통을 움켜잡고 그 아래 발
코니로 내려섰다. 창문 하나가 열려 있어, 그녀는 그리로 들
어갔다.

사람들이 놀라 쳐다보는 것도 아랑곳하지 않고 그녀는 문
을 지나 재빨리 계단으로 내려가 한길로 나섰다. 찢어진 피
투성이 드레스 차림에 맨발, 브래지어 속으로 밀어 넣은 지
갑 하나가 전부였다. 그녀가 택시를 잡기 위해 길을 가로막
고 나서자 한 대가 끼익 하는 급제동 소리와 함께 멈춰 섰다.

「죄송하지만, 야간 근무 끝났습니다. 같은 방향으로 가신
다면 몰라도 태워 드릴 수가 없네요.」

그때 그녀를 뒤쫓는 세 남자가 나타났다. 그들이 그녀를
알아보고 돌진해 왔다. 그녀는 재빨리 차 안으로 뛰어들
었다.

「얼른 가세요! 어디라도 좋으니 빨리 좀 가주세요!」

택시 기사는 그녀 드레스의 불긋불긋한 얼룩을 흘긋 보았다.

「저런, 다치셨어요? 아, 오늘은 내가 착한 일 하는 날이네. 어디로 갈까요?」

그는 백미러 위치를 조정했다.

「달리세요! 어디든 좋으니 달려 주세요! 제발!」

「좋습니다. 우리 집사람에겐 특별한 경우였다고 설명해야겠네요. 늦게 들어가면 마누라가 난리 치거든요.」

「됐어요, 어디로 가야 할지 결정했어요.」

기진맥진하여 그 자리에 얼어붙어 있는 추격자들을 뒤로한 채 택시는 어둠 속을 파고들었다.

「우리는 대 — 단히 위험해요! 우리는 대 — 단히 위험해요!」

앵무새가 재미있다는 듯 〈대〉 자를 길게 늘어뜨리며 따라 했다.

「닥쳐, 윈스턴! 계속 그렇게 떠들면 크리스마스 때 칠면조처럼 구워 버린다! 그래, 제대로 좀 말해 봐라, 뭐라고, 마도? 그들이 모든 걸 알고 있다니, 〈그들〉이 대체 누군데?」

「지금 설명할 시간이 없어요, 엄마. 〈그걸〉 찾아내서 확실한 곳에 숨겨야 해요. 빨리! 도망쳐요! 그걸 지켜야 해요!」

「빨리! 도망쳐요! 그걸 지켜야 해요! 빨리! 도망쳐요! 그걸 지켜야 해요!」

앵무새가 흥분해서 깃털을 바짝 세운 채 되풀이했다.

「침착해, 마도! 그런데 이 피는 다 뭐냐? 다쳤니? 그리고 너, 윈스턴, 두 번 말하지 않겠어. 닥쳐. 안 그러면 쌀 한 톨도 없을 줄 알아.」

마들렌은 어머니의 팔을 잡았다.

「엄마, 서둘러야 해요. 내 말 잘 들으세요. 나를 뒤쫓는 사람들이 있는데, 모든 걸 알고 있는 것 같아요.」

「이럴 수가.」

「어느 외국의 정보 요원이래요. 아마 오래전부터 나를 감시하고 있었나 봐요. 얼른 〈그걸〉 감춰야 해요. 그들이 곧 이리로 올 거예요.」

「아니, 그게 무슨 소리냐?」

「큰일 났다고요, 엄마!」

카린이 현관문 틈으로 흘깃 보니, 무기를 든 남자들이 소리 없이 위협적인 태도로 계단을 올라오고 있었다.

두 여자는 급히 부엌으로 갔다. 카린은 냉동고를 열어 계기판과 온도계가 장착된 직육면체 상자를 꺼냈다.

최대한 서둘러 채비를 끝낸 그들은 위층으로 기어올라 도망쳤다. 남자들은 초인종을 눌러 대다가 현관문을 부수고 들이닥쳤다. 윈스턴이 〈큰일 났어요! 큰일 났어요!〉라고 되풀이하는 소리가 마지막으로 들려온 소리였다.

택시 기사는 운전석에 그대로 앉아, 두 여자가 짐을 넣을 수 있도록 트렁크를 여는 레버를 당겨 주기만 했다.

「마누라가 날 죽이려고 할 거예요. 정말 너무 늦었거든요.」

두 여자가 뒷좌석에 앉자마자 택시 기사는 시동을 걸었다.

「아까처럼 어디든 여기서 멀리로만 가면 되고, 목적지는 가면서 생각하실 거죠? 그죠?」

그는 노골적으로 유감스럽다는 표정을 보이고는 가속 페달을 밟으면서 백미러를 흘긋 한번 보았다.

「어머니신 것 같네요. 반갑습니다. 닮으셨네. 우리 마누라는 장모님하고 하나도 안 닮았답니다. 어째서 그런고 하니…… 아마도 유전자인가 뭔가 하는 것 때문이겠죠. 아! 그들이 오존층에 구멍을 내고 난리를 친 뒤로, 뭐가 뭔지 아무것도 모르겠다니까요. 미친 소도 마찬가지고. 내 생각에, 암소에게 고기를 먹이고 그다음에 우리가 그 소를 먹으면 뱃속의 거시기가 고장 나지 않을 수 있겠어요. 돼지를 기를 때 다른 돼지 찌꺼기 살을 먹이는 거나 마찬가지죠. 같은 종을 잡아먹는 게 건강에 좋을 리가 없잖아요.」

마들렌은 불안하게 뒤를 돌아보고, 이 말만 했다.

「제발 속도 좀 내주세요!」

「사느냐 죽느냐가 달린 문제다, 또 그 말 하시려고요?」

그 순간 택시의 앞창으로 강한 불빛이 지나갔다. 그들 뒤로 차 한 대가 불쑥 나타났다.

「내 차 어떡해!」

택시 기사가 부르짖었다.

사태가 심각하다는 걸 깨닫고서야 그는 가속 페달을 세게 밟았다. 검은 차에 쫓기면서 그들은 센강 도로변을 달렸다.

지그재그로 달리면서도 택시 기사는 쉬지 않고 투덜거렸다.

「보험이 되면 그나마 다행이지만, 제기랄! 내가 뭐에 씌어서 이 시간에 손님을 태웠담! 마누라가 죽으려 들겠군!」

그들은 강변을 벗어나 인접한 길로 접어들었다. 그러나 막다른 길이었다. 뒤따라오던 차가 끽 소리를 내며 서고 차

문이 열렸다 닫히는 소리가 들렸다.

마들렌과 그녀의 어머니, 그리고 택시 기사 모두 두 손을 머리 위로 올리고 차에서 내렸다.

수염이 난 남자가 그들에게 총을 겨누었다. 그의 이마엔 피 묻은 상처가 가로로 크게 나 있었다.

「발렘베르 씨, 이런 성가신 일들을 피하게 해주고 싶었는데. 다시 한번 묻겠소. 협조해 주시겠습니까?」

그는 부하에게 택시의 트렁크를 열라고 눈짓했다. 상관의 지시에 따라 곧이어 그가 겁먹은 태도로 매우 조심스럽게 계기판과 온도계가 장착된 일정 온도를 유지하는 등온 상자를 양손에 받쳐 들고 왔다.

세 번째 남자가 밀폐된 접합 부분을 열려고 시도했다. 뚜껑을 열자 희미한 빛이 새어 나와 그의 얼굴을 비추었다.

택시 기사가 마들렌의 귀에 대고 속삭였다.

「이게 대체 뭔데요?」

남자들이 상자 앞에 줄지어 서서 차례대로 그 진귀한 내용물을 들여다보았다.

「이게 정말 그……?」

두 번째 남자가 경탄스러운 듯 물었다.

「이게 정말 그거라면, 그래도 참…….」

세 번째 남자가 말을 이었다.

두 번째 남자가 신경질적으로 땅에 침을 탁 뱉었다.

「난 이런 게 실제로 존재할 수 있다는 것조차 믿지 못하겠어.」

세 번째 남자가 두 여자와 택시 기사를 가리켰다.

「저 사람들은 이제 필요 없어. 해치울까?」

그러나 그들의 우두머리로 보이는 콧수염 기른 사내는 그 말에 아랑곳하지 않고 마들렌의 빨간 머리와 그녀 어머니의 훨씬 더 짙은 빨간색 머리를 차례로 어루만졌다.

「물건은 손에 넣었지만 사용법은 아직 몰라. 이걸로 원하던 결과를 못 얻는다고 상상해 봐. 다른 걸 다시 만들어야 할 거 아냐. 그러니 이 두 여자를 살려 두는 게 낫지. 택시 운전사만 해치워. 증인이 있으면 곤란하니까.」

「그러니까 사정을 얘기하자면 이렇습니다, 선생님. 전 정말이지 재수없는 우연의 일치로 여기 있게 된 겁니다. 평소 같으면 근무 시간도 벌써 지났을 때인데 말이죠. 우리 택시 조합은 근무 시간 하나는 철저히 지킨답니다. 정해진 시간이 넘으면 미터기도 안 돌아가요. 마누라가 기다리고 있는데 여기서 더 늦으면 심한 잔소리를 들어야 한답니다. 마누라라는 게 어떤지 아시잖아요. 그래서……」

두 번째 남자가 운전사의 관자놀이에 총구를 댔지만, 미처 방아쇠를 당길 틈이 없었다. 또 다른 총구가 그의 목덜미에 슬그머니 와 닿았기 때문이다.

「총 버려.」

낯익은 음성이 명령했다. 그들은 돌아서서 커다란 구식 총을 지닌 구원자를 보았다.

「케빈!」

마들렌이 소리쳤다.

「도망쳐! 내가 잡고 있을 테니.」

세 남자는 서로 눈빛을 교환하며 케빈이 자기들과 동시에 마주 보고 서지 않도록 알게 모르게 조금씩 떨어져 비켜섰다.

「안 돼, 그대로 있어!」

세 남자는 동작을 멈추고, 새로 나타난 이 사람이 겉보기만큼 위험한 사람인지 가늠해 보려고 애썼다.

마들렌은 냉동 상자를 집어 들고, 어머니와 함께 황급히 택시에 올라탔다. 기사가 이번에는 군소리 없이 한참 후진하더니 바퀴 마찰음을 내며 검은 차와 벽 사이를 간신히 빠져나갔다.

마들렌은 차창 유리를 내리고 소리쳤다.

「고마워, 케빈! 이 은혜 안 잊을게!」

그들이 채 1백 미터도 달리지 못해 연이은 총성과 함께 젊은 남자의 단말마의 비명 소리가 들렸다.

「내가 저 친구를 잘못 생각했던 것 같구나. 좋은 사람이었는데 말이야.」

카린이 묘비명을 읽듯이 중얼거렸다.

그들은 말없이 차를 타고 갔다. 기사가 백미러 위치를 한 번 더 조정하더니 물었다.

「이젠 집사람이 잠들었을 것 같군요. 자, 두 분 어디로 모실까요?」

「저놈들 아주 기막히게 조직적인 놈들 같은데. 너나 우리 집, 실험실 어딜 가도 저것들이 우릴 기다리고 있을 게 틀림없어. 우리가 갈 곳은 아무 데도 없구나.」

카린이 현실을 인정했다.

「그럼 호텔로 갈까요? 원하신다면 제가 아는 좋은 호텔이 있습죠. 〈노래하는 빈대〉라고, 제 친구가 하는 호텔이에요.」

기사가 제안했다.

「거기 간다 해도 저 사람들은 우릴 찾아내고 말 거예요. 안

202

돼요, 우리에겐 확실한 은신처가 필요해요. 정말 확실한.」

몽마르트르 언덕 위로 해가 떠오르며 사크레쾨르 대성당의 모습이 보였다.

「아, 맞다, 이제 됐어. 그 여자만이 우리를 궁지에서 구해 줄 수 있을 거야.」

카린이 말했다.

그리고 그녀는 기사에게 주소 하나를 건네주었다.

창살문이 열리면서 예순 살쯤 된 여인이 분홍색 실내 가운 차림으로 나타났다. 세트로 말아 올린 머리에 망을 뒤집어쓰고 얼굴에는 잔뜩 크림을 바른 채였다. 아랫입술엔 옥수수 잎 담배를 물고 있었다.

「세상에, 이게 누구야! 대체 얼마 만이래!」

「마리조!」

「우리 카리네트! 오, 세상에! 새벽 6시에 여기서 너를 이렇게 만나게 되다니!」

두 여인은 오랫동안 꼭 껴안았다.

「좀 특별한 상황이야.」

「잘됐어. 불면증 때문에 텔레비전 앞에서 늘어져 있었거든. 사냥과 낚시에 관한 거라면 뭐든지 알아.」

「마리조! 마리조!」

다시 두 여자는 포옹했다.

「아, 다시 만나니 가슴이 따뜻해지네! 이게 얼마 만이지? 20년?」

「아마 30년은 됐을걸.」

마리조가 뒤로 물러났다.

「여긴, 딸하고 아들이야?」

그녀가 마들렌과 택시 기사를 가리키며 물었다.

「내 딸이야. 나중에 설명할게. 지금은 우선 안으로 들어가는 게 좋겠어. 다급한 문제가 생겼거든. 정말 네 도움이 필요해, 마리조.」

「설마 무슨 큰 문제는 아니겠지?」

「아니, 그럴 리가. 우리를 죽이려는 놈들 패거리가 쫓아오고 있을 뿐이야. 그게 전부야.」

기사가 고개를 흔들었다.

「사실, 그것만이 아닙니다. 시간이 늦어서 저는 그만 들어가 봐야 해요. 우리 집사람이 분명 깼을 거예요. 말씀드렸는지 모르겠는데, 집사람은 호락호락한 성격이 아니거든요.」

카린은 미터기를 보고 거기 표시된 어마어마한 금액을 지불했다.

택시 기사는 지폐를 세어 보았다.

「제기랄! 엄청난 밤이었네요! 아! 다시는 시간 외 근무 같은 건 하지 말아야지!」

그가 작별 인사 삼아 이런 말을 했다.

마리 조제핀은 이미 야구방망이를 집어 들고 뫼동[6]에 위치한 자기 빌라의 입구에 보초를 서듯 자세를 잡았다.

「너를 해치려는 그 나쁜 놈들이 누구야? 깡패? 야만인? 강간범?」

「강간범은 아니야, 차라리 도둑이라고 할 수 있지. 하지만 훔치겠다는 뜻이 아주 확고해. 내 말이 무슨 소린지 네가 알려나. 너 없으면 우린 끝이야.」

6 파리 근교 서쪽의 도시.

「도둑이 새벽 6시에 길에서 도둑질을 한다고?」

카린 발렘베르는 냉동 상자를 들어 가슴에 바짝 대었다.

「그들이 훔치려는 건 이거야. 소중한 거거든…… 어쩌면 세상에서 가장 소중한 대상이야.」

작은 수저로 한 번 톡 치니 달걀 껍데기가 깨졌다.

곧이어 마리 조제핀은 반숙된 달걀을 작은 받침대에서 빼내어 후룩 소리를 내며 들이마셨다. 두 번째 달걀도 그렇게 먹고, 세 번째 달걀엔 굵은 소금을 쳤다.

「세상에 그런 사연이! 그러니까 이게 그 유명한…….」

그녀는 냉동 상자를 가리켰다.

「이거 냉동고에 넣어도 될까요? 상온에서는 어미가 알을 품고 있는 상태나 마찬가지라서, 부화할 수도 있거든요.」

마들렌이 물었다.

「편하게, 하고 싶은 대로 해.」

마리 조제핀은 푸짐한 아침 식사를 마련했다. 세 여자 모두 너무 신경이 예민한 상태여서 잠잘 마음이 나지 않았다. 카린은 진한 커피를 한 잔 마셨다.

마들렌은 부엌에 놓인 냉동고에서 냉동 음식 몇 가지를 빼낸 다음, 제어 계기판을 확인하면서 그 작은 상자를 집어넣었다.

그녀가 망설이다 뚜껑을 열자 상자 안의 빛이 그녀를 환히 비추었다. 그녀는 상자 속에 든 내용물을 감싸 안았다.

마들렌은 어머니와 그 친구가 있는 주방으로 다시 갔다. 두 여자는 아주 죽이 잘 맞는 한통속처럼 보였다.

「잠깐, 기억을 더듬어 봐야겠어, 마리조. 내가 널 마지막

봤을 때, 너는 공군 전투기 조종사였지. 최초의 여성 전투기 조종사 중 한 명이었어.」

「과장하지 마. 내가 최초는 아니었어. 네 어머니는 언제나 좀 과장해서 이야기하시곤 했잖아, 그치? 대단한 카리네트. 그리고 넌, 잠깐, 내 기억이 맞다면, 넌 생물학 전공 대학생이었고. 대학에 오래 다녔지. 도마뱀을 연구한다는 것 같았는데? 그들이 어떻게…… 간통하는지 그런 것 말이야. 그리고 네가 말해 줬잖아, 〈동성애하는 암도마뱀들〉을 찾았다고.」

카린은 친근하게 그녀의 등을 한 번 툭 쳤다.

「정확하게 말하자면, 아니야. 하지만 네 물음에 답하자면, 그래 맞아, 생물학 공부를 계속하긴 했어.」

마들렌은 창문 커튼을 젖히고 빌라 주위를 살펴보았다.

「우리 여기 얼마나 있을 수 있지요?」

그녀가 물었다.

「그야 물론 있고 싶은 만큼 있을 수 있지!」

마리 조제핀은 반숙 달걀 한 알을 더 깨서 먹었다. 그녀는 마들렌을 보더니 조금 실망한 표정을 보였다.

「그러니까 얘가 네 딸이란 말이지. 언젠가 네가 남자를 만나 우리를 배신할 줄 알았어. 사실 너는 진짜 우리 족속은 아니었잖아. 넌 언제나 〈양다리〉였지.」

「날 탓하는 거야?」

「아니, 그저 유감이란 거지.」

카린은 구운 빵에 버터를 바르고 그 위에 마멀레이드를 발랐다.

「데모하던 시절이 지난 뒤, 한 남자를 만났고, 그가 얘 아빠가 되었지. 왜 우리 딸 이름을 마들렌이라고 지었는지 알아? 어느 날 내가 남편에게 〈당신을 잊지 않으려고 이 애를 가졌어〉라고 했더니, 그가 말했어. 〈프루스트의 마들렌처럼 말이지〉라고.」

「네 딸 훌륭하다. 이런 딸을 뒀으니 자랑스러워할 만하지.」

「마들렌도 생물학자야. 하지만 얘는 나보다 훨씬 더 앞서 나갔어. 펠드만상을 탔거든. 상상 좀 해봐! 내 어린 딸 마들렌이! 나는 한 번도 선발 후보조차 되어 보지 못했는데. 그리고 넌, 넌 한 번도…… 전혀 다른 쪽으로 테스트해 본 적 없지?」

「있지, 물론. 나도 한 남자를 만났어. 데모 〈후〉가 아니라 데모하던 〈중〉에 말이야. 경찰이었지. 그가 나를 제지했고, 그러다…… 우린 결혼했어. 아들 하나를 낳았어. 지금 그 애는 자고 있는데 곧 일어날 거야.」

「아들이 너랑 같이 살아?」

「사랑스러운 아들이 엄마랑 같이 사는 것보다 더 멋진 일이 뭐가 있다고? 아들 때문에 남자들과는 거의 화해가 되었지.」

「남편은 죽었고?」

「아니, 그는 그냥 남자였을 뿐이야. 남자들이 어떤지 알잖아. 군대에서 내가 자기보다 계급이 높은 것을 참지 못했어. 열등감이지. 자기 수준에 맞다고 생각한 군복 입은 여자랑 떠나 버렸어. 임시 보조 직원하고 말이야!」

그녀들은 폭소를 터뜨렸다.

마들렌은 다시 창가에서 주위를 살폈다.

「그럼 딸애 아버지는?」

「내 경우도 특별할 건 없어. 네 남편은 군복 입은 여자랑 떠났고, 내 남편은 흰 가운 입은 여자와 떠났으니까. 그 사람은 산부인과 의사거든.」

「적어도 여자의 신체 구조는 잘 알겠네?」

「잘 아는 거 좋아하네! 구두장이가 제 신발은 못 챙겨 신는 법이잖아. 여자의 성기, 그게 그 남자의 직업이자 연구 대상이었지. 그러니까 밤에는 어땠는지 알아, 그 사람…….」

마리 조제핀은 말조심하라는 눈짓을 했다. 마들렌이 둘의 대화를 듣고 있었던 것이다.

「좋아. 그래, 네 아버지는 매력이 많은 사람이었지만 나름의 열등감이 있었다고 해두자. 그래서 그는…… 간호사랑 눈이 맞아 나를 차버렸어.」

마리조가 한숨을 지으며 말했다.

「둘 다 제복 입은 족속이랑 떠났군. 아마 그래서 내가 다시 여자들 쪽으로 돌아오게 되었을 거야. 남정네들이란 상상력이 결핍된 존재잖아. 그래서 그다음엔 어떻게 됐어? 말해 봐!」

「내가 그를 마지막으로 본 건, 인터넷 만남 사이트에서 사진으로야. 인터넷상의 이름은 〈G스폿 박사〉라고 써놨더군. 허풍쟁이! 내 G스폿은 한 번도 못 찾은 주제에 말이지.」

두 여자는 배꼽 빠지게 깔깔 웃어 댔다. 마들렌은 점점 더 거북해져서 아침을 먹던 식탁으로 되돌아왔다.

그 순간, 그녀 뒤에서 중후한 음성이 울려 왔다.

「발렘베르 양, 적어도 당신만은 일반적 법칙에 따라 움직이는 부류의 사람이 아니길 바랍니다.」

마들렌은 뒤를 돌아보고 소스라치게 놀랐다.

「내 아들 제라르야, 소개할게!」

마리 조제핀이 말했다.

수염을 섬세하게 다듬은 남자는 군복 정장을 갖춰 입고 모자를 쓰고 있었다. 가슴에는 색색의 기념장이 잔뜩 달려 있었다. 마들렌은 그를 금방 알아보지는 못했지만, 문득 그의 얼굴과 음성을 확인하니, 더 이상 의심의 여지가 없었다.

〈오페라 극장에서 만난 그 대령이야!〉

「결국은 다시 만날 거라고 말했죠, 발렘베르 양.」

그가 손을 내밀었지만, 그녀는 악수를 하지 않았다.

「아! 내가 깜빡 잊고 이 말을 안 했네. 아버지가 경찰이었는데…… 아들은 군대를 택했지. 개인적으로, 난 갖은 수단을 다 해서 말렸지만.」

마리조가 말했다.

한 시간 후, 마리 조제핀과 카린이 젊은 시절 사진들을 주거니 받거니 하며 구경하는 동안 마들렌과 대령은 멀찍이 떨어져 앉아 커피를 마셨다. 망설임 끝에 젊은 대령이 마침내 침묵을 깼다.

「제가 국방부에서 입수한 정보가 있습니다. 당신을 공격한 그놈들은 외국 정보 요원들입니다.」

마들렌은 계속 커피 잔에서 눈을 떼지 않았다.

「정보 감사합니다.」

「문제는, 그들이 다가 아니라는 겁니다. 다른 여러 나라에서도 당신을 뒤쫓을 요원들을 파견했어요. 당신의…… 보물을 차지하려고.」

「하지만 난 신중하게 처신했다고 생각했어요. 그걸 매일 밤 어머니 댁에 갖다 두면 아무도 의심하지 않을 줄 알았지요.」

「여기 계세요. 그들이 이 빌라까지 찾아올 것 같지는 않습니다. 하지만 또 다른 걱정이 하나 있네요. 제가 프랑스 정부의 이름으로 공식적으로 당신을 접촉했을 때는 안전이 보장된 비밀 실험실에서 연구를 이어 갈 수 있도록 도우려고 그랬던 겁니다.」

마들렌은 비아냥대듯이 대꾸했다.

「군인들의 목숨을 건지려고 그랬겠지요 아마!」

「그런 정도의 문제가 아닙니다. 상황이 심각합니다.」

그는 일어서서 커피 메이커 주전자를 들고 따라 주겠다는 몸짓을 했다. 그녀는 고개를 저었다.

「상황을 간단히 설명해 드리죠. 진짜 상황을요. 텔레비전에 나오는 상황 말고요.」

그는 자기 잔에 커피를 가득 따랐다.

「과거에 범한 실수가 있습니다. 미국은 파키스탄을 연합국으로 만들려고 과도하게 무장시켰지요. 처음엔 러시아, 그다음엔 탈레반, 그다음엔 중국에 대항하는 연합국으로 만들려고요. 당시 파키스탄 대통령들은 말하자면 〈접촉할 만한〉 사람들이었습니다. 그 대통령들 수하의 군사학자들은 끊임없이 그들의 하부 구조를 개선했지요. 그들은 〈빅 크런치〉라 명명된 괴력 폭탄을 개발했습니다. 이 연구를 총지휘한 칸 교수는 끝내 핵 연구소에서 도망쳤고, 이 신종 대량 살상 무기의 엄청난 파괴력을 보여 주었습니다. 빅뱅으로 우주가 시작되었다면, 〈빅 크런치〉로는 우리가 사는 이 세상이 파괴되는 거죠.」

「모든 걸 파괴하는 나라가 얻는 이득은 뭘까요?」

그는 어깨를 으쓱했다.

「더 나쁜 건, 실제 핵 기술을 보유한 나라들 모두가 파키스탄이 이 끔찍한 무기를 만들 때 도움을 주었다는 사실입니다.」

「돈을 대줬다는 말인가요?」

「물론이죠. 각국의 논의의 출발점은, 〈만약 우리가 그들을 돕지 않는다면 — 돕는다란 말은, 그들을 이용하자는 뜻이죠 — 다른 나라가 수락할 것이다〉였습니다.」

「자승자박인 셈이었군요.」

「안목이 단순하고 짧았던 거죠. 그들은 목전의 이익을 노리느라 나머지는 고려하지 않았습니다. 그래도 어느 정도 합리적인 대통령의 지휘하에서 일이 진행될 때는 모든 게 순조로웠지만, 수상 알리 페슈나와르를 목표로 한 테러 사건이 터졌어요.」

「자동차 폭발 사건 말이죠?」

「맞아요. 그래서 그의 비밀 정보부 책임자였던 아흐메드 하산 장군, 예전에 탈레반이었다가 전향한 그가 수상직을 맡았죠. 그도 전 수상 못지않게 광신적인 사람이었어요. 탈레반이 너무…… 온건하다며 탈레반을 배반한 사람이니까요. 그렇게 탈레반에서 전향하고 바로, 파키스탄 비밀 정보부 내의 요직을 꿰찬 거죠. 비밀 정보부를 속속들이 알고 있는 사람이었으니까. 그러다 이런저런 음모를 꾸미고, 배신과 음모를 거듭하면서, 하산은 파키스탄 정계 최고의 권좌까지 올라간 겁니다.」

「그럼 수상이 사망한 위기에서 정부의 새로운 수반이 된

게 그 사람인가요?」

「특히나, 전 수상을 죽인 테러를 획책한 게 바로 그 사람이죠. 물론 직접 한 건 아니지만요.」

마들렌은 이제 이해가 되기 시작했다.

「대중이 모르는 사실은, 아흐메드 하산의 온몸에 암세포가 퍼져서 살날이 얼마 안 남았다는 겁니다. 그래서 그는 개인적으로 악몽 같은 목표를 설정해 놓았죠. 예전에 탈레반이었던 이 사람은 아직도 근본주의 원리주의자 그대로이고, 자기의 그런 신념을 포기한 적이 한 번도 없어요. 그는 전 인류가…… 자기와 함께 천국에 올라가 정화되어야만 한다고 확신합니다. 그래서 그가 생각해 낸 것이…… 전 지구상 모든 이의 동반 자살을 부추기자는 짓거리입니다. 이것이 서글픈 현실입니다.」

마들렌은 침을 꿀꺽 삼켰다.

「당신들은 왜 진작 그 사람을 체포하지 않았나요?」

「그는 정치적으로 천재거든요. 처음엔 그를 어떻게 해볼 수 있을 줄 알았어요. 그런데 접근하자마자, 우리가 그의 손에 놀아난 겁니다.」

「그의 테러에 희생된 사람들처럼 그를 목표로 테러를 하도록 선동하세요. 어쨌든 그게 그 나라의 전통이잖아요.」

「불가능한 일입니다. 그는 벙커 속에 숨어 살고 있습니다. 그는 지독한 편집광이거든요.」

「그의 부하 장군들 중 한 사람의 손으로 그를 죽이면 되죠.」

「그는 아무도 전복할 수 없을 만큼 체제를 단단히 정비해 놓았답니다.」

「그는 정말 모든 것이 무너지길 원할까요?」

「인도에서는 테러가 시시각각으로 점점 더 많이 일어나고 있어요. 그런데 아무도 그 이야기를 하지 않죠. 왜냐하면 이번 일은 너무 심각하니까요.」

「이해가 안 가네요.」

「스탈린이 이런 말을 했어요. 〈한 사람이 살해되면 극적인 사건이고, 백만 명이 살해되면 그건 통계 수치다.〉 이젠 이미 사람이 죽어도 극적인 사건이 되는 단계는 지났어요. 아흐메드 하산이라는 장군은 이상한 이유로…… 죽음을 좋아해요. 자기뿐만이 아니라 모든 이들의 죽음을 말입니다.」

마들렌은 벌떡 일어나, 다시 창가에 가서 지키고 섰다.

「지금 상황이 그 지경까지 온 줄은 몰랐네요.」

그녀가 잘 들리지 않는 소리로 웅얼댔다.

「인도 군인들을 제지하여 그들이 들고 일어나지 못하게 한다 하더라도, 하산의 통수 하에 있는 파키스탄 군인들은 이미 통제 불능의 지경에 이르렀어요. 그리고 하산은 잃을 것이 없어요. 자기는 이러나저러나 어차피 죽을 몸이라는 걸 아니까요.」

「수백만 명이 단 한 명의 자살광(自殺狂) 뒤를 따를 수는 없어요!」

그는 체념한 듯 슬쩍 미소를 지었다.

「역사가 증명해 주는 사실은 그 반대랍니다.」

그들 뒤로, 두 여자가 서로 손을 잡고 있었다.

「네가 안 보여 안절부절못했단다. 하지만 널 찾아 나설 엄두는 못 내고 있었어.」

대령이 고개를 돌렸다.

「내 이름은 제라르라고 합니다.」

그가 마들렌에게 손을 내밀며 말했다. 이번엔 마들렌이 정겹게 그의 손을 맞잡았다.

「마들렌입니다. 우리 어머니 때문에 죄송해요. 엄마는 항상 아주…… 뭐랄까요? 아주 〈마음이 젊은〉 분이죠.」

「두 분이 함께 계시니 좋아 보여요. 예외적인 상황에 적응하는 것, 그게 당신 연구 주제 중 하나인 것 같은데, 안 그런가요?」

그들은 자리를 옮겨 주방으로 왔다. 주방은 거실과 통해 있었다. 마들렌은 커피 메이커의 전기 코드를 다시 꽂았다.

「심각하게 말하는 겁니다, 마들렌. 이 건은 너무도 중요해요. 당신은 안전이 보장된 실험실로 가서 합류해야 합니다. 그곳에서는 보호를 받으며 합리적인 방법으로 일할 수 있을 겁니다.」

그녀는 천천히 다시 고개를 들어 그를 응시했다.

「저 상자 속에 진짜로 뭐가 들었는지 아세요?」

「짐작은 갑니다.」

「아뇨, 당신은 상상조차 못할 거예요.」

그녀는 그를 이끌고 냉동고 앞으로 갔다.

「아흐메드 하산 장군에게 〈빅 크런치〉 폭탄이 있다면, 내겐 이게 있어요.」

그녀는 상자를 잡고, 접합 부분의 잠금 장치를 조심스레 연 다음 뚜껑을 들어 올렸다. 빛나는 수증기 같은 것이 뿜어져 나왔다.

팡텔 대령은 몸을 굽혀 상자 안을 들여다보았다. 상자 안에는 타조 알 크기만 한 알이 하나 들어 있었는데 〈이브 001〉

이라는 딱지가 붙어 있었다.

대령은 전율을 억누를 길 없었다. 그는 두 눈을 깜박거리며 침을 삼키기 시작했다.

「그럼 이게……?」

그녀가 고개를 끄덕였다.

「신인류의 원형이죠.」

진이 나는 나무를 태우는 불길.

저녁나절 어둠 속으로 불꽃이 피어오르며 베르사유 궁전 뜰의 포석을 발그레한 호박색으로 물들였다.

궁전의 역사적인 벽들엔 담쟁이 덩굴과 꽃들이 빽빽이 자라고 있었다. 활활 타오르는 불길을 둘러싸고 긴 실크 상의를 입은 여자들이 모여 있었다. 어떤 여자들은 조개껍데기에 상감 장식을 해 넣은 은빛 보석이나 투명한 돌로 만든 장신구를 달고 있었다.

레베카가 일어났다. 그녀는 다른 여자들을 향해 말했다.

「내 말을 믿어야 해요. 그들은 정말로 존재했어요. 전설이 아니에요. 옛날에는 지구상에 인류의 수컷이 있었다고요.」

키 큰 금발 여인이 일어섰다.

「그런데 레베카, 인류의 수컷이라는 게 뭐죠?」

갈색 머리 여자가 플라스틱 상자 하나를 내보이더니 거기에서 조심스럽게 잡지 표지 하나를 꺼냈다.

「이건 화석 한 조각과 같아요. 이 한 장 한 장이 그 당시 삶의 모습을 그대로 담고 있지요. 자, 보세요. 오른쪽에 있는 여자는 그 옆의 여자와 다르죠. 이 여자는 턱에 털이 수북이 나 있어요. 가슴도 불룩 나오지 않았고, 어깨는 좀 더 딱 벌어지고, 행동 방식도 달라요.」

키 큰 금발 여인이 대꾸했다.

「그래서요? 같은 여자인데 스타일이 다를 뿐이죠. 그건 아무 증거도 못 되잖아요.」

그러자 아마조네스들은 웃기 시작했다. 레베카가 되풀이했다. 「난 확신해요. 이건 전설이 아니에요. 언젠가 〈제2의 성〉이 존재했어요. 인간의 암컷과 수컷이 있었다고요.」

「그렇다면 수컷들은 어떻게 번식을 했지요?」 금발 여자가 물었다.

「암수 구분이 있는 짐승들처럼 번식했지요.」 레베카가 주장했다.

「그러니까 원시 종(種)이라는 뜻이죠?」 금발 여자가 투덜거렸다.

논란이 점차 격해졌다.

마들렌은 가만히 눈꺼풀을 들어 올렸다.

그녀는 자리에서 일어나 자기 〈꿈 노트〉를 집어 들고, 조금 특별한 이 기억을 최대한 세세히 기록했다. 이것은 많은 생각을 하게 만들었다.

〈어떤 현실이 미래에 존재할 수 있으려면, 누군가가 오늘 꿈에서 그 현실을 보아야 한다. 마찬가지로, 우리의 일상에서 놀라운 것이 있다면 그건 이미 우리 조상들이 꿈에서 본 것들이다. 그리고 앞으로 우리 아이들에게 일어날 좋은 일은 우리 중 누군가가 지금 꿈에서 볼 수 있다. 그걸 기억해 두어야 한다.〉

샤워기 아래에서 빨간 머리를 헹구며 그녀는 머릿속에 생각이 떠오르는 대로 그냥 두었다.

〈만약 미래 가능성의 나무[7] 같은 것이 존재한다면, 그 나무의 가지는 시간이 흘러가면서 점점 더 자랄까? 당시엔 하나의 가설에 불과했던《여자만 사는 미래》가 너무도 발전하다 보니 지금은 정반대의 문제점 —《남자들이…… 존재하던 과거가 있었다는 가설》— 에 봉착했다는 건 이런 식으로 설명이 될 것이다.〉

이런 생각을 하니 그녀는 빙긋 웃음이 나왔다. 그녀는 창가로 갔다. 커튼 뒤에서 그녀는 다시 한번 그림이 내다보이는 창과 마주했다. 파리 시내가 한눈에 내려다보이는 에펠탑과 몽파르나스 탑[8]이 실물같이 느껴질 정도의 극세밀화였다.

그녀는 라디오를 켰다.

「인도의 자이푸르역에서 또다시 테러가 일어나 2백여 명의 사망자와 그 세 배쯤 되는 부상자를 냈습니다. 이번에도 인도 정부, 특히 수상 바순다라 라자는 새로 들어선 파키스탄 정부가 암암리에 지원하는 테러리스트 운동 단체를 범인으로 지목했습니다. 그리고…….」

마들렌은 신경질적으로 라디오를 껐다. 그녀는 고개를 들었다. 천장에는 역시 극세밀화로 그려진 별들이 수놓여 있었다. 8월 15일 밤 파리 하늘의 별자리들.

그녀는 이리저리 돌아다니다 다시 부엌으로 왔다. 부엌

7 〈가능성의 나무〉는 컴퓨터에 인류의 현재와 미래에 대한 모든 가정 조건과 지식을 입력하여 마치 수형도(樹型圖)처럼 전개시키면 인류가 지혜로운 길을 찾아갈 수 있게 된다는 베르베르의 아이디어이다. 더 자세한 내용은 베르베르의 작품『나무』참조.

8 몽파르나스에 세워진 초고층 건물.

창문으로는 또 다른 극세밀화가 내다보였는데, 이번에는 사크레쾨르 대성당이 우뚝 서 있는 몽마르트르 언덕의 전경이었다.

그녀는 시리얼과 두유로 점심을 먹었다. 그리고 달력 쪽으로 몸을 돌려, 달력 한 장을 찢어 냈다.

〈내가 여기 온 지 벌써 3년이다…… 3년.〉

그녀는 설거지를 하고 시리얼 그릇과 접시를 엎어 놓은 뒤, 옛날 자기가 살던 아파트 현관문과 비슷하게 생긴 문을 지나갔다. 그러나 문 뒤로는 계단 대신 널찍한 실험실이 펼쳐졌다.

그녀는 줄지어 있는 컴퓨터들을 따라 걸어가다가 약 5제곱미터 넓이의, 흙이 덮이고 묘석들이 여러 개 비죽 솟아 있는 묘지 같은 곳을 향해 갔다.

그녀는 그중 한 묘석 위로 몸을 굽혔다. 묘석에는 알이 새겨져 있고, 〈이브 001〉이라는 번호가 붙어 있었다.

펠드만상을 타고 도망치던 날로부터 몇 달 후 〈이브 001〉은 안전한 곳에서 부화되었다. 하지만 희망과는 반대로 이 최초의 알에서 나온 아기는 사산이었다.

〈난 많은 생쥐들을 죽였어. 인간 태아도 많이 죽였어. 알 하나하나를 그렇게 할 때마다 난 울었어. 번번이 난 분노했지. 하지만 내겐 다른 선택의 여지가 없었어. 죽은 것들은 《과학의 희생자》들이야.〉

그녀는 아직 손대지 않은 알들이 잔뜩 널려 있는 다른 구역 쪽으로 걸어갔다. 〈빈 알 껍데기〉라는 팻말이 세워져 있었다.

냉동실에 들어가 그녀는 문을 열고 벽장에서 딱지가 붙은

시험관들을 꺼냈다. 피펫을 이용해 약간의 액체를 빨아들였다가 현미경에 달린 얇은 판 위에 그 액체를 짜놓았다.

〈결국 군대란 다른 것보다 더 불쾌하진 않아. 맞아, 나는 지하 20미터 깊이의 벙커 속에 있지만 적어도 여기선 아무도 날 성가시게 안 하고, 내가 원하는 대로 일할 수 있는 여러 수단들을 허용해 주었어. 좋아, 맞아, 불편한 건 고독이야. 난 끊임없이 생각하고, 꿈꾸고, 혼자서 말을 하지. 심지어 레누아르 교수가 아쉬워질 지경까지 왔어. 그가 여기 있다면 벌써부터 내 어깨 너머로 날 감시하면서 말을 시키고 할 텐데…….〉

「안녕, 마들렌, 잘 있었어요?」

그녀는 뒤를 돌아보았다. 가슴에 색색의 기념장이 달린 군복을 말끔히 갖춰 입고 손에 군모를 든 대령이었다.

「들어오기 전에 초인종을 누르시지 그랬어요.」

그녀가 나무랐다.

그는 그녀에게 꽃다발을 내밀었다.

「죄송! 깨어 있는 줄 몰랐어요. 혹시나 하면서 이 꽃만 놓고 가려고 온 거예요. 미안해요.」

그는 정말로 어찌할 바를 모르는 것 같았다.

〈제라르 팡텔 대령은 나를 세세하게 배려해 준다. 인간 알을 만들기 위해 그에게 난자와 정자를 상당량 부탁했는데, 그는 친절하게도 지체 없이 그 모든 걸 제공해 주었다. 그는 열의가 넘쳤다. 나중에 안 사실이지만, 심지어 그는 내게 말도 않고 미스 프랑스의 난자들을 갖다 주기까지 했다. 사람들이 윤리 문제로 한 번도 사용하지 않고 따로 보관해 두었던 난자들 말이다. 아마도 난자 은행 사람들은 이 〈미인의〉

난자가 지나친 성공을 거둘까 봐 두려웠나 보다. 육체적으로 〈예쁜〉 여성들을 가지고 마침내 하나의 세계를 만들어 낸다는 게 재미있게 생각되었다.

특히 나는, 똑같은 이유로 아직 사용되지 않은 노벨상 수상자의 정자와 미스 프랑스의 난자를 교배했다. 물론 도덕 연대 사람들이 우생학에 반대하며 질러 대는 소리가 벌써부터 귀에 쟁쟁했다. 아마 제라르 팡텔은 일부러 그랬던 것 같다. 한번은 그가 내게 말하길, 자기가 생각하는 이상적 세계란《잘생기고 똑똑한 사람들》의 세계라고 했으니까……. 군인다운 생각이었다. 난 그에게, 그런 특성들이 반드시 유전하는 것만은 아니라고 설명해 주었지만 그는 이렇게 대답할 뿐이었다.《그래도 그게 분명히 훨씬 유리하겠죠.》방사능 누출에 견뎌 내는 생명 형태를 만들어 내는 데 성공한 이상, 나로서는 아무래도 상관없었다……. 예쁜 여자든 아니든…… 심지어 못생긴 여자의 난자와 죄 지은 난폭하고 나약한 죄수의 정자를 사용할 수도 있었다.〉

마들렌은 그가 준 꽃다발을 받아 들고 고맙다고 하며 투명한 꽃병에 물을 가득 채웠다.

「뉴스 들었어요?」

그가 물었다.

「인도에서 일어난 테러 사건? 사태가 심각한 것 같아요?」

「아직은요. 수많은 테러 중에 또 한 번 터진 사건일 뿐이죠. 인도는 마치 작은 생쥐에게 물어뜯기는 커다란 코끼리 같아요. 10억이나 되는 인도 사람들은 수많은 테러를 당하면서도 움직이질 않잖아요. 천 년 넘은 그들의 철학이 비폭력을 가르쳐 줬나 봐요. 그들은 아무 대응도 안 할 거예요.」

「하지만 군인들은 어떤 가능성에도 대비하면서 비상 대기 중일걸요?」

「군인들은 정치인들에게 좌우되잖아요. 공식적으로는, 아무 일도 일어나지 않아요. 그런데 당신은, 당신 연구는 어디까지 진행됐나요?」

그녀는 알들이 커다란 알 받침대 위에 놓여 있고 그 위로 주황색 빛이 비치는 방으로 그를 데리고 갔다.

그는 돌아서서 그녀를 보았다.

「얼굴이 안 좋네요, 마들렌. 안색이……. 올라가서 바깥바람 좀 쐬고 와야겠어요.」

「괜찮을 거예요.」

「끝없이 이렇게 유폐 생활을 할 수는 없어요. 그러면 여기서 건강을 잃고 쓸모없게 되어 버릴 거예요. 당신도 그걸 바라는 건 아니죠?」

「대령님, 온몸을 갉아먹는 것처럼 강렬한, 그런 열정을 체험해 보셨나요?」

「물론이죠. 우리나라의 안전이 나의 열정입니다.」

「인류라는 종의 생존이 내 열정이에요. 인류만 살아남는다면 내 일신의 안락 같은 건 전혀 상관없어요.」

「당신은 잘못 생각하고 있는 거예요. 일을 잘하려면 바람을 쐬어야 합니다.」

「외출하려면 죽을 위험, 내 작업을 끝내지 못할 위험을 감수해야 해요. 내 생명은 이제부터 내 것이 아니에요.」

「내가 당신 곁에 있으면, 당신은 안전할 겁니다. 나와 함께 있으면 당신은 아무 위험도 없어요.」

「만약 내 아파트로 쳐들어왔던 그놈들이 날 다시 찾아낸다면요?」

「내가 보호해 드리죠. 날 믿으세요. 당신의 안전이 나의 최우선 과제니까 말입니다. 하지만 당신의 건강도 마찬가지죠.」

「그런데 나는 지표면에서 멀리 떨어져서, 또 군중과 멀리 떨어진 채로 지내야 할 것 같아요. 이제 인류를 생각하면, 마치 들쥐들처럼 절벽 길로 접어든 눈먼 양 떼 같기만 해요. 딱 한 사람이 물속에 뛰어들면 다른 모든 사람들이 그렇게 따르지요. 난 멀찌감치 떨어져 있어야 이들을 도와줄 수 있어요.」

대령은 주황색 불빛 아래 줄지어 늘어서 있는 알들 곁으로 다가갔다. 각각에는 〈이브〉라는 이름과 세 자리 숫자가 붙은 명찰이 달려 있었다.

「정말, 오늘은 특별한 날이네요, 마들렌.」

「아, 그래요?」

「당신 생일이에요…….」

「어머, 까맣게 잊고 있었는데.」

「우리 어머니와 당신 어머니가 깜짝 파티를 해주기로 하셨대요.」

「뭐라고요?」

「당신 의견도 물어보지 않고 그랬다는 거, 알아요. 하지만 괜찮잖아요. 두 분은 벌써 오늘 저녁 식사를 위해 근사한 식당까지 예약해 놓았어요.」

그녀는 머리를 세차게 내저었다.

「말도 안 돼요! 난 지금 첫 부화의 결과를 얻어 낼 참인데. 세상 없는 걸 준다 해도 이것만은 망치고 싶지 않아요.」

그녀는 주황색 빛이 강하게 비치는 유리창 달린 방으로 그

223

를 데리고 갔다. 다른 것과 분리되어 작은 상자에 놓인 알 하나가 기다란 소용돌이 모양의 수증기로 뒤덮여 있었다.

온도계는 섭씨 37.2도를 가리켰다.

「〈이브 103〉 알은 조금만 있으면 품은 지 18개월이 돼요. 방사선을 찍어 보면 태아는 태어날 때가 거의 다 되었어요. 부화할 태세를 갖추고 있어요. 조금의 결함도 없이 성숙 단계에 이른, 최초의 인간 알이에요.」

그녀는 스크린에 불을 켰고, 그는 끈끈한 액체 속에서 천천히 헤엄치는 것같이 보이는 희끄무레한 태아의 형체를 알아보았다.

「18개월? 사람의 임신 기간은 9개월인데……」

「틀렸어요. 18개월이 인간의 정상 임신 기간이에요. 태생이었을 때는 9개월 있으면 밖으로 내보내지게 되지요. 여자의 골반이 너무 좁아 완전히 성숙한 태아는 그리로 빠져나갈 수 없기 때문이죠.」

「그럼 우리가 모두 조산아란 말입니까?」

팡텔 대령이 어처구니없어하며 물었다.

「물론이죠. 군대 용어로 하자면, 대포의 포구가 너무 좁아서 포탄이 빠져나가지 못하기 때문이랄까요. 옛날에 아기 낳다가 과다 출혈로 죽는 여자들이 아주 많았다는 걸 생각해 보세요. 덩치가 너무 큰 아기들이 나오면서 자궁 경부를 찢어 놓기 때문이죠.」

장교는 납득이 되지 않는 것 같았다.

「의심이 가면, 당신을 말에 한번 비교해 보세요. 말은 어미 배 속에 18개월 동안 있다가 나오는데, 출산 후 몇 분이면 벌써 망아지가 경중경중 뛰어다니며 저 혼자 알아서 젖을 빨아

먹잖아요. 그런데 배 속에 9개월 동안 있다가 태어나는 사람의 아기는 걷지도 못하고 혼자 젖을 빨지도 못해요.」

「과연, 그럴 법한 이야기네요. 그러니까 18개월이 지난 당신의 〈이브 103〉이 곧 부화할 준비가 되어 있다, 이거죠?」

그녀가 고개를 끄덕였다.

「〈이브 103〉…… 이 알은 이미 독물에 면역이 되어 있어요.」

마들렌이 버튼 하나를 돌리자 스피커에서 태아 심장 뛰는 소리가 울려 퍼졌다.

「미트라다테스 왕이 매일 아주 조금씩 독약을 복용해서 자기 몸이 독약에 길들도록 한 것처럼 말이죠.」

「〈이브 103〉 알을…… 방사능에 길들도록 만드는 거군요. 방사능이라는 독이 더 이상 그 알에 아무 영향을 미치지 못하게 말이죠.」

「바로 그거예요. 알은 항상 방사선에 노출되어 있고, 그 방사선의 양을 내가 조금씩 조금씩 늘려 가죠.」

그녀가 키보드를 탁탁 치니 녹색 섬광이 간헐적으로 하얀 알을 에워쌌다.

「그래서 태어날 땐 이런 면역 덕분에 완전히 저항력을 갖추게 되지요.」

「마들렌, 당신은 천재예요! 하지만 무척이나 창백한 천재, 그리고 오늘은 천재의 생일이네요. 자, 실험실 밖에서 한 시간쯤 보낸다 한들 당신의 연구에 크게 해가 될 것 같진 않군요. 암탉들이 알을 품을 때도 내내 품고만 있는 건 아니잖아요.」

방탄 장비를 갖춘 자동차 행렬이 에펠 탑 앞에 멈추었다.

이어폰을 귀에 꽂은 경호원들 한 무리가 재빨리 차에서 내렸고, 뒤이어 팡텔 대령이 마들렌 발렘베르의 한 팔을 부축하며 따라 내렸다.

마들렌은 바깥세상의 신선한 공기를 감미롭게 들이마셨다. 얼마간 그녀는 별이 총총한 하늘을 그윽이 바라보았다. 진짜 하늘을.

탁 트인 곳에서 산다는 게 얼마나 쾌적한지 그녀는 잊고 있었던 것이다. 냄새, 살갗을 스치는 바람, 모든 것이 황홀하기만 했다.

벌써부터 그곳에 와서 진을 치고 있는 경찰들과 한 무리의 사진 기자들이 정보가 이미 새어 나갔음을 증명해 주었다. 사람들은 그녀를 기다리고 있었다. 마들렌은 덫에 걸린 듯한 느낌이었지만, 옆에 대령이 있어 안심되었다. 사진 기자들은 그들의 행렬이 에펠 탑 2층 쥘 베른 식당으로 올라가는 엘리베이터에 이를 때까지 마구 플래시를 터뜨려 댔다.

예약된 식탁에서, 카린과 마리 조제핀은 벌써 샴페인을 잔에 따르고 있었다.

「생일 축하해, 마들렌!」

두 여자가 입을 모아 외쳤다.

마들렌은 이렇게 세상과 다시 접촉하는 것을 기뻐하며 자리에 앉았다. 제라르 팡텔이 여전히 경계를 늦추지 않고 그녀 옆에 앉았다.

식당 지배인이 검은 알갱이들로 가득한 작은 잔들이 담긴 무거운 쟁반을 들고 왔다.

마들렌이 물었다.

「이게 뭐죠?」

「캐비어야.」

「미안해요. 알 만드는 일을 하게 된 다음부터는 더 이상 그런 건 못 먹겠어요. 생선알도 달걀도, 타라마[9]도, 메추라기 알도 다 못 먹겠어요. 모든 존재는 충분히 성숙한 연령이 될 때까지 살 권리가 있다는 느낌이 들어요.」

「이런, 내가 그 생각을 했어야 하는 건데. 그럼…… 어린 상태의 고기도 못 먹죠. 그러니까 송아지고기나 어린 양고기도요?」

제라르 팡텔이 말했다.

「어린 돼지고기, 어린 멧돼지고기 모두 못 먹어요…….」

그는 그녀에게 음료를 따라 주고 채식 요리를 주문했다.

카린이 잔을 들었다.

「알을 위하여!」

「성장하는 어린이들을 위하여!」

마리 조제핀이 장단을 맞추었다.

「모든 장애에도 불구하고 영속하는 삶을 위하여!」

마들렌이 이어 말을 받았다.

「여성들을 위하여! 시인 말마따나 저는 〈여자는 남자의 미래〉라고 생각해요.」

대령이 유쾌하게 외쳤다.

「여성들을 위하여!」

두 어머니가 입을 모아 외쳤다.

마들렌은 꼼짝하지 않았다. 마치 갑자기 무슨 재앙이 일어났다는 소식이라도 들은 것처럼.

---

9 달걀과 생크림을 섞어 만드는 그리스 요리.

「왜, 뭐가 못마땅해요? 내가 바보 같은 소릴 했나요?」

대령이 물었다.

그녀는 망설이다 마침내 실토를 했다.

「남성 알들은 모두 품은 지 1주 만에 죽어요. 오직 여성 알만이 10개월 이상 버텨요.」

그는 그녀에게 샴페인을 따라 주었다.

「다시 말해서…… 전쟁이 날 경우, 만약 그 미친 파키스탄 수상이 〈빅 크런치〉를 사용한다면, 그래서 내 알들이 생명을 보존한다면, 그러니까 알들이 독극물에 이미 면역되어 있으니까 잘 부화하고 견뎌 낸다면, 그렇다면 지구에는 여자들만 살게 될 겁니다.」

「아…… 인류는 그럼 거기서 끝이겠죠.」

「아뇨, 이것이 우리 어머니의 대발견이거든요. 여자들이 단성 생식에 의해 번식하게 될 수도 있습니다.」

「도마뱀 〈레피도닥틸루스〉처럼요? (대령은 샴페인 잔을 식탁에 내려놓았다.) 그럼 클론이 생기나요?」

「가장 놀라운 게 그거야. 클론 모두는 각기 다른 유전자 프로그램을 나타내지. 형태나 특성 면에서 아주 다양화하게 되는 거야.」

카린이 끼어들었다.

침묵이 깔렸다.

「오늘 우리는 네 생일을 축하한단다. 하지만 축하해야 할 또 다른 한 가지가 있단다. 마들렌, 네 어머니와 나…… 우리 계약 동거하기로 했어.」

마침내 마리 조제핀이 말했다.

「세금 문제도 그게 훨씬 실용적이야.」

카린이 조금 거북해하며 덧붙였다.

두 여자는 서로 손을 잡았다.

마들렌은 금방 미소를 되찾았다.

「좋은 계약이에요!」

「〈이브 103〉을 위하여!」

제라르가 일어서면서 말했다.

「〈이브 103〉을 위하여!」

나머지 사람들도 축배를 들기 위해 차례로 일어서면서 말했다.

그들은 다시 자리에 앉았다. 식당 지배인이 다른 요리들을 날라 왔다.

마들렌은 몸을 숙이고 옆에 앉은 대령의 귀에 속삭였다.

「내 알들 중에 여러 개가 실패했어요. 어째서 〈이브 103〉은 끝까지 살아남은 첫 번째 알이 되었을까요? 어떠어떠하지만 않으면 된다는 조건들이…… (그녀는 집중적으로 그것을 탐색했다) 〈이브 103〉을 만들기 위해 난 당신이 작년에 건네준 정자 가운데 마지막 남은 것을 사용했어요……. 심지어 액화된 질소 속에서도 그 정자들은 더욱 〈젊고 싱싱해〉 보이더군요. 난 젊은 정자를 식별할 줄 알아요. 당신이 내게 공급하는 재료들의 질에 대해 매우 주의 깊게 따지니까, 나 또한 심사숙고하는 거죠.」

대령은 불현듯 자기 접시 위의 요리에 관심을 기울였다.

「……그건 나였어요.」

그가 중얼거렸다.

「당신의 정자란 말이지요?」

마들렌은 깔깔 웃음을 터뜨렸다. 대령은 당황해서 눈썹을 치커 올렸다.

「왜 웃어요?」

「나도 같은 생각을 했으니까요. 난 내 난자를 사용했어요.
〈이브 103〉은 그러니까…… 우리의 아이네요. 다시 말해서
〈우리 알〉. 일급 모델도 아니고, 노벨상 수상자도 아니고, 그
저 우리 두 사람이 만든 태아.」

마들렌이 소곤거렸다.

「그러니까 우리는…… 같이 자지도 않았는데 부모가 되
네요.」

「그런 것 같아요.」

그는 짐짓 태연한 척하려고 넥타이를 고쳐 맸다.

마들렌의 태도는 신중했다.

「……만약 그 알이 살아남는다면, 딸들이 태어날 수밖에
없어요. 그리고 아마 그 딸들은 또 딸만 낳게 될 거예요.」

「여자들 세상?」

마리 조제핀이 끼어들었다.

「적어도 그 애들은 전쟁을 할 생각은 덜 하겠네. 여자들은
생명을 낳기 때문에 남자보단 좀 더 생명을 존중하는 경향이
있거든.」

「저는요, 괴물을 만들고 있는 프랑켄슈타인 박사가 된 것
같은 느낌이 들어요.」

마들렌이 털어놓았다.

「곤충 세계는 이미 그렇게 움직이고 있다고 당신이 말해
줬잖아요. 그런데 곤충들은 우리 인간보다 훨씬 오래전부터
지구상에 존재해 왔어요. 아마 그것이 모든 사회적 종(種)의
보편적인 진화 과정인가 보네요. 여성화 말이에요.」

「아마 당신 말이 맞을 거예요. 우리 눈에 그게 끔찍하게 보이는 건 우리가 그 사회를 현재의 사회와 비교해서일 거예요. 하지만 미래의 우리 딸들에겐 선택의 여지가 없잖아요…… 심지어 우리 딸과 손녀들은 남자가 존재했었다는 사실조차 잊게 될 거예요.」

「마치 더 이상 남자를 찾지 않는 도마뱀 암컷처럼 말이죠.」

대령이 생각에 잠겨 빙긋 웃었다.

「언젠가는 지구상에 여자들만 남고, 남자들은 전설 속으로 사라지리라.」

「뭐라고 했어요?」

마들렌이 소스라쳐 놀라며 물었다.

「언젠가 지구는 여자들의 것이 되고, 남자들은 논리적으로 당연히…… 잊히게 될 거예요. 그리고 옛날에 남자들이 있었다고 얘기한다 한들 그 말은 믿기지 않을 테고요. 남자들은 그러니까 일종의 신화가 되어 버리겠죠.」

「그건 바로 내 꿈에 나왔던 문장인데요.」

그녀가 말했다.

그녀가 두 눈을 감자 레베카의 온화한 얼굴이 떠올랐다.

1. 광물

2. 식물

3. 동물

4. 사람

그다음엔 무엇?

5. 여자?

그때, 현관 근처에서 격한 음성이 들려왔다.

백발의 한 남자가 들어오려다 경호원들의 제지를 받고 있었다.

카린이 즉시 개입해 그 남자를 이쪽으로 오게 했다.

「마들렌, 너와 같이 일하던 분이야. 펠드만상 수상식 때 이분이 어찌나 너를 좋게 말씀하시던지. 네 생일날 이분을 오시라고 하면 네가 좋아할 거라고 생각했단다. 한참 전부터 이분이 널 꼭 만나게 해달라고 하셨어.」

미셸 레누아르 교수는 겁을 먹은 것 같았다.

「마들렌…… 우리가 같이 했던 연구를 비밀리에 혼자 계속하고 있다는 거 알아요. 혹시 내가 조수로 필요하지 않을지 물어보고 싶었어요.」

마들렌은 잠시 옛 상사를 찬찬히 뜯어보았다.

「고맙습니다, 미셸 교수님. 이젠 혼자서도 아주 잘 해나가고 있어요.」

「당신이 떠난 뒤로, 우리 연구소에 대한 지원금이 대폭 삭감됐어요. 난 해고되었고.」

그녀는 조금 연민을 담아 그를 바라보았다. 얼마 전까지만 해도 이 사람 때문에 벌벌 떨었는데……. 그는 리본을 맨 작은 꾸러미를 그녀에게 내밀었다.

「어쨌든, 생일 축하해요, 마들렌.」

그녀는 꾸러미를 풀어 보았다. 포장을 뜯자 연보랏빛 가죽 상자 속에 보석을 박은 작은 손목시계가 반짝이고 있었다.

「멋져요, 정말. 감사합니다, 미셸 교수님.」

「어서 손목에 차봐요. 잘 어울리나 보고 싶으니.」

그녀는 보석 시계를 손목에 차보았다.

「평소 이런 거 안 차고 다닌다는 거 알지만, 지금부터라도 차고 다니면 좋을 거예요.」

왕년의 미래 생물학 연구 부서장이었던 미셸 교수는 그사이 엄청나게 늙어 버린 것 같았다.

「그리고, 잘 알겠지만, 이제부턴 1분 1초가 중요하다고 생각해요. (그는 벌써 당황스러워하며 뒤로 물러서고 있었다.) 하지만 더 이상 당신을 방해하지 않을게요. 고맙습니다, 발렘베르 여사. 따님을 다시 만날 수 있도록 허락해 주셔서요.」

식당 지배인이 이어지는 어정쩡한 순간을 틈타 앞으로 나섰다.

「후식 메뉴 보여 드릴까요?」

대령의 휴대 전화가 옛날 전화벨 소리를 내며 울렸다. 누구로부터 걸려온 전화인지 확인한 후 대령은 수화기를 귀에 댔다.

그의 낯빛이 창백해졌다.

「무슨 일이야, 제라르?」

그의 어머니가 물었다.

그는 튀어 오르듯 벌떡 일어나더니 마들렌의 팔을 잡아 끌었다.

「긴급 상황입니다! 죄송해요!」

말이 끝나기가 무섭게 두 사람은 에펠 탑 엘리베이터 쪽으로 재빨리 뛰어갔다.

1층에 이르자 그는 마들렌을 군용차 속으로 밀어 넣고, 운전사에게 운전석 좀 내달라고 부탁하더니, 차를 몰고 큰길로 내달렸다.

「도대체 무슨 일이 일어난 건지 말 좀 해주실래요?」

마들렌이 물었다.

대답 대신 대령은 라디오를 켰다.

〈……몇 분 전에 발생한 믿을 수 없는…… 예기치 못한 이 설상가상의 테러로 뉴델리와 이슬라마바드에서는 이미 수백만의 사망자가 발생했습니다. 그렇지만 새로운 미사일들이 탐지되었다는 보고가 들어오고 있으며…… 또…….〉

대령은 라디오를 끄고 운전에 집중했다.

그는 속도를 내어 버스가 다니는 차로로 접어들더니, 보도로 올라갔고, 행인들은 황망히 피했다.

「실험실에서 절대 나오지 말았어야 하는 건데!」

마들렌은 속으로 분노를 삭였다.

갑자기 어디서 나타났는지 사륜구동 랜드로버 한 대가 그들이 탄 차를 측면에서 들이받았다. 마들렌은 전에 자기를 뒤쫓던 세 남자의 모습을 확인했다. 수염을 기른 사람이 운전대를 잡고 있었다.

대령은 소총을 꺼내 차창 너머로 쏘아 댔다. 그는 가속 페달을 밟아, 한숨 돌릴 수 있을 만큼 그들을 멀리 따돌렸다.

「어떻게 우릴 찾았을까?」

마들렌이 놀란 목소리로 말했다.

「손목시계! 그걸 풀어요! 당신의 그 친절한 동료 교수가 새로운 물주를 찾은 게 틀림없어요! 그 시계에 위치 추적 장치가 달린 거예요.」

마들렌은 얼른 그 보석 시계를 차창 밖으로 던져 버렸다.

그들이 탄 차가 마들렌의 차를 조금씩 따라잡아, 결국 여러 차례 가속하게 만들었다. 제라르는 온갖 위험을 무릅쓰고 반대 방향으로 차를 몰기도 하고, 빨간 신호등을 무시하고 달리기도 하여 급커브를 돌 때마다 차 바퀴에서 끽끽 마찰음이 났다.

그들은 군사 실험실 방향으로 난 국도를 탔다. 랜드로버가 아직도 뒤를 쫓고 있었다. 그런데 갑자기 작은 길에서 트럭 한 대가 나타났다. 제라르는 반사적으로 그 차를 피하려고 핸들을 급격히 꺾었지만 차는 튕겨 나가 옆으로 몇 바퀴 데굴데굴 구르다 나무를 들이받고 섰다. 마들렌은 그 직전에 의식을 잃었다.

레베카는 서서히 물속으로 들어갔다. 그녀의 머리가 센강의 투명한 물속에 잠기자, 온몸이 물속에 들어갔다. 수면 아래에서 그녀는 연보랏빛과 분홍빛이 섞인 얼룩으로 풀어지더니, 하나의 물방울로 변했고, 이윽고 완전히 사라졌다. 그녀와 함께 있던 여자들도 하나둘 그렇게 강 속으로 녹아 들어갔다.

시간의 속도가 빨라졌다.

물은 투명함을 잃고 탁해지더니, 불투명하게 변했고, 이어 진흙빛이 되었다. 하늘에는 길게 풀어 헤친 스카프처럼 구름들이 빠르게 흩어졌고, 해가 모습을 드러내어 맴돌다 다시 구름 뒤로 사라졌다가 점점 더 빨리, 황홀한 형태를 되찾았다. 개선문도 같은 리듬으로 그 식물적인 호사로움을 잃어버렸다. 오래된 흰 돌들이 마치 생생하고 두꺼운 살을 다 발라낸 뼈처럼 하나씩 드러나기 시작했다.

시간의 속도가 더욱 빨라졌다.

샹젤리제 대로의 보도는 포장 아스팔트가 풀과 꽃을 삼켰다. 에펠 탑은 바로 아래의 샹드마르스 공원에 모피처럼 둘렀던 식물들을 다 떨구고 녹슨 철골을 드러냈다. 외곽 순환 도로에는 타조와 화식조들이 끄는 마차와 수레들이 그것을 몰던 여자들과 함께 증발했다. 파리의 도로상에는 만신창이가 된 차체의 구조물들과 흐트러진 인간의 뼈들이 무사마귀처럼 불쑥불쑥 솟아났다. 곳곳마다 모래와 바위가 영토를 재점령했다. 동식물 세계에 대한 광물 세상의 최종적 승리였다.

곧이어 먹구름이 나타나 차츰 더 밀도 높은 구름으로 변했다. 구름은 붉은 섬광을 발하다가 주황빛으로 바뀌었다. 퍼져 있던 빛은 노란 띠를 두른 원통형 빛다발이 되었다.

원자 버섯이 거꾸로 폭발했다. 버섯은 크기가 줄어들어 불덩어리가 되었다가 이어 단순한 폭죽처럼 변했다가 급격히 사그라졌다.

마들렌 발렘베르는 전율했다. 또 다른 폭발이 그녀의 의식을 일깨웠다. 그리고 또 한 번.

「마들렌! 마들렌!」

그녀는 가까스로 눈꺼풀을 들어 올렸다. 코도 입도 없는 얼굴이 그녀와 마주하고 있었다. 그리고 쭉 뻗은 손. 그녀는 방향이 거꾸로 된 제라르 팡텔의 얼굴을 알아보았다.

「움직일 수 있어요?」

그가 걱정스럽게 물었다. 그녀는 이 영상을 제대로 된 방향으로 돌려 놓으려고 애썼다.

관자놀이 부분에 바늘 끝같이 찌릿한 고통이 전해져 왔다. 안전띠로 묶인 몸이 아직도 머리를 아래로 하고 있었다. 제라르가 안전띠를 풀어 주고 좌석에서 살살 끌어냈다. 세상이

다시 올바른 방향으로 자리를 잡았다.

「괜찮아요?」

「모르겠어요.」

「어서 여길 떠나야 해요.」

그는 그녀가 서서 지탱하도록 도와주었다. 그녀는 뜨거운 액체가 이마를 간질이는 것을 느꼈다. 손을 대보니 피였다. 어딘가에 부딪힌 것이 틀림없었다.

그때야 그녀는 뒤쫓아오던 세 남자와 신원을 알 수 없는, 아마도 트럭 운전수인 듯한 한 남자의 시체를 식별할 수 있었다.

제라르는 아직도 자동 소총을 손에 들고 있었다.

그녀는 꿈속에서 들리던 폭발음이 이 총에서 나는 소리였다는 걸 깨달았다.

「얼른 실험실로 돌아가야 해요!」

이미 젊은 대령은 뒤쫓던 사람들이 탔던 랜드로버의 운전석에 앉아 있었다.

그는 차에 시동을 걸었다.

비틀거리며, 그녀는 좌석에 앉아 안전띠를 맸다. 그리고 라디오를 켰다.

〈보복 사격이 자동적으로 시작되었고, 그리고…… 뭐라고요? 나토의 레이더가 방금 이슬라마바드 지역에서 쏘아 올린 미지의 미사일을 포착했으며, 이 미사일은 모든 안전장치를 뛰어넘어 날아오는 것 같습니다……〉

대령은 거친 동작으로 라디오를 꺼버렸다.

「지금 상황으로는 우선 움직이고 나중에 정보를 얻는 게 낫겠어요.」

랜드로버의 계기판은 시속 2백 킬로미터 이상을 가리켰다. 그들은 불안한 밤 속으로 질주했다.

마들렌은 두 눈을 감고 다시 미래 속으로 들어갔다.

차체의 구조물들과 뼈들이 사라지고, 식물과 꽃들이 다시 나타나는 것이 보였다. 다시금 담쟁이 덩굴이 땅에서 올라와 에펠 탑, 사크레쾨르 대성당, 루브르 박물관, 개선문을 뒤덮기 시작했다. 센강은 맑아졌다.

레베카는 물에서 나와 몸을 말리고 타조 쪽으로 걸어갔다. 그녀는 깃털 달린 군마 역할을 하는 이 새의 등에 안장을 얹을까 말까 망설였다.

〈이처럼 미래는 아직 결정되지 않았다. 앞으로 몇 초 후면 결정될 것이다. 아직은 모든 것이 가능하다.〉

대령은 가속 페달을 끝까지 밟고 차들 사이를 갈지자로 누비며 운전해 갔다.

군대 전용 실험실 앞에 다다른 그들은 보초들이 서 있는 초소 앞에서 속도를 늦추지 않은 채 차단용 가로 막대를 그대로 부수고 들어갔다. 브레이크가 파열되었다. 차 문이 열리면서 대령이 마들렌의 팔을 끌고 차에서 뛰어내렸다.

마그네틱 카드로 그들은 안전장치를 모두 통과하여 건물 지하로 내려가는 엘리베이터를 타고 콘크리트와 강철 아래 깊은 곳으로 내려갔다.

마들렌은 아직 몇 분 더 지나야 비밀 실험실이 있는 맨 아래층에 도달한다는 것을 알고 있었다.

〈지구의 앞날이…… 내가 앞으로 몇 초 안에 성취할 일에 달려 있다.〉

그녀는 스스로 용기를 북돋우려고 이 말을 자꾸 반복했다.

그러나 여전히 움직일 수가 없었다. 그녀는 미래에 관한 자기 꿈이 어떤 것이었는지 알아보려고 두 눈을 감았다.

레베카는 타조 등에 타고 다각다각 달려갔다. 그녀는 녹색 식물로 뒤덮인 몽파르나스 빌딩 맞은편 지하철 출구 앞에서 멈추었다. 그녀는 타조의 고삐를 말뚝에 걸었다. 지하철 입구는 식물들로 꽉 막혀 있었다. 레베카가 횃불을 밝히고 리아나 덩굴을 치워 가며 지하철 구내로 깊이 들어가 멈춰 선 에스컬레이터를 걸어 내려갔다. 그녀는 승강장을 따라 걸어가면서 계속 연기 나는 횃불로 앞을 밝혀 가며, 기적처럼 전혀 파손되지 않은 신문 판매대 쪽으로 다가갔다. 판매대의 유리창엔 단 한 권의 잡지만 있었다. 유명 인사 한 쌍이 표지에 나와 있는 잡지였다.

마들렌은 그 사진을 알아보았다. 미래의 레베카가 바로 자기, 마들렌 발렘베르와 팡텔 대령이 손을 잡고 방탄 장치가 된 리무진에서 내려 에펠 탑 2층의 쥘 베른 식당으로 가는 모습을 담은 광택 나는 종이 표지를 물끄러미 보고 있었다. 흰색 글씨로 커다랗게 제목이 쓰여 있었다.

〈올해 펠드만상을 수상한 유명 과학자 마들렌 발렘베르와 팡텔 대령, 그녀의 생일을 맞아 특별 외출.〉

〈이런 미래는 그러니까 가능하구나. 다시 돌아오는구나…….〉

마들렌은, 사진을 발견하고 그 의미를 이해하려 애쓰는 레베카의 놀라움을 자기 꿈을 통해 느꼈다. 레베카가 혼잣말하는 소리가 들렸다.

〈이런 과거는 그러니까 가능하구나…….〉

두 여자 모두 이런 생각을 했다.

〈어떻게 남들에게 알리지?〉

갑자기 엘리베이터가 탁 멎었다. 그 충격으로 마들렌과 팡텔 대령은 엘리베이터 벽에 쿵 부딪혔다.

빨간 불이 깜박이며 비상경보가 울리기 시작했다.

「무슨 일이죠?」

마들렌이 물었다.

물음에 답하기라도 하듯, 지진같이 엄청난 요동이 시작되었다. 거의 반 시간 동안 엘리베이터는 케이블에 묶인 채로 흔들렸고, 구역질이 난 그들은 잇달아 토했다. 마침내 흔들림이 멈추자, 엘리베이터의 스피커로 경고 방송이 반복해서 흘러나왔다.

〈4단계 경보가 발령 중입니다. 지상의 방사능 유출 정도는 치사 수준입니다. 출구 모두 봉쇄. 공기 정화 장치 가동 시작. 지상에 있는 전원 즉시 대피. 다시 한번 알립니다. 4단계 경보 발령 중…….〉

이미 제라르 팡텔은 소총을 쏘아 엘리베이터 천장 뚜껑 문의 접합 부분을 제거하고 마들렌을 금속 우리 같은 엘리베이터에서 밀어 올려 밖으로 내보냈다. 두 사람은 엘리베이터 몸체 위에 올라섰다. 그는 그녀를 격려해 케이블 선을 잡고 더 아래층까지 계속 내려가게 했다.

마들렌은 두 손이 피투성이가 되었지만 이를 악물고 1미터 1미터 계속 내려갔다.

〈지구의 앞날이…… 내가 앞으로 몇 초 안에 성취할 일에 달려 있다.〉

맨 아래층에 먼저 도착한 제라르는 다시 소총으로 작은 뚜껑 문을 제거했다. 이어 그는 전기선을 조작하여 엘리베이터

문이 열리도록 했다. 그리고 마침내 내부로 들어와서는 똑같은 방식으로 기압 조절실 문이 다시 닫히게 했다.

이제 그들은 실험실 안에서 안전한 상태가 되었다.

그들은 긴 한숨을 내쉬며 서로를 쳐다보았다. 이제 자기들은 목숨을 구했다는 걸 알았지만, 다른 사람들, 가족들은? 그들 주위로 모든 표시등이 깜박이고, 사이렌 소리가 사방에서 울렸다.

「4단계 경보, 4단계 경보!」

대령은 재빨리 실험실 외부 통신용 책상으로 갔다. 대부분의 텔레비전 스크린 위로 전자파만 하얗게 치직거렸다. 지상의 비디오카메라와 연결된 스크린에는 줄지어 타는 불과 연기가 확실히 잡혔다.

제라르 팡텔은 수화기를 들고 여러 차례 번호를 눌렀지만 아무런 응답이 없었다.

뒤에서 스피커가 경보를 울려 댔다.

「자동 폐쇄. 출구 잠김. 내부 환기 장치 가동 시작. 공기 정화 장치 가동. 4단계 경보.」

제라르는 비상 통신 장비를 가동하려 해보았으나 소용없었다. 그는 한참 동안 기계와 씨름하다가 의자 위에 털썩 주저앉고 말았다. 포기한 것이었다.

그녀는 망설이다가 중얼거렸다.

「키스해 줘요.」

그는 잘못 들은 줄 알았다. 하지만 그녀는 한사코 그렇게 말했다.

「우리는 아마 사랑을 나누는 마지막 인간이 될 거예요. 우리 자손들에게는 말도 안 되는 것으로 보일 행위를 두 사람

이 마지막으로 한 번 더 실행했으면 해요. 남자와 여자 사이에 이루어지는 태생의 생식 행위 말이에요.」

그는 그녀를 꼭 껴안고 열정을 다해 키스했다.

〈지구의 앞날이…… 내가 앞으로 몇 초 안에 성취할 일에 달려 있다.〉

이 말이 이토록 잘 이해된 적은 없었다.

유리창 달린 방 오른쪽에 〈이브 103〉이라는 딱지가 붙은 알에서 희미한 소리가 났다. 빨간 빛이 비추는 봉긋 솟은 꼭대기가 바르르 떨리기 시작하더니 충격이 주어지며 껍데기가 밖으로 깨졌다. 거기서 파편이 하나 떨어져 나왔다. 그리고 또 하나의 파편. 겉을 둘러쌌던 판들이 들어 올려지면서 투명하고 신축성 있는 양막이 드러났다.

아주 작은 손 하나가 양막을 밀고 밖으로 뻗어 나왔다. 그 손은 마침내 자유롭게 움직이면서 미끈미끈한 액체를 뚝뚝 떨어뜨렸고, 조그만 주먹이 껍데기를 톡톡 쳐서 나갈 길을 넓혔다. 한쪽 팔 전체가 껍데기 밖으로 나왔고, 다른 쪽 손이 쑥 빠져나오더니, 이어 다른 쪽 팔도 모습을 드러냈다……

〈언젠가는 지구상에 여자들만 남고, 남자들은 전설 속으로 사라지리라.〉

영화의 거장

있을 법한 미래

〈이제 두 번 다시는…….〉

제3차 세계 대전 후, 세계 각국의 국가 원수들은 급히 모여 이런 단순한 표어를 지었다.

전쟁은 무엇보다도 파괴력이 컸다. 지구 전체가 쑥대밭이 되었다.

자욱한 안개와 연기.

죽은 사람만 50억. 생존자는 20억. 무너지지 않고 남은 병원들은 부상자와 환자로 미어터질 지경이었다.

모스크바, 베이징, 파리, 런던, 뉴욕, 도쿄, 뉴델리, 평양, 테헤란, 리우데자네이루, 로스앤젤레스, 마르세유, 로마, 마드리드. 이런 거대 도시들은 이미 존재하지 않았다.

그 도시들이 있던 자리엔 방사능으로 오염된 폐허만 남았다. 식수는 배급제였다. 엄청난 면적의 땅이 출입 금지 영역이 될 정도로, 폐허의 공기는 숨도 못 쉴 지경이었다. 건물 잔해 위로 사람인지 쥐인지 모를 그림자들이 기어올랐다. 서로 잡아먹으려고 기를 쓰는 모습들이었다.

〈이제 두 번 다시는…….〉

시체 구덩이, 그리고 화재.

속이 훤히 들여다보일 만큼 부서진 빌딩들은 금속제 골조를 뼈다귀처럼 드러냈다.

타버린 콘크리트에는 급속도로 이끼가 끼었다.

비틀어진 금속에는 온통 녹이 슬었다.

도로에는 구역질 나는 웅덩이들이 구멍처럼 군데군데 패었다.

파리들은 일개 중대를 이루어, 승리를 자축하는 춤을 추며 왱왱거렸다.

잘못된 일을 끝까지 밀어붙여 보고서야 비로소…… 과오였음을 깨닫게 되었다.

증오의 끝까지 가보고야 비로소 증오의 귀결은 인류라는 종(種)의 자기 파괴일 뿐임을 깨닫게 되었다.

〈이제 두 번 다시는……〉

강대국 원수들은 땅속 깊이 판 벙커에 모여서 마침내 인류의 존속을 위한 긴급 조치 방안을 곰곰이 궁리하기 시작했다.

이제는 적당한 조치나 타협, 선거를 의식한 염려 따위가 먹히지 않는다는 것을 그들은 마침내 깨달았다. 그나마 남은 인류를 지켜 가려면 이제 강제로라도 협정을 맺어야 했다.

제3차 세계 대전의 시발점이 원리주의와 국가주의였던 만큼, 국가 원수들은 엄중한 조치를 취하기로 결정했다.

종교 폐지, 그것이 〈이제 두 번 다시는〉이라고 정확히 명명된 이 협정의 첫째 원칙이었다.

둘째 원칙도 첫째 원칙만큼이나 급진적이어서, 〈국가 폐지〉였다.

협정에 서명한 국가 원수들에 따르면, 이제 신앙도 국경도 없어지면 세계 인류는 더 이상 서로 물고 뜯고 싸울 이유가 없어지는 셈이었다. 이젠 약탈하거나 탈환할 영토도 없으며 억지로 개종시킬 불신자(不信者)도 없었다.

하지만 국가 원수 중 한 사람, 바이킹 같은 용모에 수염을 기른 덩치 큰 금발 남자, 올라프 구스타프손이라는 이름의 주인공이 주의를 환기하며 말하길, 국가주의와 종교는 잡초와 같아서 인류의 주기적인 건망증 때문에 결국은 항상 다시 자라난다는 것이었다. 신세대가 재앙의 원인을 모르거나 깡그리 잊어버려 결국 또다시 전쟁의 〈환희〉, 그리고 이웃을 학살하는 쾌락을 맛보려 하는 순간이 오고야 말 것이라는 얘기였다.

그는 이렇게 설명했다.

「젊은 세대의 기억은 선택적입니다. 젊은 세대는 권력이 내거는 거대 담론의 명제는 기억하지만 그걸 위해 치러야 했던 비용은 잊어버립니다. 바로 호르몬 때문이죠. 테스토스테론이 문제입니다.」

제1차 세계 대전이 끝나고, 이어 제2차 세계 대전이 끝난 뒤에도 사람들은 이미 〈이제 두 번 다시는〉이라고 말했지만 〈그런 일〉은 또다시 닥쳤으며…… 그래서 사람들은 결국 다시, 똑같은 원인이 똑같은 결과를 낳는다는 것을 기억하게 되었음을 그는 상기시켰다.

「세대가 바뀔 때마다 더욱 나빠집니다. 파괴가 갈수록 더 심화되는 것입니다. 마치 그네가 제자리로 되돌아오듯이 말입니다.」

그가 힘주어 말했다.

벙커에 모인 국가 원수들은 악을 단번에 근절하는 방법을 모색했다. 그들은 결국 좀 더 깊이 〈구획 짓기〉를 해야 한다는 데에 의견 일치를 보았다.

또 다른 지도자, 갈색 곱슬머리에 키 작은 폴 샤라부스카가 한 가지 제안을 했다. 그는 국가주의, 광신주의, 원리주의 등이 싹틀 수 있는 토양, 다시 말해 역사 교육 자체를 없애 버려야 한다는 의견을 내세웠다.

이 생각이 정상 회의 참석자들에게 처음에는 그야말로 생뚱맞게 보였다. 오류를 되풀이하지 않으려고 기억 자체를 지워 버린다는 건 정말이지 상식에 역행하는 일 같았다.

하지만······.

그는 자기 생각을 펼쳐 보였다.

「학교에서 학생들이 배우는 역사란 주로 승리, 그러니까 전쟁과 학살과 희생자 명단, 게다가 불가피한 복수며 논리적인 반격, 민족들 간의 원한, 연합군끼리의 배신, 치사한 영토 분쟁, 준수되지 않는 조약, 남의 희생 위에 군림하려는 왕과 왕자들 사이의 경쟁, 이런 것들의 목록에 대한 가치 부여를 대대로 전하며, 그리하여 결국은 영웅주의를 앞세운 잔인한 만행 — 그 이름과 날짜가 두고두고 전해지는 — 에 대한 찬양을 전수하게 됩니다.」

역사 교육은 사랑을 가르치는 것이 아니라 국가주의에 대한 찬양이었다.

이런 시각에서 보면 그 말이 문득 일리 있는 것도 같았다.

지하 벙커에 모인 세계 국가 원수 회의에서 표결에 부쳐 만장일치로 채택된 안이 셋째 원칙, 즉 미래의 안정을 위한 원칙이었다.

〈과거 교육을 중단함.〉

이렇게 결정하고 나자, 인류 생존을 위한 회의에 모인 구성원들은 무언가에 도취된 야릇한 느낌이 들었다. 완전히 〈깨끗한〉 기초 위에 새로운 사회를 건설하는 기분이었다.

그리고 그들은 이 일에서 산뜻하고 순수한 감정을 느꼈다.

「과거는 백지처럼 지워 버리자!」

회의 구성원 중 한 사람이 출처가 어딘지 모를 옛 문구를 인용하여 주창했다.

그들은 〈국가〉, 〈종교〉, 〈역사〉, 이 세 가지를 〈금단의 세 열매〉라고 명명했다.

인류는 그 열매들을 맛보았고, 거기에는 독이 들어갔으므로 열매를 뱉어 내 어린아이들의 손이 닿지 않는 곳에 두어야 했다. 마치 유독성 식품처럼.

회의 구성원들은 어수룩한 사람들이 아니었다. 그들은 이 세 열매가 여전히 유혹적이라는 것을 알고 있었지만, 그것을 잘 지켜 내겠다는 굳은 결심이 서 있었다. 이러한 조치에 대한 일반 대중의 반응을 보는 일만 남아 있었다.

하지만 제3차 세계 대전의 야만적 행태가 너무도 심했기에, 살아남은 20억 인류는 〈이제 두 번 다시는〉의 세 원칙에 쉽게 수긍했다.

〈다시 자라나려는 잡초들〉을 모조리 근절하려면 두 세대가 더 지나야 한다는 것을 국가 원수들은 모르지 않았다. 그들은 또한, 무턱대고 금지만 하면 더욱더 하고 싶어진다는 사실도 알고 있었다. 그렇지만 시대는 그들에게 호의적으로 흘러갔다.

올라프 구스타프손이 선언한 대로 〈그들은 결국 잊고 말 것이다〉. 그리고 폴 샤라부스카가 말한 대로 〈그들은 결국 그들이 잊어야만 한다는 사실을 잊고 말 것이다〉.

세 가지 금지법이 투표를 거쳐 선포되자마자, 국가 원수 회의는 급진적인 조치의 실행을 결정하였다. 즉 사원(寺院)

을 병원으로 개조하는 것, 신부(神父)들을 남자 간호사로 바꾸는 것, 국기(國旗)들을 불태우는 것, 국가(國歌)나 이에 상응하는 노래들을 금지하는 것, 역사책뿐만 아니라 과거에 관한 정서나 자취를 담고 있는 사진, 문서, 노래, 이야기, 조각, 영화, 그림 등의 예술 작품까지 모두 없애 버리는 것.

거리들 이름이 바뀌었다. 이제는 장군, 제독, 성인 들의 이름을 따서 거리 이름으로 남긴다는 건 말도 안 되는 일이었다. 지폐에 등장하는 정복자나 영웅의 초상화도 아름다운 자연 풍경, 그러니까 재앙이 터지기 전의 지구 모습으로 바꾸었다. 특히 누구의 얼굴도, 어떤 기념물도 등장하지 않도록 유념했다.

이런 변화가 순조롭게 진행되기만 한 것은 아니었다. 이른바 〈향수파(鄕愁派)〉(이 말은 이제 모욕이 되었다)들이 조직한 시위가 일어나, 당장 사망자와 부상자가 생겼다. 그러나 제3차 세계 대전 생존자의 압도적 다수는 이 생각을 받아들였고, 반대로 인한 시위의 긴장은 잊혀야 할, 이제는 폐물이 된 한 세계의 마지막 발악에 불과했다. 국가 원수 회의는 〈현자 위원회〉로 이름을 바꾸고(〈회의〉라는 말은 역사의 흔적이 들어 있다 하여 쓰지 않았다), 필요한 조치들을 — 심지어 더없이 강제적인 조치들까지 — 시행하여 금지된 세 열매를 결정적으로 엄금하였다.

이리하여 차츰차츰, 추억도 없고 인간 차별도 없는 새로운 인류가 탄생했다.

모든 이가 한 가지 언어로만 말하기 시작했다. 〈정체성을 드러내는〉 혹은 〈역사적〉 특성을 가진 단어들은 어휘에서 사라졌다.

어떤 문화도 참조하지 않도록 달력은 제로 상태로 돌아갔다.

현자 위원회는 또한 〈제3차 세계 대전〉이라는 표현도 지워 버리고 앞으로 〈아포칼립스(세상 종말)〉라는 말을 써서 이전에 일어났던 양차 세계 대전의 기억을 한꺼번에 지워 버리도록 했다.

이 위원회는 더 이상 군대는 유지하지 않았지만, 특정 집단의 이익을 내세우는 반란을 진압할 임무를 띤, 기존 못지않게 강력한 경찰은 유지했다.

학교에서는 0년 이전에 인류는 오류 속에서 살았으며, 그래서 세상의 종말이 왔고, 인류 전체가 사라질 뻔했다고 가르쳤다.

사람들은 대도시를 떠나 시골 마을로 갔고, 더 나아가 깡촌의 외딴집에 살게 되었다. 농촌을 떠나 도시로 몰려드는 현상으로부터 몇 세기가 지나, 이제는 대도시를 떠나 시골로, 자연으로 몰려드는 현상이 나타났다.

컴퓨터 기술과 위성에 의한 초고속 연결 덕분에 모든 사람은 지구상 어디에 있든지 매끄럽게 소통할 수 있었다.

도시에서 사람들이 대거 빠져나가니 오염도 적어졌다. 지구에 사는 시민 각자의 삶의 공간이 늘어나면서 사람들은 더욱 긴장을 풀 수 있었고, 어떤 인간 공학자는 여기서 이른바 〈이완〉의 법칙을 이끌어 냈다. 그것은, 〈사람들이 서로 다투고 싶은 마음을 갖지 않게 하려면, 1인당 삶의 공간을 최소 50제곱미터 이상, 산책할 수 있는 공간을 최소 5백 제곱미터 이상 주는 것으로 충분하다〉는 법칙이었다.

과학자들은 에너지와 농사 양쪽 관점에서 생활을 자동화

하는 기술을 만들어 냈다. 태양 에너지가 차츰 석유를 대체했다. 어쨌든 사람들은 이제 더는 자동차를 사용하지 않고 자전거를 타거나 걸어 다녔다.

과거가 사라지면서 예상치 못했던 여러 가지 결과가 생겼다.

특히 사망자 처리 문제가 그러했다. 이 점에서는 몇몇 아메리칸 인디언들의 문화를 모방하여, 자손들이 무덤에 가서 기도할 마음을 먹지 않도록 사망자는 미지의 장소에 매장되어야 한다고 법으로 정했다. 이렇게 하여 묘지라는 것도 종말을 맞았다.

한편 탁 트인 공간에서 살고 스트레스가 없는 것만으로는 사람들이 행복해지지 않았다. 더 이상 과거의 〈위대한 역사〉를 알 권리가 없다고 해도 사람들에겐 여전히 그냥 〈이야기〉라도 듣고 싶다는 마음이 남아 있었다.

현자 위원회는, 기분 전환의 욕구가 정치적으로 가장 우선시되어야 할 점이라는 걸 금방 깨달았다.

그리하여 종교, 국가주의, 조상의 역사, 이런 것들이 사라짐으로써 덩그러니 남은 빈자리를 채워 주게 된 것은 영화였다.

영화는 최신 기술의 혜택을 보았다. 누구나 전 지구상에 전송되는 신작 영화들을 인터넷으로 받아 볼 수 있었다. 〈홈 시네마〉가 크게 발전했다. 종종 영화 관람만을 위한, 스크린 벽이 가설된 특별실에 이런 〈홈 시네마〉가 설치되었는데 영상의 질이 굉장히 섬세하고 정밀하며 음향 효과도 뛰어나서 사람들은 현실과 환상을 혼동할 정도였다.

〈아포칼립스 이후〉 시대에는 영화와 영화 산업이 엄청난 성장을 보였다.

그건 마치 어떤 의식과도 같았다. 사람들은 매일 밤 8시 30분이면 집에서 저녁을 먹고는 가족 단위로 〈영화방〉에 갔다. 푹신한 긴 의자에 나란히 앉아 유수한 영화 제작사에서 제공하는 여러 편의 최신작을 보고 함께 이야기를 나누었다.

정치가에 대한 숭배는 사라지고, 영화배우들이 세계의 새로운 우상이 되어 신문의 최신 뉴스 난에서 가장 뜨거운 관심 대상이 되었다.

누구나 영화배우들의 경력, 사생활, 애정 문제 등에 열렬한 관심을 가졌다.

이리하여 아포칼립스 이후의 삶은 〈강제로 부과된, 그러나 필수적인〉 건망증 속에, 또 제7 예술로서 지성과 미와 창조성을 표현하는 더할 나위 없이 뛰어난 장(場)인 영화의 축제 속에 이루어졌다.

시장이 엄청나게 성장하면서 큰 영화 제작사들 간의 경쟁도 그만큼 치열해졌다. 시나리오 작가들은 이야기를 풀어 가는 새로운 방법을 시도했고, 제작자들은 어떻게든 독창성을 추구하는 특수 효과를 시도했으며, 왕처럼 군림하는 영화배우들은 서로 경쟁적으로 실력을 과시했다.

이러한 난장판 속에서 간혹 뛰어난 재능을 지닌 예술가들이 나타나기라도 하면 영화사들은 현기증 날 정도로 많은 돈을 지불해 가며 그런 배우들을 채어 갔다.

한편, 세계적으로 대중이 선호하는 배우는 해마다 바뀌었지만, 배우와 상관없이 호평을 이끌어 내는 다섯 명의 감독이 점차 두드러졌다.

다섯 사람이 저마다 매우 독창적인 영상 세계를 구축하고 있어서 작품만 봐도 감독이 누구인지 쉽게 인지할 수 있었다. 그들 가운데 데이비드 큐브릭이라는 사람이 특히 열렬한 관심을 불러일으켰다. 그의 과감성과 독창성은 아무도 따라갈 수 없었다. 그가 영화에 도입하는 주제는 처음엔 난해해 보였지만 점점 컬트가 되어 갔다. 데이비드 큐브릭은 폭력, 광기, 죽음, 쾌락, 커플 사이의 소통, 공포, 욕망에 대해 이야기했다. 그가 충격적인 상황과 이미지들 속에서 끌어낸 주제들이었다.

어떤 시나리오라도 그의 손에 들어가면 여러 측면으로 이해되는 미묘한 내용이 되었다. 사람들은 그의 영화를 볼 때마다 거듭 다른 의미를 찾을 수 있었다.

데이비드 큐브릭은 자기 신상을 일절 노출하지 않았다. 그는 여행도 안 하고, 인터뷰도 거절하고, 사진도 못 찍게 했다.

그의 영화에 출연하는 배우들은 그를 대단한 카리스마를 지닌, 화를 잘 내고 때로는 폭군 같은 사람이라고, 특히 요구하는 게 많은 사람이라고 했다. 그들은 이 〈거장〉이 만족했다고 말할 때까지 필요한 만큼 수십 번씩 다시 촬영해야 했다고 증언했다. 그들 중 다수는 영화 촬영 기간 우울증에 시달렸다. 그가 지독한 사람이라고 말하는 사람들조차 그의 완벽 취향은 인정했다. 이런 말들이 나오자, 데이비드 큐브릭은 자기 영화에 출연하는 배우들에게 인터뷰를 금지하면서, 〈그들이 연기하는 영화 속 인물들보다 실제로 덜 지적이라는 것을 드러내 보이면 영화의 신뢰도에 금이 갈 수 있다〉라고 설명했다. 그리고 이렇게 덧붙였다.

「자기가 출연하는 영화에 대한 배우의 의견을 알아서 뭐

하게요? 그건 마치 군대의 병사에게 전쟁의 흐름에 대해 어떻게 생각하느냐고 묻거나, 꼭두각시 인형에게 인형극에 대해 어떻게 생각하는지 묻는 것과 같습니다.」

데이비드 큐브릭은 오래된 성을 보수해서 거기에 살았다. 그에게 아내가 있는지, 자녀가 있는지, 친구가 있는지 아무도 몰랐다.

어렴풋이나마 최근에 그를 본 사람들은, 얼굴이 온통 수염으로 뒤덮여 있다는 정도로 묘사했다. 분명 데이비드 큐브릭은 군중 속을 활보해도 파파라치의 공격을 걱정할 필요가 없을 것이었다.

특유의 권위적이고 비밀스러운 측면 때문에 인기가 시들기는커녕 오히려 그는 점점 더 전설적인 존재가 되어 가기만 했다. 그는 순식간에 〈영화의 거장〉이라는 이름을 얻었다. 영화 전문 일간지들은 그를 떠받들었다. 영화 평론가들은 그를 〈절대 영화〉를 추구하는 사람이라고 표현했다.

데이비드 큐브릭은 수백 헥타르의 대지에 자기만의 영화 사령부라 할, DIK 스튜디오를 세웠다(I는 그의 두 번째 이름인 〈잉마르〉의 알파벳 첫 글자였다). 그 한복판에 그가 사는 성이 우뚝 서 있었다.

그는 출연 배우들에게 〈종신 독점 계약〉을 요구했다. 그와 출연 약정을 한 배우들은 저마다 계약서를 써야 했다. 그 계약서에는 앞으로 다른 어떤 제작자의 영화에도 출연하지 않겠다는 약속이 담겨 있었다. 이런 조치가 극단적으로 비치긴 해도 배우들이란 하나같이 거장이 만드는 영화에 한 번만이라도 출연하는 꿈을 꾸게 마련이어서 서슴없이 이 조건을 받아들였다.

얼마 안 가서, 데이비드 큐브릭은 배우들에게 자기 스튜디오 경계 밖으로 나가는 것을 금지했다. 이런 지독한 요구 조건을 실현하기 위해 그는 자기 영토 안에 하나의 마을을 만들었다. 그 안에서 영화배우들은 아내를 구해 자식을 낳고, 자녀들은 그가 만든 영화 학교에서 교육을 받아야만 했다. 자급자족하는 환경이었다. DIK 스튜디오에 들어가는 배우는 모두 DIK 스튜디오에서 살았고, DIK 스튜디오의 누군가와 부부가 되었으며 거기서 자식 낳고 살다가 죽었다. 자녀들 역시 그곳에서 똑같은 운명을 겪었다.

법적으로는 문제가 없는 이러한 〈인간 목축〉에 반감을 나타내는 언론인들도 있었다.

DIK 스튜디오의 영화들이 점점 더 인기가 높아졌기 때문에, 어떤 정치가도 — 설령 〈현자 위원회〉 위원이라 하더라도 — 감히 이 거장의 창의성에 반박할 엄두를 내지 못했다.

〈제7 예술〉의 제단에 바쳐진 배우들과 그 자녀들의 희생은 그로 인해 얻은 눈부신 예술적인 성과에 비하면 미미한 대가일 뿐인 것 같았다.

사람들은 그의 스타일을 모방했고, 다른 네 명의 위대한 감독들도 결국은 데이비드 큐브릭이 자기들보다 훨씬 앞서가서 자신들의 등대가 되었다는 사실을 인정하고야 말았다.

데이비드 큐브릭은 시나리오를 손수 썼지만, 촬영 현장을 누비는 수고 따위는 하지 않았다.

그는 자기 거처인 성의 가장 높은 아성 안에 자리한 통제실에서 모든 것을 지휘했다. 거기에서 마이크 하나만으로, 그는 조감독들에게 지시를 하고, 스크린을 통해 카메라맨들의 프레임 워크를 확인하고, 배우들의 연기를 원격 조종했다. 하루를 시작하는 그의 첫마디는 언제나 〈스태프들 조용히 해〉였고, 마지막 말은 〈컷!〉이었다.

촬영이 끝나면, 여전히 아성 속의 집무실에 머무른 채로 그는 그 방에 설치된 디지털 작업대 위에 편집할 장면들을 올려놓고, 손수 음향 효과와 배경 음악을 챙겨 넣었다.

이렇게 스크린과 키보드, 마이크, 원격 조종 카메라 등을 이용해 데이비드 큐브릭은 촬영 팀과 단 한 번의 접촉도 없이 영화를 만들어 냈다.

그해의 최우수 감독, 최우수 영화로 아카데미상을 받았을 때조차 그는 트로피를 받으러 가지 않았다. 일이 너무 많아서 〈그런 쓸데없는 사교적인 일에 시간을 낭비할 수 없다〉라는 한마디만 보냈을 뿐이다.

시간이 흘러도, 누구나 이구동성으로 인정하는 그의 작품의 높은 수준과 과감성은 점점 더해 갈 뿐이었다.

〈영화의 거장〉이 만든 영화 한 편이 개봉되는 것이 지구상의 온 인류가 기대하는 대사건이었다. 그 며칠 전부터 뉴스에서는 개봉 박두를 알렸다. 그리고 영화 한 편이 개봉될 때마다 놀라움과 경탄이 기다리고 있었다.

그러고 나면 가장 잘나가는 평론가들이 앞다투어 이 거장의 예술을 분석하여 그 밑에 은연중 깔린 메시지, 이어지는 여운, 숨겨진 상징 같은 것들을 찾아내는 데 총력을 기울였다.

지구 전체가 일심동체로 울고 웃으면서 아낌없는 박수갈채를 보냈다. 〈큐브릭 이미지를 통한 인류의 통합〉이라는 말이 생길 정도였다.

이러한 성공으로 쌓아 올린 부 덕분에 DIK 스튜디오는 더욱더 확장되어, 최첨단 특수 효과 실험실이 세워졌다. 수준 높은 과학자들이 대거 몰려가 그곳에 놀랄 만한 영상 혁신을 가능케 하는 미래적 장비들을 가설했다.

그러고는 다른 어떤 제작자도 그것을 베끼지 못하도록 특허 출원을 했다. DIK 스튜디오의 성벽 안에서 일어나는 모든 일은 절대 비밀에 부쳐졌다.

그렇게 세월이 흘러갔다.

어느 날, 믿을 수 없는 소문이 인터넷에 돌았다. 데이비드 큐브릭이 이미 죽었을지도 모른다는 얘기였다. 그리고 개봉되는 영화들은 죽기 전에 미리 촬영해 놓은 작품일지도 모른다는 것이었다.

캔버스 위에 점차 그림이 그려지듯 단순한 가정이 곧 확신으로 변해 갔다.

DIK 스튜디오의 공식 발표는 이런 정보가 사실이 아니라는 것이었지만, 그렇다고 거장이 살아 있다는 증거 또한 내놓지 못했다.

성의 문들은 아무도 못 들어가게 여전히 닫혀 있었고, 영화들은 일정 간격으로 계속 개봉되었으며, 난데없이 떠오른 소문은 그만큼 빠른 속도로 부풀어 갔다. 몇몇 사람들은 이런 생각도 했다. 데이비드 큐브릭이 살아 있는 것처럼 꾸미기 위해 미리 영화들을 준비해 둔 거라면, 많이도 촬영해야 했겠다고.

큰 영화 전문 일간지 편집장 잭 커밍스 또한 데이비드 큐브릭이 이미 죽었으며, 아마도 자신의 예술 활동을 영원히 보존할 수 있는 디지털 체계를 구비해 놓았을 거라고 확신하는 사람이었다. 그는 실제 인간 제작자 대신 인공 지능을 갖춘 〈로봇 제작자〉가 그 역할을 이어받았다고 상상했다. DIK 스튜디오에 체류해 본 경험이 있는 최신 과학 기술을 지닌 과학자들의 숫자로 볼 때 이 가정은 그럴싸해 보였다.

잭 커밍스는 확실히 알고 싶어졌다. 그는 곧장 수석 기자 중 한 명인 빅토리아 필을 스튜디오에 잠입시켜 거장을 만나게 하기로 했다.

그의 선택은 괜한 것이 아니었다. 빅토리아 필은 한때 장래가 촉망되는 여자 영화감독으로, 주목받는 아방가르드 영화들을 만들었다. 그러다가 그녀는 데이비드 큐브릭의 영화 한 편에 홀딱 빠져 다른 어떤 영화와도 비교할 수 없다고 판단하고, 감독으로서의 직업을 깨끗이 포기하였다.

「나 자신이 마치 알바트로스의 비상을 따라하고 싶어 하는 참새 같다고 느껴진다.」

그녀는 당시 영화 만들기를 단념하고 카메라를 접기 전에 그렇게 말했다.

그때부터 그녀는 평론에 투신하여 영화 전문 일간지계에서도 데이비드 큐브릭 작품에 대한 최고의 전문가가 되었다. 게다가 금상첨화로 그녀는 스포츠에도 아주 능해서 오랫동안 곡예를 연습해 왔는데, 그 점이 DIK 스튜디오의 철옹성 같은 담장을 넘어 잠입하는 데 아주 유용할 것이었다.

편집장은 데이비드 큐브릭이 그녀의 매력에 굴복하기를 바랐다. 일부 험담가들은 영화의 거장이 성(性)에 전혀 무관심한 사람이라고 주장했지만, 빅토리아 필 앞에서 그가 보일 반응은 확실히 흥미로운 뉴스거리가 될 터였다. 어쨌든 그가 아직 살아 있다면 말이다.

은색 보름달 빛을 받으며 용감한 기자 빅토리아는 몸에 딱 붙는 검정 타이츠를 입은 채 바깥쪽 담장을 살펴보았다.

성 주위를 둘러친 벽은 높이가 거의 5미터에 가까웠는데 날카로운 유리 조각이 왕관처럼 박혀 있고, 그 위에 전기가 통하는 철조망까지 세 겹으로 둘러쳐져 있었다. 20미터마다 설치된 감시 카메라가 탐조등이 비추는 벽 아래쪽을 자동으로 추적하며 비로 쓸듯 샅샅이 촬영하고 있었다.

〈스튜디오 DIK. 진입 엄금〉이라고 적힌, 해골이 그려진 팻말까지 있어 삼엄한 분위기를 더했다.

빅토리아 필은 등에 메고 있던 가방을 벗었다.

그녀는 카메라에 전원을 공급하는 전선을 찾아낸 뒤, 가방에서 쇠뇌와 화살을 꺼냈다. 화살촉은 날카로운 사각 날붙이로 되어 있었다. 그녀는 조준하여 발사 장치를 눌렀다. 감시 카메라에 연결된 전선이 정확히 잘려 나갔다. 그녀는 똑같은 방법으로 철조망에 전기를 공급하는 선도 끊어 냈다.

그녀는 밀착력이 뛰어난 스포츠 운동화를 신고 두 손바닥에는 활석 가루를 골고루 묻혔다. 쇠뇌에 갈고리를 씌운 화살을 장전한 뒤 벽 꼭대기로 쏘아 올렸다.

갈고리가 단단히 걸렸다. 이제 기어오르기만 하면 되었다.

꼭대기에 올라간 그녀는 쇠뇌를 이용해서 방범용으로 박힌 뾰족한 유리 조각들을 훑어 내고 자리를 잡았다. 앞에는 아직 두 겹의 방호벽이 나란히 서 있었다.

그녀는 갈고리를 휙 날려 그 두 벽도 타고 넘었다. 마지막 벽 위에 서자 그녀는 마침내 스튜디오 내부를 탐색할 수 있었다.

개들이 시끄럽게 컹컹 소리를 내면서 그녀가 있는 방향으로 잽싸게 달려오는 것이 보였다.

예상한 일이었다. 그녀는 가방에서 진정제를 잔뜩 바른 고기를 꺼내어, 벽 아래쪽에서 짖어 대는 개들에게 던져 주었다.

개들은 허겁지겁 달려와 진정제 묻은 고깃덩이를 삼켰다. 개 짖는 소리가 멈추더니 몇 분 후, 한 마리씩 차례로 털썩털썩 쓰러져 움직이지 않았다.

그녀는 주변을 살펴보았다.

운동화가 잔디에 닿았다. 그녀는 숨을 크게 들이쉬었다. 드디어 진입에 성공한 것이다. 신문사에서 준 위성 지도를 펼치고 나침반을 꺼내어 손전등으로 비춰 위치를 파악한 뒤 고양이처럼 살금살금 앞으로 나아갔다.

줄지어 선 나무들 중 첫 줄 뒤로 커다란 건물들이 보였다.

그녀의 만능 열쇠가 활동을 개시했다. 잠금 장치가 금방 열렸다.

그녀는 건물 안쪽을 손전등으로 비추어 보았다. 이 건물은 촬영 스튜디오였다. 카메라, 소도구, 의상, 모든 것이 제자리에 갖춰져 있었으나 먼지가 켜켜이 앉은 상태였다. 마치 수십 년 전부터 이렇게 버려진 듯했다.

그녀는 사진기를 꺼내어 촬영하기 시작했다. 그러고는 이 첫 건물에서 나가 나머지 세 개의 건물에도 다 들어가 보았다. 세 건물 역시 스튜디오였으나 현재는 인적이 없고 먼지 투성이였다.

조금 놀란 빅토리아 필은 위성 지도에서 위치를 파악해 둔 배우 학교 쪽으로 가기로 했다. 그 건물 역시 사람이 드나든 흔적 없이 비어 있었다. 교실에는 의자와 책상들이 마찬가지로 켜켜이 쌓인 먼지에 뒤덮여 있었다.

그다음에 빅토리아 필은 DIK 스튜디오의 배우와 제작진의 가족들이 사는 것으로 알려진 마을 쪽으로 움직였다. 손댄 흔적 없는 가구들이 갖추어진 이 거주지도 버려진 모습이었다.

그녀가 손가락으로 탁자 위를 쓱 훑어 보니, 회색 이끼같이 더께 진 먼지가 칙칙한 눈더미처럼 손가락 위로 뭉텅 올라앉았다.

전염병이 창궐해 이곳을 휩쓸면서 주민 모두를 단번에 훑어 버린 것 아닌가 싶을 정도였다. 그녀는 현기증이 났다. 바로 전날만 해도 DIK 스튜디오에서 막 출시한 영화를 보았는데…… 대체 이런 유령 같은 스튜디오에서 어떻게 영화를 만들 수 있단 말인가?

그녀는 거장이 사는 성을 찾아갔다.

가장 오래된 영화의 배경으로 쓰인 드넓은 정원을 오랜 시간 가로지르니 갑자기 불쑥 솟아오른 바위 위에 큐브릭 감독의 집이 보였다.

동화에 나오는 성을 그대로 재현해 놓은 모습이었다.

복판의 커다란 아성이 성 전체를 내려다보았다.

가장 높이 달린 창문에서 불빛이 반짝거렸다.

빅토리아 필은 흥분해서 몸을 흠칫 떨었다.

마치 신성 모독을 범하는 게 두려운 듯 조금 망설이다가 그녀는 성벽을 넘기 위해 이번에도 갈고리를 던지기로 했다. 그녀는 찬물이 넘실대며 개구리와 수련이 있는 성벽 주위의 커다란 해자를 지나갔다.

마침내 그녀는 성벽과 마주했다.

그녀는 벽을 타고 기어올라 첫 번째 창에 이르렀다. 유리 자르는 칼로 창 유리를 둥글게 도려내고 그 안으로 손을 집어넣어 빗장을 열었다. 창이 소리 없이 활짝 열렸다.

마침내 그녀는 성 내부로 들어온 것이었다.

손전등 빛 속에 이상야릇한 내부 경관이 드러났다.

나선형으로 감겨 오르는 계단이 탑루 꼭대기까지 이어져 있었다.

그녀는 계단을 따라 올라갔다.

마음이 벅차고 바들바들 떨렸지만, 자기에게 주어진 이 사명의 중대성을 의식하며 그녀는 마음을 가다듬고 현관문까지 갔다.

구리로 장식된 참나무 문을 밀자 눈앞에 펼쳐진 광경에 놀라, 그녀는 흠칫 뒤로 물러섰다.

엄청나게 큰 다섯 개의 스크린에 뜬 것은 바로…… 그녀의 얼굴이었다.

그녀 맞은편으로, 손톱을 하염없이 길게 기른 야윈 손 하나가 청색 가죽 소파의 팔걸이 부분에서 쑥 나왔다.

「필 양, 기다리고 있었소.」

염소처럼 힘없이 떨리는 목소리가 이렇게 말했다.

소파와 모니터 스크린 사이에 여러 개의 몽타주용 작업대, 키보드들, 좀 더 작은 스크린들, 서로 망처럼 연결된 휴대용 컴퓨터들이 있었다.

「가까이 와요.」

목소리의 주인공이 다시 말했다.

그녀가 몇 걸음 다가가니, 청색 가죽 소파가 빙 돌아 그녀 쪽을 향했고, 마침내 그가 보였다.

「내가 영원히 비밀 속에 머무를 수 없으리라는 것은 알고 있었지요.」

데이비드 큐브릭이 한숨을 쉬며 말했다.

그는 허약한 모습에, 수염이 잿빛이었고 길게 자란 흰머리가 가슴과 어깨까지 치렁치렁했다. 주름진 얼굴에는 누른빛이 돌았다. 입은 신경질적으로 떨리며 경련이 일었고, 이마에서는 땀방울이 뚝뚝 떨어졌다. 그는 기진맥진한 것 같았다.

안락의자 팔걸이 부분에 커다란 쿠션들이 있었고, 바로 앞에 놓인 소탁자엔 먹을 것과 음료가 갖춰져 있었다.

이곳의 주인장인 그는 이 손님을 오랫동안, 마치 예술 작품을 관찰하듯 꼼꼼히 뜯어보았다. 그는 모호한 손짓으로 여러 스튜디오들이 내려다보이는 창문을 가리켰다.

「전에는 여기에 사람들이 많았지요. 군중들이 꽉 들어찼었는데. 내가 점점 꼭 필요한 것만 남기고 줄여서 결국 이렇게……. (그는 이제 산전수전 다 겪은 사람 같은 쓴웃음을 지었다.) 사실 꼭 필요한 사람이라곤 하나도 없더군요.」

빅토리아 필은 갑자기 이 사람에 대한 무한한 동정심에 휩싸였다.

「당신이 여기 온 건 호기심이 많기 때문이죠. 난 호기심 많은 사람이 좋아요. 내가 보기엔 그게 깨어 있는 사람의 첫 번째 자질이라오. 자기 시대에 진행되는 일에 관심을 갖는 것 말이오. 그리고 숨겨진 것을 알고 싶어 하는 것.」

그녀는 어찌할 바를 몰랐다. 불현듯 자기가 거룩한 성전(聖殿)을 침범한 것 같았다. 막연하게나마, 오지 말아야 할 곳에 이렇게 범접했으니 무서운 대가를 치러야 할 거라는 느낌이 들었다.

「방해를 해서 죄송합니다.」

그녀가 중얼거렸다.

그는 어깨를 으쓱해 보이더니 뒤쪽으로 물러앉았다.

「우린 일생 동안 평균 3분의 2에 이르는 시간을 상상의 세계 속에서 보낸다오. 영화, 책, 텔레비전, 컴퓨터 게임, 꿈들 속에서 말이오. 현실에 할애할 시간이라고는 기껏 하루 몇 시간밖에 안 남지.」

그는 수염을 쓰다듬었다.

「게다가 당신 입장에서는 내가 방금 현실 속으로 쿵 떨어진 상상 속의 인물일 거요. 안 그래요?」

그녀는 대답하지 않았다. 그는 가벼운 몸짓을 했다.

「당신은 〈영화의 거장의 엄청난 비밀〉을 알아내러 왔겠지요.」

과장스러운 말투와 함께 얼굴에 미소가 가득 퍼졌다.

「굳이 알고 싶다면 알게 해주겠소. 하지만……」

그는 땀으로 번득이는 이마를 닦았다.

「알게 될 사실이 글쎄 과연 당신 맘에 들지는 모르겠소.」

그는 잔에다 아몬드 냄새가 나는 맑은 회색 음료를 가득 부어 내밀었다.

「암탕나귀 젖이라오. 난 이것만 마시지요.」

맛이 아주 고약했지만 그녀는 내색하지 않고 맛있는 척했다.

「당신의 이해를 돕기 위해 하는 얘긴데, 우선 내 성(姓)이 예사로운 성이 아니라는 걸 알아야 해요. 큐브릭, 하면 무슨 생각이 들어요?」

빅토리아 필은 짐짓 아무 생각이 없다는 몸짓을 해 보였다.

「난 아포칼립스 이전 아주 위대한 영화감독의 방계 현손이지. 그분의 존함은 스탠리, 스탠리 큐브릭.」

이번에도 그녀는 자신의 무지함을 확인했다.

「내가 우연히 우리 고조할아버지가 쓰시던 다락방에서 사진과 기사들을 담아 둔 상자를 열어 보고 그의 존재를 알게 되었을 때가 열한 살 때였소. 난 어떤 임무를 부여받은 느낌이었지요. 바로 고조부님의 업적을 알고 이어받는 것.」

그가 그녀에게 옆의 의자를 가리키자, 그녀는 책상다리를 하고 앉았다.

「그래서 부모님께 작은 비디오카메라를 사달라고 졸라 동영상을 찍기 시작했지요. 난 모든 걸 찍었어요. 마당의 짐승들, 구름, 잎새, 달팽이, 개미, 우리 가족, 내 목소리를 따서 말하게 하던 장난감들, 길 가는 행인들. 우리 집 욕조 속에서 해전(海戰)을 찍기도 했지요. 장난감들을 땅바닥에 늘어놓고 지진 사태를 찍기도 했고요. 어릿광대짓을 하는 내 모습을 찍기도 했. 그다음에는 영화 학교의 강의를 들었고, 영화감독이라는 직업을 좀 더 학술적으로 이해하게 되었어요. 나중에 어른이 되어, 나는 유명한 내 고조부님의 기록을 추적할 사립 탐정들을 고용했어요.」

그는 단추를 눌렀다.

「스탠리 큐브릭을 소개합니다…….」

수염이 덥수룩하고 검은 머리를 길게 기르고, 안경을 코 위에 걸쳐 쓰고, 머리가 허연 자손과 상당히 닮은 — 양 뺨이 좀 더 불룩하고 이목구비가 좀 더 진하다는 것만 자손과 다른 — 한 남자의 얼굴이 빅토리아 필의 눈앞에 보였다.

영화의 거장은 영상으로 보이는 초상화에 대고 마치 산 사람을 대하듯 공손히 인사했다.

「어때요, 미남이시죠? 저 깊은 눈길 봤죠? 이분은 선각자, 공상가, 발명가였어요. 확실히 시대를 앞선 분이셨지요. 우선은 할아버님을 이해해 보려고 했지요. 내가 고용한 사립 탐정 한 사람이 마침내 그걸 발견하고야 말았어요.」

데이비드 큐브릭이 어떤 명령을 누르니, 방의 정중앙을 차지한 스크린에 일출 장면이 나타났다.

「영화 제목은 〈2001년〉, 부제는 〈스페이스 오디세이〉. 난 이 영화를 144번 봤소. 처음 봤을 때는 아무것도 이해 못 해서 잠이 들었죠. 두 번째, 세 번째도 마찬가지. 네 번째 봤을 때에야 의미를 파악하기 시작했어요. 다섯 번째 보니까 영화가 계시 같았지요. 이 영화는 그저 단순한 심심풀이 오락 이상이에요. 그보다 훨씬 더한 것이죠. 이 영화는 우주 안에서 인류의 온갖 발전과 그 미래를 이야기하고 있어요.」

데이비드 큐브릭은 리모컨의 버튼을 몇 개 살짝 눌렀다.

영화가 시작되었고, 빅토리아 필은 스크린에 차례로 펼쳐지는 영상을 호기심 속에서 지켜보았다. 시각적으로는 매우 질이 떨어졌고 특수 효과(유리에 그려진 그림 같은 것)는 우스꽝스러울 지경이었지만, 몇몇 장면은 야릇한 마력을 뿜어냈고, 그녀는 그것을 느끼지 못할 만큼 무감각하지 않았다.

「사실 〈2001년 스페이스 오디세이〉를 만들면서 우리 고조할아버님은 스스로도 의식 못하는 가운데 단지 영화 한 편을 만들었다기보다는 어떤 예언을 한 셈이지요. 그분은 이 이미지로써 새로운 영성, 인간이 죽음에 대한 병적인 공포를

267

뛰어넘게 되는 그러한 영성을 암시했어요. 그분은 기계를 정복하고 다른 지평 쪽으로 돌아섭니다……. 별들 한가운데로, 다른 방식으로 다시 태어나기 위해서.」

빅토리아 필은 순간, 이 〈영화의 거장〉이 아포칼립스 이전 시대의 화석에 관한 금지 사항들에 도전하는 범법자에 불과하다고 생각했다. 〈향수병 환자〉인 것이다! 이 옛날 영화처럼 금기의 대상을 소유하는 것 하나만으로, 데이비드 큐브릭은——만약 그녀가 그를 고발한다면——여러 해 징역을 살 수도 있었다.

하지만 그는 자기가 밝힌 사실이 어떤 결과를 초래할지 괘념치 않는 것 같았다.

그녀는 처음에 생각했던 것보다 아마도 일이 훨씬 더 심각한가 보다고 생각했다. 그러나 그는 어떻게 이곳을 인적 없는 곳으로 만들었는지는 설명하지 않았다. ……그는 아마 고용한 사람들을 전부 살해했는지도 모른다. 그녀 옆에 있는 이 사람은 파괴의 광기 속에 무너진 천재인지도.

「영화 〈2001년〉이 개봉되었을 땐 내 고조부가 예측했던 것만큼 호응을 얻지 못했어요. 운명의 장난인 게, 모든 비평가들에게 외면당한 이 영화를 살려 낸 것은 마약 중독자들이었소. 그들은 영화관 맨 앞줄에 앉아, 배경으로 깔리는 리게티의 음악과 함께 우주 속으로 푹 잠겨 드는 부분을 실컷 감상했지요. 그들 입장에선 〈여행〉이었으니까.」

데이비드 큐브릭은 다시금 난처한 미소를 짓더니 영화를 빨리 돌렸다. 방금 말한 장면에 이르자 그의 눈이 빛났다.

「내 고조할아버님은 다른 영화도 찍었어요. 한 편도 대단한 성공을 거두진 않았지만 당시의 영화감독 사이에서는 컬트 작가로 인정받았죠. 모두가 그분 작품의 매우 전위적인 차원을 알게 모르게 인지했죠.」

데이비드 큐브릭은 리모컨을 조작하여 영화 첫 부분으로 돌렸다.

빅토리아는 화면에서 원숭이가 뼈를 던지는 장면을 보았는데, 그 뼈는 우주선으로 변했다.

「이 장면은 영화의 역사상 가장 대단한 생략을 이루고 있어요. 단 한 장면으로 동굴에 살던 인간에서 우주 비행사까지 가거든요. 그 뒤로 이분이 만든 영화를 모두 찾아보았지요. 〈배리 린든〉, 〈시계태엽 오렌지〉, 〈샤이닝〉, 〈닥터 스트레인지러브〉, 〈풀 메탈 재킷〉……」

그는 감동에 겨운 듯 미소 지었다.

「그의 작품 전체를 마무리하는, 마지막 영화의 마지막 장면에 나오는 마지막 대사가 뭔지 아세요?」

「아뇨.」

그는 정확한 문장을 좀 더 잘 기억해 내려고 눈을 감았다.

「〈아이즈 와이드 셧〉에 나오는 대사죠. 등장인물 앨리스 하퍼드가 이렇게 말해요. 〈난 정말 당신을 사랑해요, 그리고 우리가 가능한 한 빨리 해야 하는 아주 중요한 일이 있다는 거 알죠?〉 그러자 빌 하포드 박사가 물어요. 〈그게 뭔데요?〉 앨리스가 대답해요. 〈픽 fuck〉이라고.」

그는 그녀가 이 말이 내포한 뜻을 파악했는지 보려고 호기심 어린 눈으로 그녀를 관찰했다. 그녀는 마치 시험을 보고 있는 것 같다고 느꼈다. 재빨리 그녀가 말을 꺼냈다.

「두 가지 뜻이 있는 것 같네요.」

「그렇죠.」

「〈픽〉이란 글자 그대로 하면 성관계죠. 하지만 속어로 하면 〈꺼지다〉라는 뜻도 돼요.」

「잘했어요! 굉장한 아이러니죠. 안 그래요? 예언 맨 마지막에 그는 이중적 생략법을 쓰면서 빠져나간 겁니다. 〈꺼지다〉 혹은 〈성관계를 하다〉.」

그는 한 팔을 내밀었다.

「손을 이리 줘봐요.」

그녀는 그가 일어서게 도와주었다. 그리고 곧바로, 축축한 그의 손 피부를 통해 이 노인에게서 발산되는 무한한 전기 에너지를 느꼈다.

「우리 고조할아버지가 길을 보여 주셨지요. 그분이 물려준 정신적 유산을 내가 나 몰라라 할 수 있었겠소? 그분의 영혼의 발자취를 따라 나는 나대로 작업했지요. 그분을 베끼고, 그분과 동급이 되고, 심지어 그분을 넘어서려고 말입니다. 이제 날 따라오시오.」

그가 몇 걸음 내디뎠다. 그녀는 그가 왜 그리도 움직이기 힘들어하는지 궁금했었는데, 의자에 첩첩이 쌓인 쿠션들을 보고는 이 거장이 실질적으로 절대 움직이지 않는다는 것을 알게 되었다. 아마 1분 1초도 헛되게 쓰지 않기 위해 의자에 앉은 채 일하고 잠도 잤을 것이다. 심지어 의자 아래로 뚫린 구멍이 물 내리는 장치와 연결되어 있기까지 했다. 영화의 거장은 몇 초를 절약하기 위해, 화장실 가는 시간조차 아꼈던 것이다. 의자에 생체 기관의 배설물을 비우는 장치까지 장착해 놓았던 것이다.

한 손이 떨리자 그는 다른 쪽 손으로 떨리는 손을 잡았다.

「난 불면증이오…… 하룻밤에 기껏해야 한 시간 잘까 말

까 하지. 그러면 일할 시간을 좀 더 많이 확보할 수 있으니까. 이 의자는 내 누에고치에 해당하고. 그런데 유일한 문제는, 하도 안 움직이니 관절이 경직되고 욕창이 생긴다는 거요.」

그는 걷는 데 도움을 받으려고 지팡이를 잡았다. 비척비척 걷는 그를 따라 그녀는 원형의 방을 가로질러 이 아성의 계단에 이르렀다.

데이비드 큐브릭은 핸들을 움직여 성벽 도랑 위로 올렸다 내렸다 할 수 있는 다리를 내리고, 빅토리아 필을 성 밖으로 안내했다.

「사실대로 말해 봐요. 내가 죽었다고 생각하고 있었죠, 안 그래요?」

「인터넷에 떠도는 소문이 사실인지 확인하고 싶었어요.」

그녀가 대답했다.

「난 죽지 않았소, 하지만…… 곧 죽을 거요.」

그가 조명 장치를 가동했다. 곳곳에 외등이 켜져 외부의 경관이 환히 보였다. 그녀는 호수, 정원들, 철로, 돌처럼 만든 작은 기념물들을 식별할 수 있었다.

두 사람은 DIK 스튜디오의 드넓은 대로를 한참 걸어갔다.

늙은 감독은 잠든 개들을 보더니 놀라서 그녀를 쳐다보았다. 그러고는 아무래도 상관없다는 듯 어깨를 으쓱했다.

「이리로 와요.」

꼭대기에 둥근 건물이 서 있는 작은 언덕을 가리키며 그가 한사코 오라고 했다.

그가 절뚝거리자 그녀가 부축해 주었다.

「난 영화가 좋다오. 난 정말 영화를 좋아해요. 열정이라는 단어로는 성에 안 차요. 내 마음은 완벽한 영화라는 개념에만 사로잡혀 있어요. 이제부터 보게 될 것을 잘 이해하려면, 내가 내 예술 속에서 완벽을 추구하고 있다는 점을 절대 잊지 말아요. 완벽한 영화가 내 목숨보다도 훨씬 중요하다는 것을…….」

그는 걸음을 늦추더니 빅토리아에게, 언덕을 올라가려면 숨 좀 돌려야 하니 잠시만 쉬자고 했다.

드디어 빅토리아 필은 용기를 내어 말을 꺼냈다.

「당신의 영화에서 제가 무엇보다 좋아하는 것은요, 볼 때마다 등장인물의 감정에 이입된다는 점이에요. 저는 영화 속 인물들과 함께 살아요. 정말이지…… 환상적이죠. 당신이 아마도 예견했을 대목에서 저는 울고 웃어요. 당신의 거장다운 솜씨에 깜짝 놀랐어요…… 거장님. 제가 당신을 〈거장님〉이라고 불러도 될까요?」

그는 무심하게 고개를 끄덕였다.

「매번, 우리 눈앞에서 살아 움직이고 말하는 것은 배우들이 아니라 실제 사람들이라고 생각하게 돼요. 그들이 영화 속 인물 말고 다른 사람일 수 있다고는 상상할 수가 없어요. 어떻게 출연 배우들에게서 그런 진실함을 끌어낼 수 있었나요? 감독님만의 연출 기법은 무엇인가요?」

빅토리아 필은 거장의 얼굴에서 재미있어하는 빛을 언뜻 보았다. 그는 언덕 쪽으로 점점 빨리 걸어갔다. 마비되었던 몸이 풀리기라도 한 듯.

그녀는 노트북을 꺼내 녹음 모드로 켰다.

「시작할까요?」

「아니, 그냥 글로 써서 기록해요. 받아요.」

그는 호주머니를 뒤지더니 수첩과 펜 하나를 그녀에게 내밀었다. 놀란 그녀는 그 옛 물건들을 받아 들었다.

「배우들은 모두 바보 천치거든. 자기도취에 빠져 있고, 어리석고, 교양도 없지. 내가 보기엔 배우라는 직업을 택했다는 것부터가 벌써 일종의 병이야. 남의 인정과 애정을 비정상적으로 갈구한다는 뜻이니까. 그런 인정과 애정을 그들에게 베풀어 주는 건 내 할 일이 아니지요. 그들은 자기과시형 인간인 데다가 날조자들이라오. 난 배우들을 경멸해요. 그들이 조금이나마 감동적으로 보일 때는 단지 그들이 고통받을 때뿐이야. 하지만 그때조차 배우들 대부분은 그저 우스꽝스럽지. 내가 아무리 미미한 것이라도 한 치의 양보 없이 완벽을 추구해 왔다고 말했지요. 배우들은 바로 이 바닥의 취약점이지. 그들은 언론에서 풍선처럼 부풀려 주니까 자기들이 중요 인물인 줄 알고 있소. 게다가 많은 배우들이 코카인을 흡입해서 과대망상증 환자가 되지요.」

「흠, 저도 영화배우였는데요.」

빅토리아가 그렇게 확인시키면서 눈을 내리깔았다.

「그럴 만도 하지. 미인이잖소. 내가 당신을 진작 만났더라면 내 영화에 출연해 달라고 제안했을 텐데 말이오. 아직 너무 늦은 건 아니라오. 날 따라와요.」

「전 자기 과시형은 아니에요. 그리고 〈자아도취증〉 같은 건 성미에도 맞지 않고요.」

「당신이 영화감독이 되었고 그 뒤에 영화 평론가였다는 사실은 당신이 스스로를…… 관리할 줄 아는 사람이라는 증거요.」

빅토리아 필은 소매 안에 감춰 둔 녹음기를 작동시켰다.

「곧 돌아가실 거라고 하셨지요?」

그녀는 아까 그가 한 말을 환기시켰다. 그는 고개를 주억거렸다.

「실은 이렇게 말할 수 있소. 그것 때문에 당신을 기다렸다고.」

「제가 보는 앞에서 돌아가시려고요?」

데이비드 큐브릭은 걸음을 멈추고 그녀의 손을 꼭 잡았다. 그의 눈길이 짓궂어졌다. 그는 단어 하나하나를 지나치게 강조하며 말을 맺었다.

「아니, 당신이 나를 〈살해하게〉 하려고.」

「뭐라고요?」

「당신은 잠시 후에 나를 죽이게 될 거요. 그래서 당신이 여기 와 있는 거라오. 당신이 여기 오도록 일을 꾸민 게 바로 나요. 간접적으로 당신 회사 편집장 잭 커밍스에게 당신을 선택해 여기 보낼 생각을 하게 한 사람이 바로 나라니까. 사형수가 사형 집행자를 고르듯이 내가 당신을 고른 거란 말이오.」

그는 비단결 같은 그녀의 머리칼을 쓰다듬었다.

「게다가 눈부시게 아름다운 사형 집행자로군. 에로스와 타나토스. 검고 큰 눈을 지닌 멋진 여성, 바로 당신의 몸에 구현된 성적 에너지와 죽음의 에너지.」

「그런데 만약 제가 감독님을 살해하지 못하겠다고 한다면요?」

「당신한테 보여 줄 게 있는데, 그걸 보면 거절 못할 거요.」

그들은 언덕 꼭대기의 둥글고 큰 건물로 향하는 비탈길을 올라갔다. 데이비드 큐브릭은 거의 경쾌하다시피 한 발걸음으로 걸어갔다.

그는 커다란 열쇠를 꺼내더니 옛날식 자물쇠를 열었다.

문이 끽 소리를 내며 열렸다.

들어가자마자, 후끈 달아오른 기계들과 이온화된 공기에서 뿜어나오는 냄새가 빅토리아를 덮쳤다.

그들은 지하로 내려가는 엘리베이터를 탔다. 내려가는 시간이 하도 길어서 빅토리아는 걱정되었다. 마침내 엘리베이터가 멎었고, 두 사람이 발을 들여놓은 곳은 잠금 장치, 암호와 열쇠와 카드를 사용한 보안 장치가 가득 들어찬 세계였다.

마침내 그들은 어떤 방에 다다랐다. 그곳은 큐브릭 감독에게 특별히 중요한 방인 듯했다.

데이비드 큐브릭은 천장 조명등을 켰다. 불빛은 한 무리의 컴퓨터들을 향했고, 컴퓨터들은 키보드, 모니터, 어항 모양의 유리병들과 연결되어 있었다. 왼쪽에는 터널이 뚫려 있고 그 사이로 몇 센티미터 굵기의 관(管)들이 보였다. 한가운데는 투명하고 굵은 관이 있었다.

「우리가 지금 지리적으로 어디 있는 건지 알겠소? 아포칼립스 이전에 이 지역은 유럽이라 불렸고, 나라 이름은 스위스였다오. 여기서 가장 가까운 대도시는 제네바였소. 내 성과 스튜디오들은 이곳, 제네바 근처에 건설되었지.」

이런 이름들이 그녀에겐 그저 뜻 모를 〈음향〉일 뿐이었다. 그가 제네바는 국가 원수 이름, 스위스는 자기 아내 이름, 유럽은 자기 집 개 이름, 이런 식으로 말했다 하더라도 그녀 세대의 사람들에겐 별 다를 바 없었을 터였다.

「필 양, 이곳은 최첨단 실험실이었소. 세계에서 가장 큰 과학 실험실 중 하나였지요.」

그녀 마음속에 기자로서의 본능이 깨어났다.

「좀 더 정확한 이름은 〈LHC〉 그러니까 〈Large Hadron Collider〉의 약자로, 〈하드론을 충돌시키는 큰 장치〉라는 뜻이라오. 하드론은 모든 소립자를 가리키는 총칭이고. 이 실험실을 세운 것은 유럽의 CERN, 〈유럽 핵 연구 센터〉라는 단체였소. 하지만 이런 게 〈입자 가속기〉라는 정도로만 알아 두시오. 고난도 기술의 결정체라고 할 수 있지. 지금 일부분만 보이는 이 터널은 지름이 8.5킬로미터에 달해요.」

그녀는 천천히 고개를 끄덕였다.

「그러니까 여기 들어온 과학자들은 그런 일을 한 거로 군요?」

「바로 그렇지. 나는 극도로 복잡한 이 기계를 수리하여 아포칼립스 이전의 사람들은 결코 만들 수 없었던 기계로 발전시켰소. 난 영화로 번 돈 대부분을 이 놀라운 물건을 수리하고 개선하는 데 투자했지.」

「그러면 무슨 이익이 있죠?」

그는 대답하기 전에 빙긋 웃었다.

「이 가속기는 소립자 하나를 빛의 속도로 쏘아 보낼 수 있어요. 광속이면 물질은 아인슈타인의 상대성 원리에 따라 변화하지요. 하지만 지름 8.5킬로미터의 이 터널이 너무 강력해 광속 이상의 속도로 물질을 투사하게 된다는 사실을 안다면, 이건 정말 현기증 나는 얘기 아니오!」

그는 잠시 뜸을 들이며 그녀의 반응을 살폈지만, 빅토리아는 별로 대단하게 생각하는 것 같지 않았다. 사실을 말하자면 영화 이외의 다른 주제들이 다 그렇듯이 과학은 그녀에게 추상의 한 형태로 비칠 따름이었다.

「내 말 잘 들은 거요? 광속을 넘어서면 말이지…….」

그녀는 어깨를 으쓱하며 대답했다.

「저는 물리학자가 아닌데요.」

「이것 좀 봐요! 광속에서는 시간이 멈춘단 말이오! 그런데 내 가속기는 광속보다 더 빠른 속도니…….」

빅토리아 필은 무슨 말을 할 엄두가 나지 않았다.

「시간이 거꾸로 가나요?」

「그렇지.」

이번에는 그가 그녀의 관심을 끄는 데 성공했다.

「그럼 시간을 거슬러 올라가는 기계란 말이죠!」

데이비드 큐브릭은 환호하며 그렇다고 대답했다.

「처음에는 포톤, 프로톤, 뉴트론 같은 소립자들을 쏘아 보냈지. 내가 고용한 과학자들은 〈투사 물체〉의 부피를 크게 만드느라 애를 많이 썼소. 그들은 마침내 완전한 원자를 쏘아 보내는 데 성공했지. 그다음엔 분자들을 쏘아 보냈고, 모험이 시작된 거요. 우리는 물질을 여행시켰소. 분자 다음엔 미세한 낱알을, 그다음에는 콩알만 한 크기의 구슬들을 쏘아 보냈지.」

「시간을 거슬러 오르는 콩알이라……」

빅토리아가 황홀해하며 되풀이했다.

「그 콩알들은 1초의 10분의 1에 해당하는 시간을 거슬러 오르다가, 그다음엔 몇 초, 또 그다음엔 몇 분…… 그러다 몇 시간, 며칠을 거슬러 오르게 되었지요. 일주일 이상을 거슬러 오르기까지는 시간이 오래 걸리더군.」

빅토리아 필은 머릿속에서 일종의 퍼즐이 맞춰지면서 해

답이 거의 드러나는 듯한 느낌이었다. 하지만 아직 아무것도 이해할 수 없었다.

「몇 주를 거슬러 오르고 나니, 훨씬 쉬워졌지. 몇 달을 거슬러 오르게 됐고, 드디어 몇 년을 거슬러 오르게 되더라니까.」

갑자기 그녀는 소스라쳤다.

「아포칼립스의 한계를 넘어선 거죠, 그렇죠?」

데이비드 큐브릭은 벽을 열고 유리종을 꺼냈다. 유리종 안에는 파리가 열 마리쯤 날아다니고 있었다.

「이게 바로 최신판 투사 물체지. 렌즈콩보다는 크지만 카메라맨들에 비하면 거의 눈에 띄지도 않을 정도지.」

「파리네요!」

「꼭 진짜 파리 같지 않소?」

그는 그녀에게 그 유리종을 건네주었다. 빅토리아는 시공간을 탐지하는 이 미세한 기구에 눈을 바짝 갖다 댔다. 파리 한 마리를 가까이서 관찰해 보니 마침내 파리의 머리가 있을 자리에 여러 개의 고리가 끼워진 물체가 있는 것이 식별되었다.

「파리의 머리…… 그게 카메라군요!」

「파리의 입은 마이크고. 몇 년이나 걸려서 이 기구를 완성해 냈지요. 입자 가속기의 압력을 견딜 수 있는 이런 파리들을 만드는 일보다는 시간을 거슬러 오르는 기계를 만드는 일이 더 쉬웠다오.」

이 장치에 매혹된 빅토리아는 유리종 안의 내용물에서 눈을 떼지 못했다.

「이 파리들과 함께 난 시간의 장벽을 뛰어넘었지. 이들과 함께 나는 아포칼립스를 직접 보고 들을 수 있는 시공간에 있었던 거요.」

빅토리아는 돌아서서 모니터 스크린과 키보드를 응시했다. 그녀의 머릿속에서 데이비드 큐브릭의 비밀이 형체를 드러내기 시작했다.

「난 세계의 종말을 눈앞에서 보았어. 여러 대의 카메라 탐지기로 세상의 종말을 다양한 각도에서 여러 관점으로 촬영할 수 있었지. 재앙이 닥치기 전 몇 주간의 상황을 말이오. 일상적인 일에 종사하는 사람들과 스포츠, 여행, 다툼, 삶, 이 모든 걸 촬영했소……. 당신도 기억할지 모르겠지만, 내 초기 영화들에서 반복되는 주제는 바로 등장인물도 알아차리지 못하게 서서히 몰락하는 세계였소…….」

그녀는 앉을 자리를 찾았다.

「그런데 과거 사람들 눈에는 감독님의 카메라가 안 보였겠죠. 그건 그저…… 파리들이라고 생각했을 테니 말이에요!」

그는 수긍했다.

「그렇다면 감독님의 모든 영화가……?」

그녀가 물었다.

「후기작들만. 15년 전부터 만든 영화들만 그렇다오.」

「배우들이 아니라 실제 인물들이었군요!」

데이비드 큐브릭은 그렇다는 뜻으로 고개를 끄덕였다.

「이제야 이해하는군요.」

빅토리아는 갑자기 극도의 흥분에 사로잡혔다.

「그렇다면, 영화 속에서 그들에게 일어난 일은…….」

「살면서 진짜로 일어난 일이죠.」

빅토리아 필은 그 자리에 굳어 버렸다.

「설마, 감독님 영화에 나오는 죽은 사람들도 진짜 죽은 사람들인 건 아니겠죠?」

빅토리아는 마치 혼잣말을 하는 것 같았다.

「학살도 진짜 학살이었고요?」

「연애담은 진짜 연애담이었고, 아기가 태어나는 것도 진짜 태어나는 모습이었다오.」

「그 악당들, 그 잔인한 고문자들, 그 폭군들도 그럼······.」

「나쁜 놈이 실제 같을수록, 관객은 주인공의 용기에 감동받는다오. 대중은 그런 걸 착각하는 법이 없어요.」

그가 이렇게 털어놓았다.

「그럼 물론 폭발, 파괴 같은 것도 특수 효과가 아니었겠군요?」

그녀가 물었다.

「바로 그렇게 우리 조상들은 전쟁을 했지.」

그가 인정했다.

그녀는 경악을 금치 못했다. 데이비드 큐브릭 감독이 만든 모든 영화가 하나의 외설스러운 짓거리로 보였다. 그녀가 받았던 미학적 충격, 영상미, 인물을 통해 전해지는 감동, 이런 것을 다시 생각해 보았다. 그녀는 언제나 〈이건 영화야〉라거나 〈배우들이 정말 연기도 잘하네〉라고 생각하면서, 자기가 보는 극적인 사건들의 충격을 누그러뜨려 왔던 것이다. 그런데 그 모든 내용이 사실이라면, 모든 게 달라지는 것이다. 감동적인 게 아니라 끔찍한 것이었다.

데이비드 큐브릭은 그저 어깨만 으쓱할 뿐이었다.

「이따금씩, 진실이 영화보다 믿기 어려울 때도 있죠. 바로 그게 역설이라오.」

데이비드 큐브릭은 손가락 끝으로 그녀의 얼굴을 어루만지며 뚝 떨어지는 눈물 한 방울을 받아서 자기 혀 위에 올려놓았다.

「〈눈물처럼 투명한 감정〉, 이 아성 속에 들어앉은 나에게 가장 부족한 게 아마 이거겠지.」

그는 중얼거렸다.

그녀는 소리 없이 울었다. 두 뺨 위로 눈물 줄기들이 살색의 얇은 홈처럼 반짝였다.

「끔찍하군요. 그러니까 그 사람들이 정말로 죽은 거란 말이죠.」

그녀가 무엇에 썰 듯, 이 말을 되풀이했다.

「암, 사랑도 진짜로 한 거고.」

그가 거들었다.

「그러니까 감독님의 시나리오 속에 존재하는 모든 일을 그들이 정말로 당했다는 말이지요…….」

그녀가 그토록 좋아했던 수많은 영화 영상들이 기억 속에 주마등처럼 스쳐 갔다.

「그건 시나리오가 아니었지. 허구라고는 전혀 없었어. 오직 다큐멘터리뿐.」

그가 가만가만 그녀의 말을 수정해 주었다.

실제로 일어난 사건들에 대해 자기가 영화 평론가로서 감히 이러쿵저러쿵 의견을 달았다는 생각을 하니, 그녀는 갑자기 마음 가득 수치심뿐이었다.

「최고의 시나리오 작가는 내가 아니라…… 신이지.」

그가 말했다.

데이비드 큐브릭은 겸손한 미소를 지었다. 마치 잼 통에

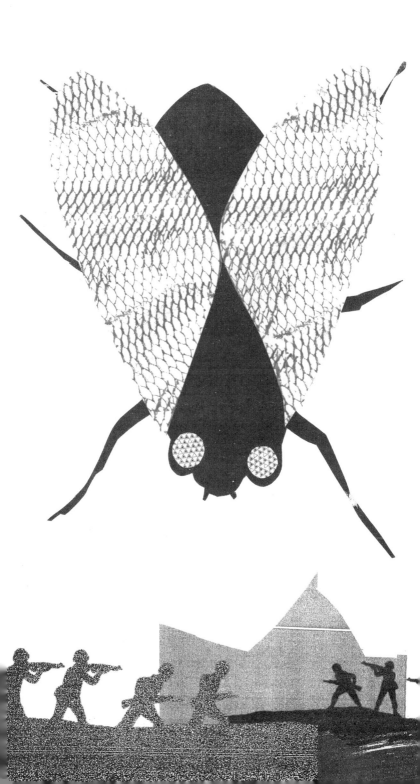

손가락을 넣어 몰래 떠먹다 들킨 아이 같은 표정이 되었다.

「내가 높이 평가받을 만한 점이 단 하나 있다면, 그건 우리 조상들의 삶에서 황홀한 순간들이나 비극적인 순간들을, 천상의 위대한 시나리오 작가인 신이 집필한 그대로 드러내 보였다는 것일 테지.」

영화의 거장은 사진첩 한 권을 펼쳤다. 빅토리아는 그 사진들이 그가 만든 영화의 장면들이라는 걸 곧바로 알았다.

「난 딱 한 가지 규칙만을 지켰소. 현자 위원회의 주목을 받지 않기 위해, 너무 뻔히 드러나지 않는 순간들을 선택한다는 것. 다행히도, 과거의 가장 아름다운 순간들은 가장 덜 알려진 순간들이지. 난 그저 그 순간들을 발견해 드러내 보인 것뿐이야. 마치 꽃다발을 만들기 위해 밀림 속에서 꽃들을 고르듯이 말이오. 내가 그 꽃들을 만들어 낸 건 아니거든. 나의 유일한 장점이라면, 그걸 내 식으로 대중에게 보여 준 것이겠지.」

빅토리아 필은 그의 말을 듣는 내내 계속 가만히 흐느껴 울었다. 그녀는 DIK 스튜디오의 엄청난 비밀이 밝혀지는 현장에서 너무 놀란 듯, 오랫동안 아무 말도 하지 않았다.

영화의 거장은 기다란 흰 수염을 서툴게 만지작거렸다.

「인류의 과거 중 한 부분은 우리 안에, 우리 유전자의 가장 깊숙한 곳에 새겨져 있소. 그래서 내 영화가 그렇게 많은 사람들에게 감동을 주는 거지. 내 영화들은 우리 세포 속 깊은 곳에서 우리 조상들의 이야기가 진동하게 하는 거야. 우리의 DNA 배열 코드를 긁어 없애 우리로 하여금 조상들의 열정을 잊어버리게 만드는 일은 어떤 정부라도 할 수 없지.」

「인류의 역사가 우리 안에 새겨져 있다는 건가요?」

그녀가 당황스러운 듯 물었다.

「과학적으로 설명은 못하겠지만, 내 영화의 성공이 그 증거지. 사람들은 〈기억〉을 하거든. 사람들은 내가 만든 영상들을 처음 보는 게 아니고…… 다시 떠올리는 것이거든.」

「말도 안 돼요. 우리는 조상들의 역사를 가슴속에 지니고 살 수가 없어요. 태어나기도 전에 일어난 여러 가지 일들, 아무도 이야기해 주지 않은 그런 일들을 우린 알 수가 없어요.」

데이비드 큐브릭은 로봇 파리가 든 유리종을 어루만졌다.

「이제 내가 그리 신중했던 것이 이해될 거요. 이 계획에 대한 아이디어가 내 마음속에 떠오른 뒤로, 계획은 오랫동안 싹을 틔워 왔지. 사실 난 그저 그 아이디어가 실제로 존재할 수 있게 방법만 제공했을 뿐이라고.」

파리들, 〈레디, 고!〉라고 외치는 소리만 들으면 즉시 과거의 인간들 틈으로 날아가려고 대기 중인 그 흥분한 카메라맨들을 그는 가만히 응시했다.

「가장 역설적인 점이 뭔지 알고 싶어요? 과거를 탐색하면서 내가 발견한 사실은, 연극이 생기던 초창기엔 공연 후에 관객들이 악역을 한 배우들을 마구 공격했다는 거요. 그들이 실제 삶 속에서도 정말로 나쁜 사람들이라고 생각했기 때문이지! 심지어 관객에게 맞은 배우들도 있었다니까. 가엾은 사람들이지. 그래서 실제로 연기를 잘하면 잘할수록 공연이 끝난 뒤 맞아 죽을 위험이 더 높았다오.」

「그런데 지금은 모든 게 거꾸로 되어, 사실은 진짜인데 사람들은 그게 꾸며 낸 이야기라고 믿네요.」

영화의 거장은 한쪽 눈썹을 찌푸렸다.

「나를 정부에 고발하려고 하오?」

「감독님 스튜디오에서 작업한 배우들, 기술진들은 모두 어디로 갔나요?」

「그들이 본 것을 일절 얘기하면 안 된다는 계약상의 의무를 진 채 떠났지. 조금씩 조금씩 알게 모르게 그렇게 갔지. 그러니까 한꺼번에 많은 사람이 이곳을 떠나는 모습은 아무도 못 본 거야.」

「그럼 계약을 위반한 사람은 단 한 명도 없었나요?」

「떠나간 사람들은 각기 다른 이들은 여전히 남아 있다고 믿었으니까. 여기서 일어난 일을 정말 제대로 아는 사람은 아무도 없었소. 내겐 오른팔에 해당하는 사람이나, 속내 이야기를 다 털어놓는 대상이나, 내 〈비밀〉을 환히 아는 최측근 조감독 같은 건 한 사람도 없었지. 지금 당신을 제외하곤 말이오.」

「그럼 기계 장치를 만든 과학자들은요?」

「가속 장치를 만든 사람들은 로봇 파리를 만든 사람들과 한 번도 만난 적이 없소. 이 두 기술이 결합하리라고는 그들 중 누구도 상상조차 못 한 거지. 구획을 잘 나누고 각 부분들 사이의 연결 관계는 나 혼자만 알고 있었으니. 그래서 비밀을 누설할 수 있는 사람은 아무도 없었던 거요.」

「철저히 꾸며 놓으셨군요!」

「고귀한 목적을 위해서였지. 우리 조상들의 기억을 복원한다는 목적. 조상들이 살고 고통받은 건 괜한 일이 아니라니까.」

「그런데 왜 하필 저죠? 왜 저에겐 이 모든 걸 알려 주시는 거냐고요.」

「이제 갈 날이 다가오니, 적어도 내 인생에 한 번은 죽기 전에 누군가에게 속을 다 털어놓고 싶어서.」

「그런데 왜 하필 저예요?」

그녀가 반복해서 말했다.

그는 마치 질문을 못 들은 것처럼, 수염을 만지작거렸다.

「자 그럼, 어떻게 결정하려오?」

「모르겠어요. 생각 좀 해봐야겠네요.」

「이제부터는 당신이 유일하게 모든 걸 아는 사람이오. 만약 당신이 나를 고발한다면 모든 게 중단되는 거지.」

빅토리아 필은 숨겨 놓은 녹음기를 정지시켰다. 그녀는 두 뺨의 눈물을 닦았다.

둘 사이에 긴 침묵이 흘렀다. 그리고 한숨을 내쉬며 마침내 그녀가 말했다.

「아뇨, 고발하지 않을 거예요.」

그녀는 데이비드 큐브릭의 두 눈을 뚫어지게 쳐다보았다.

「제가 감독님을 살해해야 한다고 하셨죠? 그게 무슨 뜻인가요?」

「난 온몸에 암이 퍼져 있소. 이제 모르핀도 안 들어요. 혼자 일하다 보니 자식도 없고 유산을 남겨 줄 사람도 없소.」

그는 그녀의 손을 꽉 쥐었다. 노인의 손힘이 어찌나 센지 그녀는 깜짝 놀랐다.

「내가 말했지, 오래전부터 당신을 지켜봐 왔다고. 당신은 배우였소, 감독이었고, 내 영화에 감탄해서 그 일을 그만뒀지. 당신이 원한다면…… 내 상속자가 될 수 있소.」

그녀는 손을 뺐다.

「우리 둘을 위해 내가 써놓은 시나리오는…… 내가 이미 만들어 놓은 죽음의 칵테일을 당신이 내게 따라 주고, 내 시신을 묻어 주는 거요. 이 성 근처, 스튜디오 정원의 내가 파놓은 진짜 무덤에. 물론 난 거기에 관까지 갖다 놓았지. 매장은 기껏해야 한 시간이면 끝날 거요. 그러고 나서 이 아성 꼭대기의 내가 앉았던 관제탑 위치에 당신이 앉는 거지. 수백 년은 버틸 저장 식품들이 비축되어 있고, 의자는 폭신하고, 모니터와 키보드로 모든 걸 원격 조종할 수 있소. 혹시 당신이 기자재 사용에 대해 의문을 가질 경우에 대비해 〈사용법〉 설명서까지 미리 준비해 놓았다오.」

빅토리아는 귀를 의심했다.

「감독님 대신 저보고 영화를 만들라고요!」

「당신이 선택한 과거의 장면으로 파리들을 보내서, 그들을 카메라맨처럼 조종하고, 영상들을 편집하면 되지. 몽타주 작업이 결정적이라는 건 새삼 가르쳐 줄 필요도 없을 테고. 그다음에 효과음과 배경 음악을 넣으면 되지만, 내 스타일로, 가능한 한 절제된 음악으로 하는 게 좋겠소…… 진실할수록 마술적인 법이니까. 당신이 내 영화들에 대해 썼던 평론 기사로 미루어 보건대, 당신은 내 스타일을 잘 알고 있는 사람이오. 마지막으로 할 말은, 〈제2의 데이비드 큐브릭〉이 되어 보라고 제안하고 싶다는 거요.」

그녀는 두 눈을 내리깔았다.

「죄송해요. 제가 할 수 있는 일이 아닌 것 같네요. 다른 사람을 찾아보시지요.」

「당신 말고는…… 아무도 없소.」

「제가 못하겠다면요?」

「DIK 스튜디오에서 만드는 영화는 끊기는 거지.」

「하지만 과거를 영화화하는 것은 엄연히 금지된 일이

에요!」

「〈쾌락은 항상 불법적이거나 부도덕하거나 살찌게 하는 것 속에 있다.〉」

그녀는 갈색 머리채를 좌우로 흔들었다.

「조상들의 잘못이 아포칼립스의 원인이 되었잖아요. 그걸 기억한다는 건 조상들에게 존재의 가능성을 다시 부여하는 거지요. 그래서 새로운 아포칼립스를 촉발하는 것이기도 하고요.」

「아기 씻긴 목욕물을 버리면서 아기까지 버리면 안 되지. 과거에 대한 지나친 감동은 해악이지만, 약간의 〈역사〉는 어쨌든 필요한 거니까.」

「그런데 그렇게 되면 우리 개개인에게 부정적이건 긍정적이건 미치게 될 부수적 결과는 뭐가 될지 예견할 수 없어요.」

「상처는 아물었소. 사람들은 변했고. 사람들은 이제 전보다 훨씬 〈의식〉이 있소. 이제 차츰차츰 자기들의 뿌리를 재발견해도 되오. 그런다고 그게 비극적인 결과를 낳진 않소.」

「그거야 감독님 생각이죠.」

「나의 깊은 직관이오.」

「그런데 만약 감독님 생각이 틀렸다면요?」

「틀리지 않으려면 아예 아무 행동도 하지 말아야지.」

그녀는 자신을 괴롭히는 생각을 떨쳐 버리려는 듯 짙은 갈색 머리를 세차게 흔들었다.

「그건 너무 위험해요.」

「아주 흥분되는 일이지.」

「감옥에 갈 수도 있어요.」

「이건 예술이야.」

「위험천만한 예술!」

「진정한 예술이란 항상 어느 정도 위험 부담이 따르게 마련인 법.」

그녀는 뒤로 홱 돌아서 최신식 실험실을 살펴보았다. 과거로 돌아가기 위해 이런 엄청난 기념비적 실험실을 건설해야 했다니…….

「이 텅 빈 스튜디오와 아무도 없는 성에서 저 혼자 살라는 건가요?」

「수천 종의 기막힌 배경 장치 속에서 수백만의 조상들과 함께 살라는 거지. 조상들을 정당하게 평가하라는 거고. 조상들은 헛산 게 아니라니까.」

「그들은 과거의 망령들이죠.」

「그렇지만 그들은 현재의 기반이 된 사람들이오. 뿌리를 모르고 어찌 성장해 나가겠소? 당신도 부모가 있겠지. 그리고 그 부모는 또 부모가 있고. 그들이 서로 만나 사랑을 했으니 오늘날 당신이 있는 것 아니오.」

「선조들은 잘못 생각했죠. 그들은 폭력, 증오, 광신, 인종 차별주의, 이런 것 속에서 살았어요. 지구를 다 망쳐 놓을 뻔했고요. 우리가 그들을 다시 살린다면, 그들은 우리를 전염시킬지도 몰라요.」

「어디가 잘못된 건지 모르고 어떻게 더 나은 세상을 상상할 수 있겠소? 정지와 숙고의 시기가 지나고, 이제 우리는 고통스러운 과거를 〈지성적으로〉 대면할 준비가 된 상태요. 우리의 미래를 보다 더 잘 건설하기 위해서. 내 영화는 이런 목적에 이바지해야만 하오. 내 영화들이 성공한다면 그건 사람들이 그럴 준비가 되었다는 증거이며, 또 사람들이 마음 깊이 그걸 원한다는 증거도 되는 거요.」

「아뇨, 사람들은 몰라요. 영화란 그저 심심풀이 오락일 뿐이라고 생각하죠.」

데이비드 큐브릭은 잠시 시간을 두었다가 이렇게 덧붙였다.

「바로 그게 좋은 영화의 진정한 기능 아닌가? 아름다움이라든가 유머, 사랑, 혹은 화려한 영상처럼 사람들이 흥미를 느낄 만한 걸 이용해서 만든 이야기로 부지불식간에 뭔가를 깨우치게 해주는 것 말이오.」

「무엇에 흥미를 느끼게 하죠?」

「진실. 아무리 어렵고 힘든 작업이라 하더라도.」

그녀는 눈을 깜박였다. 이렇게 심한 부담감은 일찍이 느껴 본 적이 없었다. 그녀는 심신이 갈가리 찢겨 나가는 느낌이었다. 막중한 책임감이 그녀를 짓눌렀다.

「제가 말씀드릴 수 있는 건 단지……..」

「그러니 아무 말도 하지 말아요. 그저 과거를 점차 복원시키는 내 작품만 그대로 따라와 봐요. 그리고 파리들이 보내주는 영상에 그대로 당신을 내맡겨 봐요. 감정상 어떤 영향을 미치건 간에 현실은 그 어떤 영화보다도 아름답다는 걸 알게 될 테니.」

며칠이 지났는데도 영화 전문 일간지의 편집장 잭 커밍스는 자기가 보낸 여기자로부터 아무 소식도 받지 못했다. 그는 걱정이 되고 심란하여 그녀를 파견한 것을 후회하기 시작했다.

몇 주가 흘렀다. 여전히 아무런 소식도 없었다.

좌불안석이 된 편집장은 특히 위험하다고 정평이 나 있는 DIK 스튜디오의 보안 체계에 포착되어 빅토리아 필이 죽음을 당했을 거라고 결론 내렸다. 처음엔 경찰에 알릴까도 생각했지만, 그랬다가는 자기도 범죄자가 될까 두려워 아무 행동도 취하지 않았다. 젊은 영화 평론가 빅토리아에겐 가족이 없어서 아무도 그녀의 실종에 대해 걱정하지 않았다.

61년간, DIK 스튜디오는 일정한 간격으로 영화를 만들어 냈다. 61년간 대중은 DIK가 제작한 영화를 보며 계속 감탄했다. 영화에 사용된 음향과 음악이 점점 더 현실처럼 생생해진다고 지적한 평론가들도 있었지만, 순수성을 고집하는 사람들은 영화 제작 스타일 면에서 발전했기 때문에 그런 것이라고 했다. 심지어 거장 큐브릭이 귀가 어두워지기 시작해서 그렇다고도 했다. 한 장면에 머무는 시간이 점점 더 길어지는 것을 보고 사람들은 이 감독이 늙어 가면서 (지금쯤은 백 살이 넘었을 것이라고 했다) 시간의 흐름을 늦추고 싶어 한다는 인상을 받았다.

마침내 DIK 스튜디오의 영화 제작이 갑자기 뚝 끊기고 최고로 유명한 스튜디오에서 그 어떤 신호도 더 이상 송출되지 않자, 또 다른 영화 전문 일간지에서 용감한 기자 한 사람을 파견해 금단의 성역을 파헤쳐 보기로 했다.

그곳에 들어간 기자는 아무도 없는 스튜디오와, 아성 속에서 스크린을 마주 보고 앉아 있는 한 노파의 시신을 발견했다.

그는 사진을 보내 〈DIK 스튜디오의 충격적인 진실〉이 될 소식을 전 세계에 알렸다.

경찰이 그곳의 문들을 부쉈다.

데이비드 큐브릭의 무덤이 발견되었다. 그의 시체를 파내어 아무도 참배할 수 없는 장소에 몰래 매장했다. 큐브릭 옆에는 화제가 된 그 노파, 심장마비로 사망한 빅토리아 필의 시신이 묻혔다.

이 사건은 큰 파장을 남겼다.

〈DIK 스튜디오의 충격적인 진실〉이 미친 여파가 어찌나 컸는지 세계를 통치하는 현자 위원회는 이 사건에 대한 특별 조사단을 출범시켰고, 곧이어 신속한 결론이 났다. 우선 첫째로 〈큐브릭〉이라는 이름에 혐의를 씌웠다. 조사단에 따르면 모든 이름의 성(姓)에는 과거와 이어지는 정서적 연결점이 내포되어 있다는 것이었다.

그러자 특별 회의를 개최하여 한자리에 모인 현자 위원회는 성을 사용하는 관습을 무조건 철폐하기로 결정했다.

이제부터 개개인에게 성은 없고 오로지 이름만 있었다. 성 대신 자동차 등록 번호판에 쓰인 것 같은 개인별 일련번호가 주어졌다.

이것이 사태의 재발 위험을 막기 위해 치러야 할 대가였다.

이리하여, 제4의 금단의 열매를 정하는 법령이 통과되었다. 〈이름에 성을 붙이는 것을 금지한다.〉

이와 동시에 데이비드 큐브릭과 빅토리아 필이 만든 모든 영화는 금지되고, 압수되어 불태워졌다.

신세대 영화감독들이 나타났는데, 매우 디지털화된 스타일이 이들의 특징이었다. 영화의 주제는 로맨틱 코미디 아니면 심리 드라마였다.

복잡한 시나리오도, 관객에게 등장인물의 머리 꼭대기 위에서 날아다니는 듯한 느낌을 주는 이동 카메라도, 희미한 조명 속에 펼쳐지는 장면도, 이름 모를 배우들도 더 이상 없었다. 아포칼립스 이전의 과거에 대한 언급이 금지된 것은 물론이었다.

시나리오, 배경, 효과 등이 모두 가장 단순한 표현으로 제한되었기 때문에 배우들이 옛날처럼 모든 걸 좌지우지하게 되었다. 제작을 결정하는 것도 배우들이고, 줄거리의 의미에 대해 관객과 소통하는 것도 배우들이었다. 배우들은 다시 금 지구상에서 가장 중요한 인물들이 되었다.

차츰차츰, 가장 인기 높은 배우들은 정치를 하여 현자 위원회에 들어가기 시작했다. 선거가 있을 때마다 그들은 점차 더 많은 표를 휩쓸어 갔다. 영화 속에서 배우가 그렇게도 지적이고 열정적으로 보이는 것은 잘 짜인 시나리오와 적절한 대사 덕분이라는 사실을 사람들은 잊어버렸다.

오리무중이었다.

하지만 몇몇 관객들은 아직도 기억 속에 DIK 스튜디오가 만든 영화들의 추억을 그대로 간직하고 있었다. 그들은 그때의 영화를 떠올리기만 해도 전율하면서, DIK의 영화를 본 경험은 다른 무엇으로도 대체할 수 없는 감동적이고 굉장한 체험이었으며, 최근의 그 어떤 영화와도 비교가 안 된다고 말했다. 애호가들 중 몇몇은 마침내 간신히 소각을 면한, 〈영화의 거장〉의 녹화 테이프들을 찾아냈다. 복사판을 갖고 있다는 것만으로도 징역형을 받을 수 있었지만, 이 해적판 비디오들은 사람들의 옷 속에 숨겨진 채 은밀히 전해져, 점점 더 그 숫자가 늘어났다.

『파라다이스』 제2권에서 또 다른 이야기들이 펼쳐집니다.

옮긴이 **임희근** 서울대학교 불어불문학과를 졸업하였으며, 프랑스 파리 제3대학에서 불문학 석사, 동 대학원에서 박사 과정을 수료하였다. 현재 전문 번역가이자 출판 기획 번역 네트워크 〈사이에〉 대표로 일하고 있다. 논문으로 「장 지오노의 소설 공간」, 「플로베르의 『감정 교육』에 나타난 소설 공간」 등이 있고, 옮긴 책으로는 앙리 프레데리크 블랑의 『저물녘 맹수들의 싸움』, 『잠의 제국』, 에밀 졸라의 『살림』, 다니엘 페낙의 『독재자와 해먹』, 앙드레 고르의 『D에게 보낸 편지』, 오노레 드 발자크의 『고리오 영감』, 아티크 라히미의 『인내의 돌』, 스테판 에셀의 『분노하라』 등이 있다.

파라다이스 1

발행일	2010년 3월 22일	초판 1쇄
	2012년 1월 15일	초판 59쇄
	2012년 4월 20일	신판 1쇄
	2022년 3월 20일	신판 11쇄
	2024년 10월 20일	신판 2판 1쇄

지은이 **베르나르 베르베르**
옮긴이 **임희근**
발행인 **홍예빈**
발행처 **주식회사 열린책들**

경기도 파주시 문발로 253 파주출판도시
전화 **031-955-4000** 팩스 **031-955-4004**
홈페이지 **www.openbooks.co.kr** 이메일 literature@openbooks.co.kr

Copyright (C) 주식회사 열린책들, 2010, 2024, *Printed in Korea.*
ISBN 978-89-329-2474-8 04860
ISBN 978-89-329-2473-1 (세트)